B.C. 3
Alles auf die Liebe

Impressum:

Deutsche Erstausgabe Mai 2021
Alle Rechte am Werk liegen beim Autor
Copyright@ Jaliah J., Berlin

B.C. 3
Alles auf die Liebe

Lektorat: Günter Bast, Johanna Furch
www.wortwuehlmaus.de
Cover/Bildgestaltung: Wolkenart – Marie-Katharina Becker,
www.wolkenart.com

Herstellung und Verlag: BoD – Books on Demand, Norderstedt.

ISBN 978-3-7534-8290-3

www.jaliahj.de
Instagram: jaliahj_official

Jaliah J.

B.C.

Teil 3

Alles auf die Liebe

»Mira, könntest du bitte die Unterlagen noch aus dem Büro holen und sie mir bringen? Wir erwarten die neuen Gemälde und müssen dazu noch die Präsentation vorbereiten. Ich hatte vergessen, dass das schon zu morgen fertig sein muss.«

Mira sieht von ihrem Laptop hoch. Das ist doch nicht sein Ernst? Doch sie lächelt und nickt. »Ich hole sie gleich.« Ohne eine Miene zu verziehen, geht sie in den ersten Stock, wo das Hauptbüro des Museums liegt, in dem sie seit über einem halben Jahr ihr Praktikum macht. Sie hat das Studium im Sommer sehr gut abgeschlossen und gleich diesen tollen Praktikumsplatz im großen Nationalmuseum bekommen. Sie arbeitet unter Professor Scholz, der ihr alles zeigt, was sie wissen muss.

Sie führen neue Gemälde und Skulpturen in das Museum ein, planen Ausstellungen, und Mira war sogar schon zweimal mit ihm auf Reisen, um neue Schätze zu begutachten. Einmal in Italien und einmal in Ägypten. Es ist toll. Es ist, wie Mira es sich immer vorgestellt hat, auch wenn sie heute nach acht Stunden Arbeit garantiert, wie so oft, noch bis Mitternacht hier verbringen und dem Professor helfen wird.

Das bedeutet, sie muss Laura für ihr Abendessen absagen. Sie haben sich diese Woche noch gar nicht gesehen, doch Mira muss in einigem zurückstecken, wenn sie mehr erreichen will.

Sie hat nun schon fast zehn Monate geschafft, das Praktikum ist bald beendet, und dann wird sie fest eingestellt und übernimmt das Management dieses wichtigen Museums in Berlin. Wenn alles gut läuft, kann sie das sogar für mehrere Museen machen, doch alles Schritt für Schritt. Erst einmal die Festeinstellung und dann beginnt sie mit einem weiterführenden Abendstudium, damit sie das auch später mal unterrichten kann.

Ihre Ziele sind groß, deswegen verzichtet sie auf ihre Freizeit, sie ist garantiert nicht die Einzige, die das tut.

Als sie ihr Handy aus ihrer schwarzen Stoffhosentasche zieht, um Laura anzurufen, sieht sie mehrere Anrufe von Violet und Noel. Merkwürdig, sie hat heute Morgen mit Noel und Isaiah gesprochen. Der kleine Mann flitzt schon wie wild herum. Als sie ihn an seinem ersten Geburtstag im Dezember besucht hat, konnte er noch nicht laufen. Und nun, fünf Monate später, sitzt er nicht mehr still und bringt sie alle zum Lachen, wenn sie es schaffen, eine Videokonferenz zu machen, wie heute Morgen. Also bei Mira war es morgens vor der Arbeit, Violet musste das Gespräch allerdings früher unterbrechen, weil sie arbeiten musste. Was kann es geben, was so wichtig ist, dass sie jetzt so oft anrufen?

Mira muss sich beeilen, der Professor mag es nicht, wenn sie im Museum die Handys benutzen, das zerstöre den Hauch des Alten. Sie wird erst einmal Laura absagen. Doch gerade, als sie ihren Namen aufrufen möchte, klingelt es und eine Nummer aus Kanada ruft an. Wer soll das sein? Verwundert nimmt sie an und bleibt mitten auf den Treppen im Museum wie versteinert stehen, als sich eine weibliche Stimme meldet.

»Hallo, spreche ich mit Mira Hais? Hier ist das Büro von Dekan Boden der B.C. Vancouver. Mr. Boden muss Sie in einer dringenden Angelegenheit sprechen, ich stelle durch ...«

Kapitel 1

Was für ein Tag.

Immer noch völlig fassungslos schließt Mira ihre Haustür und legt die Tüte mit dem Essen des thailändischen Restaurants von gegenüber auf ihren kleinen Bistrotisch, der als einziger Tisch in ihre winzige Küche gepasst hat. Sie atmet schwer aus, wirft ihren Hausschlüssel auf ihre Arbeitsplatte und reibt sich erschöpft mit ihrer Bluse über die Stirn, um die Haare, die ihr aus dem Dutt gefallen sind, beiseitezuschieben.

»Das darf doch alles nicht wahr sein!« Mira ist völlig außer sich, sie wird vom Klingeln ihres Handys unterbrochen.

›Bin wieder zuhause, rufen in fünf Minuten an.‹

Endlich! Nach dem verwirrenden Anruf des Dekans schwirren ihre Gedanken in alle Richtungen. Sie war so überrascht und überrumpelt, dass sie gar nicht dazu in der Lage war, zu reagieren – was auch der Dekan gemerkt und ihr geraten hat, sich das alles zu überlegen und am Montag im Büro anzurufen und Bescheid zu geben, wie sie sich entschieden hat. Danach hat Mira keinen klaren Gedanken mehr fassen können.

Nun wartet sie auf Violet und Noel. Sie hatten heute Morgen um sechs miteinander eine Videokonferenz, in Kanada war es schon zehn Uhr abends. Noel und der Kleine waren noch wach, also Isaiah ist durch ihr lautes Lachen wieder wachgeworden und wollte unbedingt seine Tanten begrüßen, während Violet zu dem Zeitpunkt noch auf Arbeit in der Spätschicht war.

Als Mira dann am späten Nachmittag den Anruf des Dekans bekommen hat, war es in Kanada gerade morgens, sodass ihre beiden Freundinnen bereits auf der Arbeit und nicht mehr erreichbar waren, doch jetzt ist es bei Mira kurz vor Mitternacht. In Kanada ist es jetzt Mittag, Violet hat schon Schluss, weil sie die Nacht-schicht und auch eine Extraschicht am Morgen durchgearbeitet hat. Noel hat geschrieben, dass sie sich zum Mittagessen in ein Restaurant zurückziehen und sie dann anrufen wird.

Ein Arbeitsmarathon liegt hinter Mira und all das mit diesem Anruf im Hinterkopf. Ihr Kopf brummt und ihr Herzschlag will sich einfach nicht wieder normalisieren. Sie hat vor einer Stunde eine Kopfschmerztablette eingenommen, die nur leider kaum hilft.

Miras Blick gleitet durch die Wohnung und bleibt sehnsüchtig an ihrem kleinen Bad hängen. Sie muss unbedingt duschen, diesen anstrengenden Tag und die gespaltenen Gefühle, die diese unglaublichen Neuigkeiten in ihr heraufbeschworen haben, von sich spülen. Doch erst muss sie erfahren, was ihre Freundinnen wissen. Was all das zu bedeuten hat und ob sie sich einfach nur verhört hat. Es muss so sein, sie muss irgendetwas falsch verstan-den haben. So etwas kann es doch gar nicht geben.

Statt in der Küche zu bleiben, nimmt sie sich den Styroporkarton und eine Gabel, durchquert ihren schmalen Flur in ihr gemütliches Wohnzimmer und öffnet die Balkontür.

Die Wohnung, die ihr Bruder ihr hier in Berlin besorgt hat, wäh-rend sie noch in Kanada war, ist winzig, doch Mira hat sie sich so gemütlich wie es geht eingerichtet und fühlt sich mittlerweile wohl. Sie ist klein, doch Mira reicht sie völlig aus. Es gibt ein Wohn- und Schlafzimmer, eine Küche und ein Mini-Bad. Außer-dem hat sie einen Balkon, wo sie schon einige freie Stunden mit einem Buch oder mit Freunden verbracht hat. Fast alle Mitbewoh-ner im Haus sind Studenten und sie hat viele neue Bekanntschaf-ten gemacht.

Sie blickt von ihrem Balkon auf der einen Seite auf einen großen Park mit See und auf der anderen Seite auf die Universität, auf der sie das letzte Studienjahr abgeschlossen hat. Sie hatte vergangenes Jahr sogar noch überlegt, weitere Studiengänge zu belegen, sich noch weiterzubilden, doch dann kam das Angebot vom Museum und Mira hat nicht gezögert und zugesagt. Es ist genau das, was sie sich gewünscht hat. Sie arbeitet mit Kunst und wertvollen Schätzen vergangener Tage, kommt in der Welt herum und sammelt Erfahrungen.

Bevor sie sich in die weichen Kissen ihres Sofas zurücklehnt, stellt sie ihren Laptop auf und sieht auf das Bild auf ihrem Desktop. Sie haben es damals kurz vor ihrem Abflug nach Berlin aufgenommen. Genau unter dem Schriftzug Café Caramell vor ihrem Laden in Vancouver stehen ihre Mutter, Jonathan, Violet, Noel und Lincon. Noel ist extra für zwei Tage nach Vancouver gereist, um Mira zu verabschieden.

Mira muss lächeln, während sie auf das Bild blickt.

Dieses Jahr in Vancouver hat sich tief in ihr Herz gebrannt, es hat sie von Grund auf verändert und sie liebt ihre Erinnerungen daran. Auch wenn nicht alle Erinnerungen nur schön sind und sie ihr Herz dort verloren hat, wird sie dieses Jahr niemals bereuen oder vergessen.

Der Kontakt zwischen Noel, Violet und ihr ist immer sehr intensiv gewesen und auch geblieben, egal wie viele Kilometer zwischen ihnen liegen. Sie schreiben jeden Tag und machen so oft es geht eine Videokonferenz. Violet und Lincon waren in Berlin und Mira ist auch ein paar Mal in Kanada gewesen. Doch trotz all der schönen Erinnerungen an Kanada hat sie die Nachricht heute sprichwörtlich aus der Bahn geworfen. Deswegen nimmt sie sofort erleichtert an, als Violet sie anruft.

Statt Violet sieht sie aber in Lincons grinsendes Gesicht, er liegt auf Violets Bett und hebt die Augenbrauen, sobald er Mira sieht. »Mein Sonnenschein, wie kann es sein, dass du von Tag zu Tag schöner wirst und ich immer mehr Falten bekomme? Ich denke, ich sollte doch nach Europa ziehen.«

Trotz all der Anspannung in ihrem Bauch muss Mira lächeln. »Das erzählst du jedes Mal, Lincon, doch dein Herz fesselt dich an Vancouver. Ich schätze, das wird sich auch niemals ändern. Was ist los bei euch, hat der Dekan euch auch kontaktiert?« Lincon lacht auf und lehnt sich zurück, die Sonne scheint durch die Fenster auf seine roten Haare und sein Gesicht und lassen seine Gesichtszüge weicher erscheinen.

Violet und er haben zusammen ihren Abschluss in Toronto gemacht und sind zurück nach Vancouver gegangen, um in derselben Firma anzufangen. Es ist ein Startup-Unternehmen, Lincon entwickelt Softwares. Er hat zwar BWL studiert, hat aber einige extra Kurse dazu genommen und sein Talent dafür entdeckt. Violet hingegen ist für das Marketing zuständig. Sie haben sich auch zusammen eine Wohnung genommen, die in der Nähe des Campus der B.C. liegt.

»Natürlich, alle im Geschichtskurs von sexy Mr. Drawn wurden benachrichtigt, Violet ...«

In dem Moment erscheint ihre hübsche braunhaarige Freundin und wirft ihr Handy auf die Bettdecke. »Das ist eine Katastrophe, mein Handy hört nicht mehr auf zu piepen. Alle versuchen, mich über Instagram zu erreichen.« Ich sehe ihr in ihre braunen Augen. Da es in Vancouver, genau wie in Berlin, schon einige sehr warme Tage gab, treten ihre Sommersprossen wieder stärker hervor. Sie hat sich in den zwei Jahren nicht sehr viel verändert, sie ist immer noch Miras bildhübsche, verrückte Freundin, die ihr von Anfang an in Kanada zur Seite stand.

»DAS ist eine Katastrophe? Violet, der Dekan hat mich angerufen, wir alle bekommen unseren Abschluss abgesprochen, wenn wir nicht irgendwelche Sommerkurse belegen. Was ist da passiert? Ich war so geschockt, dass ich gar nicht richtig zuhören konnte, sobald er losgelegt hat.«

Violet seufzt auf und rückt näher an den Bildschirm. »Ich habe das schon vor einigen Tagen gehört. Durch die Studenten in den Cafés bekommen wir so manchen Tratsch und Klatsch über den Campus mit. Offenbar hatte Mr. Drawn nach mir noch einige

Affären mit Studentinnen und vor ein paar Wochen ist eine aufgeflogen.

Die Universität und die Behörden haben angefangen zu ermitteln, sie sind bis zu mir vorgedrungen. Auch wenn wir immer vorsichtig waren, scheint er es seiner damaligen Freundin, dieser Lehrerin, gebeichtet zu haben und sie hat nun ausgepackt.«

Violet sieht abwartend zu Mira, als warte sie auf ihre Reaktion, doch Mira ist im Moment zu keiner Reaktion fähig, sie ist viel zu angespannt, deswegen fährt Violet fort.

»Auf jeden Fall wurde ich letzte Woche bereits angerufen und habe ein paar Fragen beantwortet. Ich wollte nicht lügen, ich meine, das Ganze ist jetzt schon über zwei Jahre her, doch ich habe es verharmlost. Nun scheint Mr. Drawn die Lehrerlizenz entzogen worden zu sein und für die letzten drei Abschlussjahrgänge ist der Abschluss nicht mehr rechtskräftig, zumindest für alle, die in seinen Geschichts- und Politikkursen waren. Der Dekan hat mir erklärt, dass sich die B.C. stark für ihre ehemaligen Studenten eingesetzt hat. Er hat alles getan, was in seiner Macht stand, damit wir unsere Abschlüsse behalten können. Die Behörden bezweifeln aber, dass unter solchen Umständen die eingetragenen Zensuren in Geschichte und Politik wahrheitsgemäß bewertet sind und somit sind sie nicht rechtskräftig. Oh, und übrigens hatte er auch zur gleichen Zeit wie mit mir etwas mit Mariella aus seinem Politikkurs. Also, falls alle denken, sie können ihre Wut an mir auslassen, haben sie sich getäuscht. Die Behörde sagt, dass die Zensuren verfälscht sind, man weiß nicht, wer Bescheid wusste, wer davon vielleicht profitiert hat und …«

Sie werden angerufen und schalten Noel dazu. Miras Gedanken rasen. Ihr Verstand will das, was sie nun im Grunde bereits zum zweiten Mal hört, nicht wahrhaben. Sie hat noch keinen Bissen zu sich genommen, sie starrt auf den Bildschirm und hofft, jemand erklärt ihr gleich, dass das alles ein Aprilscherz ist, auch wenn sie den Monat bereits hinter sich gelassen haben.

Sobald Noel auf dem Bildschirm zu erkennen ist, schüttelt sie den Kopf. »Violet, wie oft haben Mira und ich dir gesagt, du sollst die Finger von Mr. Drawn lassen.«

Lincon verschränkt die Arme hinter seinem Kopf. »Und die Lippen und ...«

Violet hält Lincon den Mund zu und sieht in die Kamera. »Hallo, darf ich dich daran erinnern, dass du ein Kind von Amerikas millionenschwerem Footballhelden hast und niemand etwas davon ahnt?«

Noel rümpft die Nase und schiebt sich eine Gabel mit Tortellini in den Mund. Dieses Thema kommt zwischen ihnen sehr oft zur Sprache, doch genau wie Mira manches verdrängt, schiebt auch Noel einiges von sich. Sie ist zwar auch aufgebracht, aber sie betrifft das ja nicht, sie war in keinem Kurs von Mr. Drawn.

Durch Noel wird auch Mira ans Essen erinnert und nimmt die Box mit den Nudeln und dem Gemüse wieder an sich, bevor alles kalt wird und nicht mehr schmeckt. Ihr Magen rumort und ihr ist schlecht. Sie ist aufgeregt, weil sie nicht verstanden hat, was genau nun passieren soll. Man kann ihnen doch nicht die Abschlüsse aberkennen, weil ein Lehrer sich falsch verhalten hat. Doch Mira ahnt, dass egal in welche Richtung all das hinausläuft, es eine Katastrophe sein wird – die Frage ist nur, wie groß.

Violet sieht in die Kamera und fährt fort.

»Die Behörde war fest entschlossen, uns allen die Abschlüsse abzuerkennen. Versteht ihr, was das bedeutet? Auch das letzte Jahr würde somit nicht anerkannt werden, obwohl wir nicht mehr auf der B.C. waren, doch da der Abschluss der B.C. dann fehlt, würde das Jahr quasi gestrichen oder ungültig sein und wir müssten im Grunde zwei Jahre noch einmal wiederholen ...«

Nun legt Mira ihre Box doch wieder weg. »Nein, das darf doch nicht wahr sein.« Also hat sie es doch richtig verstanden. »Ich bin in wenigen Wochen mit meinem Praktikum fertig und kann meine

Stelle beginnen. Ich kann doch jetzt nicht alles fallen lassen und noch einmal zwei Jahre studieren, das ist doch … es ist doch nur ein Kurs für uns gewesen. Deswegen können sie doch nicht alles aberkennen! Ich … «

Man hört Miras Panik deutlich aus ihrer Stimme heraus und Violet unterbricht sie. »Genau, das hat der Dekan auch vorgebracht. Wir haben wirklich Glück, dass er nur Geschichte und Politik und nicht noch andere Fächer unterrichtet hat. Der Dekan hat sich sehr für uns eingesetzt und eine Regelung gefunden. Im Sommer finden mehrere Geschichts- und Politikkurse statt für die verschiedenen Abschlussjahrgänge der drei Jahre. Wir müssen an einem sechswöchigen Geschichtskurs teilnehmen und dabei zwei Prüfungen schreiben, und wenn wir diese bestehen, wird nur diese Note mit der auf dem Zeugnis ersetzt. Sollten wir den Kurs ablehnen, wird der gesamte Abschluss aberkannt, wie es ursprünglich geplant war. Also ist es nur halb so schlimm.«

Sie atmet noch einmal tief durch. »Sechs Wochen? In B.C.? Das ist nicht halb so schlimm, das ist eine Katastrophe.«

Violet nimmt ihr Handy in die Hand und sieht dann wieder in die Kamera. »Oh, komm schon, Mira, du bist bis dahin mit dem Praktikum durch und bei so vielen Überstunden, wie du gemacht hast, kann dir niemand böse sein, wenn du erst nach dem Sommer die neue Stelle antrittst und dir eine kleine Auszeit nimmst. Du hast doch gesagt, du hast noch einigen Urlaub übrig. Ich war auch erst schockiert, doch hey … wir werden Spaß haben, endlich sind wir wieder vereint. Du kommst doch auch?« Sie spricht Noel an, während Mira sich zurücklehnt und all das erst einmal sacken lässt.

»Ich habe zum Glück mit eurem Kurs nichts zu tun und Isaiah ist gerade erst in der Kita eingewöhnt. Ich muss arbeiten, aber für ein paar Tage werde ich garantiert kommen. Wer hätte gedacht, dass ihr alle nach zwei Jahren wieder zusammen über den Campus laufen werdet? Bekommt ihr auch Urlaub oder wie wollt ihr beide das machen? Und Violet, lass die Finger von den Lehrern!«

Violet blickt auf ihr Handy. »Wir brauchen keinen Urlaub. Wir können das mit der Arbeit absprechen. Der Dekan hat gesagt, es sind immer zwei bis drei Kurse am Vormittag, das bedeutet, wir können am Nachmittag arbeiten. Ich denke, das kann man regeln und ...« Sie blickt immer noch auf ihr Handy. »Parker hat mir böse Smileys geschickt, Herrgott alle werden denken, dass ich schuld bin.«

Plötzlich schlägt Miras Herz wild in ihrer Brust, während Lincon zu Violet nach vorn rutscht und den Arm um sie legt. »Es waren offenbar einige Studentinnen, die auf ihn reingefallen sind und das wissen nun auch alle.«

Noel legt den Kopf schief und lacht auf. Sie alle wissen genau, dass Violet alles daran gesetzt hat, Mr. Drawn zu verführen, doch Mira ist das egal, zu ändern ist all das nun nicht mehr. Aber sie spürt, wie ihr Herz panisch in ihrer Brust schlägt, nachdem der Name Parker gefallen ist. »Ihr denkt doch nicht, dass Nolan, Parker und ... also, dass sie auch an dem Kurs teilnehmen werden?« Sie will sich gar nicht vorstellen, wie ihr Gesichtsausdruck aussehen muss, doch nun sehen alle sie besorgt an. Natürlich wissen ihre Freunde, wie sehr Mira die Erinnerungen an ihn von sich schiebt und verdrängt und dass es ihr sogar schwerfällt, seinen Namen auszusprechen.

»Nein, natürlich nicht. Nolan hat mir über Instagram als einer der ersten geschrieben. Damals hat er mir immer gesagt, dass er weiß, dass da etwas läuft zwischen Drawn und mir, doch ich habe das natürlich nie zugegeben. Deswegen hat er mich heute Morgen gleich wissen lassen, dass er doch recht hatte. Er hat geschrieben, dass ihn das zwar nicht sonderlich interessiert, er es aber immer geahnt hat. Mira, die drei sind inzwischen bekannte Footballstars. Reign, Nolan und Parker verdienen Millionen. Sie führen ein Leben, das wir uns nicht einmal in unseren schönsten Träumen ausmalen könnten. Also nein, sie wird das sicher nicht interessieren, abgesehen davon, dass Nolan es damals geahnt hat und Parker mich sicherlich einige Tage mit bösen Smileys bombardieren wird, weil ich Mr. Drawn ihm vorgezogen habe.«

Mira nickt. Natürlich, sie hat recht, doch allein der Gedanke, es könnte so sein, hat ihr wieder einmal gezeigt, wie weit sie das verdrängt und wie tief all das sie noch berührt.

So oder so wird dieser Aufenthalt wie eine Reise zurück zu dem, was sie zwar tief in ihrem Herzen trägt, aber kaum wagt, näher an sich heranzulassen. Diese Zweifel und Gefühle sollen gar nicht erst wieder an die Oberfläche kommen.

Mira räuspert sich und isst etwas, während Lincon ihr über die Kamera in die Augen sieht.

»Dann verbringen wir den Sommer gemeinsam in B.C. Ich muss sagen, dass ich mich darauf freue. We're back, Baby!«

Noel lacht auf. »Wuhhuuu!«

Nun grinst auch Violet, während Mira sich nur mit viel Mühe ein mildes Lächeln abringen kann. Sie hat beim Durchstellen zum Dekan geahnt, dass sie eine Katastrophe erwartet und es ist genauso eingetroffen.

Kapitel 2

Sie liegen auf einer Liege am leeren Strand. Die Sterne über ihnen funkeln und sie haben Champagnergläser in der Hand. Der abgekühlte Wind des heißen Tages weht ihnen um die Nase und Mira weiß nicht, ob sie schon jemals in ihrem Leben so glücklich war.

»Ich weiß nicht, wie lange ich brauche, um zu begreifen, dass ich das alles nicht geträumt habe.« Ihre Stimme ist leise, sie sind glücklich und erschöpft von den letzten Stunden, dabei streicht sie über das Armband, das Reign ihr vor wenigen Tagen als Weihnachtsgeschenk überreicht hat. Sie fährt mit den Fingern über das Kreuz mit den Steinen und das Amulett mit dem eingravierten B.C. Eagles-Adler und dabei sieht sie auf ihren Unterarm mit dem Versprechen *Promise*, diese Tage hier niemals zu vergessen, was auch passiert.

»Na, ich hoffe doch, dass wir noch viel schönere Sachen erleben werden, die das hier noch in den Schatten stellen werden.« Reign spricht auch leise. Auch ihm hat diese Auszeit sehr gutgetan. Außer dass sie ihren Familien hin und wieder Fotos geschickt haben oder mal ein Bild geteilt haben, hatten sie keinen Kontakt, zu niemandem, es gab nur sie.

In dem Moment gehen hunderte Raketen in die Luft, der Himmel über ihnen erstrahlt in den schönsten Farben und Reign wendet sich lächelnd zu ihr. Mira saugt seinen Blick auf, als hätte sie ihn Jahre nicht gesehen. Seine wunderschönen dunklen Augen, die voller Liebe in ihre blicken, die Grübchen auf seinen Wangen und seine schön geschwungenen Lippen.

»Auf das nächste Jahr, Engel, und dass es uns noch hunderte dieser schönen Erinnerungen schenken wird.« Seine raue Stimme durchdringt jede Faser ihres Körpers. Eine Sehnsucht setzt sich in ihr frei, die Mira laut aufschlucken lässt, dabei sitzt er doch genau neben ihr. Mira stößt mit ihm an und gibt ihm einen zarten Kuss auf seine Lippen.

»Und dass wir das, was wir hier gerade haben, niemals vergessen werden!«

Er nickt und sieht ihr weiter in die Augen. »Versprochen!«

Sie lächelt. »Versprochen!«

Ruckartig setzt sich Mira in ihrem Bett auf und atmet schnell und laut ein und aus.

Es dauert einige Sekunden, bis sie sich wieder gefasst hat. Verschwitzt und außer Atem sieht sie sich in ihrer Wohnung um. Es ist nicht die erste Nacht, in der sie von Reign und ihrer gemeinsamen Zeit träumt, bei Weitem nicht, doch dieses Mal war es erschreckend real.

Natürlich hat sie bereits gestern, nachdem sie das Videogespräch mit Violet, Noel und Lincon beendet hat, geahnt, dass sie all das, was sie tagsüber so gut verdrängen kann, in der Nacht wieder einholen wird. Doch mit dieser Intensität hat sie nicht gerechnet. Sie streicht erschöpft über das Armband, erschöpft von mehr als nur einem intensiven Traum. Das Armband hat sie niemals abgelegt, ihr Blick fällt auf das Tattoo, das sie daran erinnert, dass sie nicht vergessen wollten.

Sie hat es niemals vergessen, im Gegenteil. Damals hat sie nicht damit gerechnet, dass Reign und sie nun zwei Jahre später so zueinanderstehen, keiner von ihnen hätte damals damit gerechnet. Was heißt zueinanderstehen – so kann man es nicht nennen. Sie haben nie wieder ein Wort miteinander gewechselt. Nicht nach dem Abend, als sie sich im Streit getrennt haben und Reign nach L.A. geflogen ist, wo er sein neues Leben begonnen hat.

Eine Trennung, die nicht aus fehlender Liebe, sondern aus Vernunft entstanden ist, wird wahrscheinlich immer schwer zu verkraften sein. Man weiß, dass es richtig ist, doch das Herz schreit vor Sehnsucht. Mira ist es schwergefallen, in B.C. weiterzumachen, ohne Reign an ihrer Seite, mit all den Erinnerungen: Den Orten, wo sie zusammen waren, den Kursen, die sie gemeinsam besucht haben. Er hat ihr in jeder Minute gefehlt. Deswegen war sie richtig froh, im Flieger nach Berlin zu sitzen und all das hinter sich zu lassen. Natürlich hat sie auch in Berlin die Sehnsucht immer wieder eingeholt und ihr teilweise die Luft zum Atmen genommen, so stark hat es sie getroffen, doch damit umzugehen, ist ihr leichter gefallen als in B.C.

Ihr war immer klar, dass Reign etwas Besonderes ist, dass ihn eine unglaubliche Zukunft erwartet. Auch wenn es Mira das Herz zerrissen hat, weiß sie auch heute noch, dass es richtig war, diese tiefe Bindung zwischen ihnen aufzulösen und ihn somit in seine Zukunft gehen zu lassen. Sie hatte Zweifel, auch jetzt beschleicht sie hin und wieder der Gedanke, was wäre, wenn sie sich anders entschieden hätte, doch dann reicht ein Blick auf sein Leben und sie weiß, dass es am Ende richtig war, egal wie schwer es ihr gefallen ist.

In B.C. hat sie durch das Gerede der anderen Studenten mitbekommen, wie viel Geld Nolan und Reign nun verdienen. Sie hat die Villen gesehen, die sie bezogen haben, hat Bilder von ihnen beim Training mit ihrem Team und den Trainern gesehen und wusste, dass es richtig war – richtig und wichtig –, ihn nach L.A. gehen zu lassen.

Und auch sie hat erreicht, was sie wollte. Sie hätte ihr Leben und all das, wofür sie gearbeitet hat, nicht hinwerfen dürfen. Das hätte sie sich selbst niemals verziehen.

An Mercedes sieht sie, wie das wahrscheinlich ausgegangen wäre. Nicht einmal ein Jahr nach ihrer überstürzten Hochzeit mit Nolan haben sie sich scheiden lassen, weil er sie mehrfach betrogen haben soll. So stand es zumindest in der Presse. Nun ist sie zurück bei ihrer Familie, mit nichts in der Hand. Auch wenn Mira und sie sich nie vertragen haben, hofft sie, dass sie sich wieder aufgerappelt hat und ihren Abschluss nachholen konnte.

Mira hat es in B.C. vermieden, sich nach Reign zu erkundigen, doch sie ist dort kaum drum herumgekommen. Für alle war es spannend: Zwei Studenten, mit denen sie die Kurse geteilt haben, handeln um Millionenverträge in der NFL. Es war kaum zu überhören und stand überall in der Presse.

Als sie dann in Berlin und so vollkommen abgeschnitten von all den Footballnachrichten war, ging es leichter. Sie konnte all das besser verdrängen, doch auch nicht immer. Wenn die Zweifel und die Sehnsucht besonders groß waren, hat sie immer wieder in Instagram oder in den Nachrichten nach ihm gesucht und sein Leben von Weitem verfolgt.

Nolan und er haben ihr Leben in L.A. sehr schnell und sehr ausschweifend genossen. Es gab immer wieder Bilder von ihnen in irgendwelchen Clubs beim Feiern. Reign ist ständig von Frauen umgeben und sie beide haben sich zu einem unverzichtbaren Teil des Teams gespielt. Reign ist ein besonderer Spieler, das hat man auch in Amerika schnell erkannt, die Presse und die Fans lieben ihn.

Mira selbst hat kaum etwas von sich auf Instagram gepostet, nur als sie damals in Italien und Ägypten war, hat sie einige Bilder hochgeladen mit ihren Kollegen. Reign hat die Bilder gelikt, das war nach über einem Jahr der erste Kontakt, wenn man das überhaupt so nennen kann.

Nach einem Jahr in der NFL gab es kurz die Gerüchte, dass Reign das Team verlässt. Er soll ein gutes Angebot aus Kanada bekommen haben und wollte wechseln, doch die L.A. Chargers haben reagiert und er soll einen solch hohen Millionenvertrag bekommen haben, dass selbst Insider überrascht darüber waren.

Es tut Mira gut zu sehen, dass sich Reigns Leben so entwickelt. Neben dem beruflichen Erfolg hat sie auch immer wieder Bilder von ihm und seiner Familie gesehen. Auf einer Feier hatte er sogar den Arm um Ava gelegt. Natürlich ist Mira auch das bitter aufgestoßen, doch sie weiß, dass sie mit ihrer Entscheidung gegen diese Beziehung das Recht für solche Gefühle verwirkt hat.

Reign hatte auch einige Beziehungen, zumindest laut Presse. Er hat sich einige Monate lang mit einer blonden Moderatorin getroffen – Violet hat sie eine operierte Kopie von Mira genannt – und dann vor einigen Wochen hat er offenbar begonnen, mit einem heißen Latina-Model auszugehen. Violet hat ihr vor Kurzem einen Ausschnitt aus einem Interview geschickt, das mit Reign geführt wurde. Die Reporterin hat ihn zu seinem neuen Leben und der Saison ausgefragt und irgendwann auch über seinen Beziehungsstatus. Er hat gesagt, er sei glücklicher Single und hat auch nicht vor, das zu ändern. Das war noch kurz bevor die Gerüchte mit dem sexy Model aufkamen.

Als dann die Frage kam, ob ihm jemals eine Frau das Herz gebrochen hat, wurde an sein Gesicht herangezoomt und Mira hat sofort gesehen, wie das Lächeln aus seinem Gesicht gewichen ist und er sehr hart und kalt ja gesagt hat. Der Ausdruck, der in diesem Moment in seinen Augen zu erkennen war, hat Mira lange verfolgt. Vor allem nachts. Sie fragt sich, ob er mittlerweile versteht, wieso Mira sich so entschieden hat. Doch das war stets der Zeitpunkt, bei dem Mira aufgehört hat, sich auf Instagram und in der Presse nach ihm zu erkundigen und wieder alles von sich geschoben hat. Auch wenn sie Sehnsucht hat, weiß sie, dass sie diese Bilder nicht ertragen kann, so unsinnig das nach zwei Jahren auch ist.

Mehr als einmal hat sie sich gefragt, wie lange das wohl noch so gehen wird, wann sie endlich komplett über Reign hinweg sein wird. Wann sie aufhört, ihn zu vermissen und die Liebe vergeht. Vergeht die Liebe nicht immer irgendwann? Sie war auch lange mit Emre zusammen, doch das war niemals das Gleiche. Die Gefühle waren nicht einmal ansatzweise dieselben. Mira war letzte Woche im Krankenhaus, um ihn und seiner Frau zu ihrem erstgeborenen Sohn zu gratulieren. Sie sind Freunde, Mira war auf seiner Hochzeit und sie wünscht ihm von Herzen alles Gute, das kann sie sich bei Reign niemals vorstellen. Sie wünscht ihm alles Gute, mehr als das, doch sie kann nicht glauben, jemals ein Bild von ihm und einer anderen Frau zu sehen und das, ohne das Gefühl zu haben, es würde sie zerreißen.

Sie beide gehen ihre Wege, doch Mira hätte nicht gedacht, dass es ihr so schwerfallen wird.

Mira greift nach ihrem Handy und seufzt leise auf. Sie ist zu früh wachgeworden, doch nun wird sie nicht mehr schlafen können. Das erste Mal seit Wochen öffnet sie Instagram wieder. Sie hat es nie oft genutzt, doch nun war sie mindestens drei Monate nicht mehr online. So oft, wie sie zuvor auf Reigns Profil war, werden ihr gleich seine Bilder angezeigt und beim Blick auf sein vertrautes und schönes Gesicht trifft sie die Sehnsucht mit voller Wucht.

Mira öffnet sein Profil, es wurden viele neue Bilder hochgeladen. Das Letzte zeigt ihn mit einem Pokal, er ist verschwitzt, aber überglücklich. Er trägt nur seine Spielerhosen, sein Oberkörper ist frei. Reign war immer durchtrainiert, doch man sieht natürlich den Unterschied zu seiner Profikarriere, die er nun hat. Seine goldbraune Haut glänzt über seinen Muskeln. Neben dem Schriftzug ›Only God Can Judge Me‹ und ›Promise‹, der ihr sofort von seiner Brust ins Auge fällt, hat er nun auf seinem anderen Arm die mexikanische und kanadische Fahne vereint. Auf einem älteren Bild hat sie schon gesehen, dass auf seinem Schulterblatt ein Kreuz mit einem spanischen Spruch darunter tätowiert ist.

In seinem Gesicht hat sich nicht viel verändert, er ist höchstens noch etwas männlicher und attraktiver geworden. Er soll in Amerika auf Platz zwei der sexysten Footballspieler gewählt worden sein.

Mira scrollt hinunter. Die meisten seiner Bilder zeigen ihn auf dem Feld oder in der Kabine. Hin und wieder gibt es ein Familienbild, vor zwei Monaten waren Nolan und er in B.C. Sie haben dem Campus und der Footballmannschaft einen neuen Kabinentrakt geschenkt und ihn eingeweiht. Miras Herz schlägt schneller, als sie ein Foto sieht, das von ihrem damaligen Platz geschossen wurde. Dort, wo Reign und sie sich beim Footballfeld zurückgezogen haben, wenn sie Ruhe haben wollten und so manche Freistunden zusammen verbracht haben. Sie erkennt diese Aussicht genau. Dazu hat er einfach nur geschrieben: ›back to the roots.‹

Das nächste Bild zeigt Reign, Nolan und Parker mit dem Coach, der vor Stolz zu platzen scheint. Auch wenn Parker in Kanada für die Vancouver Lions spielt, ist er genauso erfolgreich und einer der besten Spieler Kanadas.

Mira muss lächeln, als sie die drei ansieht und scrollt weiter hinunter. Sie hat sich nie lange mit Reigns Instagramseite beschäftigt, es war zu schmerzhaft, doch heute sieht sie sich alle Bilder an und es fällt ihr sofort auf, dass er keine Fotos seiner Freundinnen eingestellt hat. Sie hat sie mal in seinen Storys gesehen, doch das ist schon länger her und es gibt keine Bilder in seinem Feed. Als sie weiter scrollt, stellt sie fest, dass er die Bilder aus seiner College-Zeit nicht gelöscht hat und da findet sie auch das Foto von ihnen beiden wieder. Das Foto, das durch die Presse ging, wie er sie nach dem wichtigen Sieg hochgehoben und vor allen geküsst hat.

Als ihr Tränen in die Augen steigen, verlässt Mira das Profil schnell wieder und geht auf ihr eigenes.

Ihr letztes Bild hat sie vor sechs Monaten hochgeladen. Es zeigt sie vor einer Pyramide, es sieht aus, als würde sie sie auf der Hand tragen. Die schwüle Luft hat ihre Haare gelockt, ihre Haut war noch aus der Zeit in Italien gebräunt. Auf dem Bild hat ihre Haut einen schönen goldbraunen Ton, ihre Augen strahlen und sie lächelt in die Kamera. Reign hat das Bild gelikt. Sie weiß, dass wenn er sich ihre Bilder ansieht, er auch weiß, dass sie nun das Leben führt, das sie wollte. Doch er ahnt nicht, wie viel Schmerzen sie das auch heute noch kostet. Es ist wie ein Traum, den man lebt, ein schöner Traum, doch die Pille, die sie dafür schlucken musste, hat nie ihren bitteren Geschmack verloren, auch jetzt noch nicht nach zwei Jahren und Mira bezweifelt, dass sie das jemals tun wird.

Sie scrollt durch ihre Handyfotos und findet ein Bild, das sie vor einer Woche mit Laura zusammen aufgenommen hat. Es war sehr warm an dem Tag und sie sind zusammen an den See gefahren. Das Foto hat Laura geschossen, es zeigt sie beide im Gras am See, man sieht nur ihre Oberkörper im Bikini. Laura hatte einen dieser Selfie-Sticks mit, mit dem man Fotos aus größerer Entfernung machen kann. Die Sonne scheint in ihre Gesichter und beide halten ihre Arme an die Stirn, um in die Kamera gucken zu können.

Das Bild ist wunderschön. Das Grün des Grases, der See im Hintergrund, Laura und Mira lächeln in die Kamera. Die Bikinis lassen das Bild sexy wirken, ihre Augen strahlen. Mira trägt einen streng nach hinten gebundenen Zopf und da sie ihren Arm über ihre Stirn hält, sieht man genau auf ihr Tattoo *Promise* und das Armband. Neben dem *Promise* liegt das Amulett mit dem B.C. Eagle. Mira legt noch einen schönen Filter über das Bild und lädt es hoch.

Auch wenn ihre Entscheidung richtig war, hat sie dieses Versprechen, ihre Zeit nicht zu vergessen, niemals gebrochen und niemals vergessen. Mira sieht sich auch die neuen Bilder der anderen an, da kommen schon die ersten Likes. Nolan, der am aktivsten auf Instagram zu sein scheint, kommentiert sofort mit ›B.C. Eagles Babyyy‹ und bringt Mira zum Schmunzeln. Sie schaltet die App wieder aus. Es wird sicherlich wieder einige Wochen dauern, bis sie erneut auf Instagram nachsieht.

Trotzdem fühlt sie sich etwas besser, als sie das Handy weglegt und aufsteht.

Sie hat kein Problem, wieder nach Vancouver zu fliegen. Sie war immer mal wieder für ein paar Tage dort, doch zurück auf den Campus der B.C. und das für mehrere Wochen, ist noch einmal etwas ganz anderes. Die Alternative dazu, den Abschluss zu verlieren, kommt natürlich auch nicht infrage. Deswegen überlegt sie sich, während sie einen knielangen dunkelbraunen Kunstlederrock und ein weißes Top überzieht, was sie nun tun soll. Hat sie überhaupt eine Alternative?

Während sie sich im Spiegel ihre Wimpern tuscht und ein wenig Concealer aufträgt, überlegt sie, was sich an ihr verändert hat, seit sie zurück in Berlin ist. Ihre Haare sind lang geworden, sie hat nur noch die Spitzen schneiden lassen. Beim letzten Frisörbesuch hatte sie wirklich überlegt, sich wieder für einen Bob zu entscheiden, aber sie hat es nicht übers Herz gebracht und nun fallen ihre blonden Strähnen bis tief in den Rücken. Vielleicht hat sie etwas tiefere Schatten unter den Augen, wegen der vielen Arbeit und zu wenig Schlaf, doch sonst hat sich nicht viel an ihr verändert. Das widerspricht ihrem Gefühl, ihr würde eine komplett andere Frau aus dem Spiegel entgegensehen als die, die sich damals für den ersten Tag auf der B.C. zurechtgemacht hat.

Mira lässt ihren Kaffee durchlaufen und toastet sich einen Toast. In ihrer WhatsApp-Familiengruppe hat ihre Mutter gerade ein Bild von sich mit einem Koala hochgeladen. Das ist der nächste Punkt. Nicht einmal ihre Mutter ist mehr in Vancouver. Sie war noch weit über ein Jahr dort, nachdem Mira nach Berlin zurückgekehrt ist, und der Laden lief wirklich gut. Reign war sie in diesem Jahr zweimal besuchen, als er bei seiner Familie war. Er hat jedes Mal eine Weile mit ihrer Mutter und Jonathan verbracht, er hat sich nach Mira erkundigt, doch sie haben das Thema nicht weiter vertieft. Miras Mutter ist der Meinung, dass man ihm angemerkt hat, dass er noch immer wütend ist wegen allem, was passiert ist. Trotzdem hat es sie sehr gefreut, ihn jedes Mal wiederzusehen.

Zwischen Jonathan und ihr ist es immer fester geworden. Und als er ein Angebot bekommen hat, nach Australien zu ziehen, um dort eine Farm zu übernehmen, haben die beiden nach einigem Überlegen beschlossen, das gemeinsam zu wagen. Ja, ihre Mutter hatte den Traum von einem eigenen Laden, doch sie will auch ihr Leben genießen. Und gerade scheint sie das vor allem mit Jonathan zu wollen. Eine ganze Weile hat sie den Laden in die Hände von Untermietern gegeben, die aber keinen Zutritt zu den oben gelegenen Wohnungen hatten. Leider hat das nicht so funktioniert, wie ihre Mutter sich das vorgestellt hat und seit einigen Monaten ist der Laden ungenutzt. Violet, Lincon und Grace sehen regelmäßig nach, ob dort alles in Ordnung ist.

Jonathan und ihre Mutter genießen ihr neues Leben in Australien. Sie haben nun eine Farm und ihre Mutter hat einen kleinen Farmladen eröffnet, in dem sie weiter Kuchen verkauft und selbstgeerntete Sachen anbietet. Sie wissen noch nicht, ob sie zurückkommen, gerade ist das ihr neues Leben. Mira war vor zwei Monaten mit ihrem Bruder Liam bei ihnen. Australien ist ein unglaubliches Land und Mira wird die Zeit, die die beiden dort sind, nutzen, um es kennenzulernen. Es freut sie, dass ihre Mutter so glücklich ist.

Mira sendet ihrer Mutter eine Sprachnachricht, wo sie in knappen Worten erklärt, was passiert ist. Sie erwähnt nicht, dass Violet eine der Frauen ist, mit der Mr. Drawn eine Affäre hatte. Dann frühstückt sie und telefoniert währenddessen mit Liam. Sie wollen morgen zusammen ins Kino gehen und er wollte schon die Tickets vorbestellen. Bei der Gelegenheit erzählt sie ihm auch davon. Beide können all das kaum glauben, doch am Ende beschließen sie, dass Mira das Angebot der sechs Wochen unbedingt nutzen sollte.

Der Gedanke, wieder auf die B.C. zu gehen, gefällt Mira überhaupt nicht. Sie will dieses Kapitel hinter sich lassen, sie ahnt, dass es Wunden aufreißen wird, die niemals wirklich verheilt sind.

Ihr erster Weg im Museum führt sie zum Büro von Professor Scholz, der sie auch sofort hereinbittet. Mira hat im letzten Jahr alles für dieses Praktikum gegeben. Er weiß, dass sie gut ist und hart arbeitet und sie will absolut ehrlich zu ihm sein und erzählt ihm noch einmal genau, was passiert ist. Mira ist überrascht, dass es ihr von alleine anbietet, nach dem Ende des Praktikums zwei Monate zu pausieren und dann die neue Stelle in der Leitung des

Museums anzutreten. Auch er weiß, dass sie gar nicht viele andere Möglichkeiten hat, wenn sie nicht ihren Abschluss verlieren möchte.

Doch auch wenn das geklärt ist, hat Mira den gesamten restlichen Tag einen schweren Stein im Magen. Nach der Arbeit trifft sie sich mit Laura in ihrem Lieblingsrestaurant und erzählt all das noch einmal. Auch wenn sie das nun schon einige Male wiederholt hat, kann auch sie es immer noch nicht glauben, egal wie oft sie es erzählt, allerdings erhält sie jedes Mal die gleiche Reaktion. Im Grunde weiß sie ja selbst, dass sie nicht viel Wahl hat, also bringt es auch nichts, so zu tun, als hätte sie eine.

Laura weiß, wie schwer ihr das mit Reign noch im Magen liegt, doch sie sagt ihr auch, dass nun zwei Jahre vergangen sind. Reign führt ein komplett anderes Leben und er ist garantiert nicht mehr der Reign, den sie noch immer so sehr liebt. Denn das tut sie, die Gefühle für ihn haben niemals an Intensität verloren, Mira hat nur akzeptiert, dass sie ohne ihn weiterleben wird. Laura ist sich sicher, dass Mira in die Erinnerung an damals verliebt ist und vielleicht hat sie auch recht damit. Natürlich wird Reign nicht mehr der sein, der damals vor ihr stand und ihr angeboten hat, ihr in Mathe zu helfen. Vielleicht wird ihr dieser Aufenthalt in B.C. auch helfen und endgültig zeigen, dass diese Zeiten vorbei sind und nicht mehr wiederkommen werden.

Sie liebt Vancouver und sie liebt den B.C. Campus. Doch gerade sind ihre Gefühle zwiegespalten. Es ist dieses Mal etwas anderes, als mal für eine Woche zu Besuch zu sein. Sie wird quasi mit Anlauf zurück in die Zeit katapultiert, die ihr Herz gebrochen hat und gleichzeitig eine der schönsten ihres Lebens war.

Obwohl sie mittlerweile ein richtiger Profi im Verdrängen ist, ist es ihr heute nicht gelungen, all das von sich zu schieben. Den ganzen Tag hat sich alles um Kanada und diese Neuigkeiten gedreht. Als sie am späten Abend die Treppen zu ihrer Wohnung hochgeht, kann Mira es doch nicht lassen und sieht noch einmal auf Instagram nach. Viele haben ihr Bild gelikt, Violet und Lincoln haben Feuerflammen kommentiert und auch Reign hat das Bild vor zwei Stunden gelikt. Sie sieht auf seiner Seite nach, doch er hat nichts Neues hochgeladen.

Nolan hat aber eine neue Story gepostet. Es zeigt einige aus deren Mannschaft in einem Club, Sambatänzerinnen sind bei ihnen am Tisch und neben Reign sitzt eine Frau, die aussieht wie die hübsche Latina, mit der er offenbar noch immer zusammen ist.

»Da bist du ja, ich habe heute schon zweimal bei dir geklingelt.« Mira lässt ihr Handy erschrocken aus der Hand fallen, als Atilla die Tür gegenüber ihrer Haustür öffnet und sie frech angrinst.

»Hast du mich erschreckt ... ich war arbeiten, was wolltest du?«

Atilla hebt ihr Handy auf, er trägt nur eine Boxershorts.

Mira hatte seit Reign keine feste Beziehung mehr. Sie hatte hin und wieder einen Flirt und so etwas wie eine heiße Affäre, zu denen auch Atilla gehört, der genau gegenüber wohnt und mit ihr zusammen auf der Uni war, doch mehr als ein wenig Spaß war da nicht und wird es auch nie sein, auch wenn Atilla sich mehr erhofft.

»Ich dachte, wir können uns zusammen einen Film ansehen und noch einmal über uns sprechen.«

Mira lächelt erschöpft und schließt ihre Haustür auf. Sie mag Atilla, doch sie ist nicht bereit, ihr Herz zu öffnen. »Ich bin müde und es gibt kein uns, Atilla, das weißt du doch, ich ...«

Er ist schon bei ihr, seine Hände umfassen ihre Taille und seine Lippen streichen über ihr Ohr. »Du weißt doch, dass ich ständig an uns denken muss ...« Mira schließt die Augen, sie versucht, sich auf die Nähe von Atilla einzulassen, vielleicht lenkt sie das ein wenig ab, doch augenblicklich erscheinen Reigns dunkle Augen in ihren Gedanken und sie schiebt Atilla liebevoll und doch bestimmend von sich. Das alles war heute einfach ein Schuss zu viel Vergangenheit, sie muss dringend schlafen gehen.

»Ich denke, das ist keine gute Idee, aber du kannst morgen mit meinem Bruder und mir ins Kino gehen, überlege es dir und sag mir Bescheid.« Atilla fasst sich ans Herz und sieht sie gespielt traurig an, doch er akzeptiert Miras Entscheidung und sie kann endlich ihre Tür schließen.

Erschöpft, müde und mit dem Gefühl, dass ein furchtbares Gefühlschaos über sie hereinbrechen wird, lehnt sie sich gegen ihre Haustür und schließt die Augen.

Sie ahnt, dass es ihr nicht guttun wird, nach Kanada zurückzukehren.

Zurück an den Ort, der ihr so viel bedeutet und ihr das Herz geraubt hat.

Kapitel 3

»Sehr geehrte Passagiere, wir landen in wenigen Minuten in Vancouver. Die Crew wünscht Ihnen einen wunderschönen Aufenthalt.«

Mira sieht dabei zu, wie sich Vancouver unter ihnen auftut und atmet tief durch.

Sie wollte den Flug über schlafen, weil sie die Nacht zuvor kein Auge zubekommen hat. Generell waren die letzten Wochen anstrengender, seit klar war, dass sie den Sommer über in Vancouver verbringen wird. Sie ist angespannt, sie hat damit nicht gerechnet, niemand hat das. Um nicht ständig an B.C. denken zu müssen, hat sich Mira auf die Arbeit gestürzt und war teilweise mehr als zehn Stunden im Museum. Es ist ihr nur bedingt gelungen, sich abzulenken, doch immerhin hatte sie etwas zu tun.

Seit drei Tagen ist nun ihr Praktikum offiziell beendet. Professor Scholz har sogar eine kleine Feier für Mira organisiert. Er hat ihren liebsten Raum im Museum, der mit kostbaren Schätzen aus dem alten Griechenland ausgestattet ist, mit Luftballons und einem kleinen Buffet verschönert. Zusammen mit den anderen Mitarbeitern haben sie dort einen gemütlichen Abend verbracht.

Mira ist nun für sieben Wochen in Vancouver und dann soll sie sich im Museum melden, um die Verträge zu unterschreiben.

Sie ist froh, dass all das klappt und sie nicht zu sehr unter Druck steht. Trotzdem fühlt sie sich ganz anders als damals, als sie das erste Mal nach Vancouver kam. Da war alles aufregend und neu, Mira hat alles in sich aufgesogen. Nun weiß sie, was sie erwartet. Die Freude, wieder hier zu sein, vermischt sich mit der Sorge, wie sie mit all den Erinnerungen zurechtkommt, zu einem Wirrwarr der Gefühle, die sie die gesamten letzten Wochen beherrscht hat und auch im Landeanflug in ihrem Magen rumort.

Da sie nicht schlafen konnte, hat sie versucht, ein Buch zu lesen, doch selbst das ist ihr nicht sehr gut gelungen, sie hat einen Satz teilweise drei Mal gelesen und dann das Buch zugeklappt. Sie wird wohl für die nächsten Wochen mit ihren gespaltenen Gefühlen leben müssen.

Als das Flugzeug landet, schließt Mira die Augen, versucht alle Bedenken beiseitezuschieben und steht als Letzte auf, um das Flugzeug zu verlassen. Violet und Lincon arbeiten gerade doppelt so viel, um die sechs Wochen etwas mehr Zeit zu haben, deswegen holt Grace sie vom Flughafen ab und erwartet sie schon in der Empfangshalle. Auf Miras Lippen schleicht sich ein Lächeln, als die gute Freundin ihrer Mutter in der Empfangshalle mit einem Schild in der Hand auf sie wartet, auf dem Engelchen steht. Grace hat es immer geschafft, sie alle zum Lachen zu bringen und Mira schließt sie fest in ihre Arme.

»Mein Engel, es ist so schön, dich wiederzusehen. Du weißt gar nicht, wie sehr ihr hier alle fehlt. Sieh dich an, du bist ja sogar noch schöner geworden, wie kann das nur möglich sein? Hast du nur die beiden Koffer dabei?« Grace drückt sie an ihren ausgeprägten Busen und Mira schließt die Augen. Sie hat sie schon eine ganze Weile nicht mehr gesehen.

»Ich freue mich auch, zurück zu sein. Ich habe nicht sehr viel mitgenommen, Mama hat gesagt, dass unsere alten Wohnungen nie verändert wurden und auch immer für alle anderen verschlossen waren. Es sollten da noch einige meiner alten Anziehsachen im Schrank sein und wenn nicht, wird Violet mich eh zum Shoppen zwingen.«

Grace nimmt ihr einen Koffer ab und sie laufen zum Parkplatz des Flughafens. »Bestimmt, das Café steht jetzt schon eine Weile leer. Nachdem deine Mutter mir erzählt hat, dass du kommst, habe ich meine Putzkolonne vorgestern und gestern Klarschiff machen lassen. Sie haben auch die Betten frisch bezogen und die Anziehsachen frisch gewaschen und neu in den Schrank geordnet, und der Kühlschrank wurde aufgefüllt, damit du dich wieder wie zu Hause fühlst.«

Grace ist ein Schatz. »Danke, das ist wirklich lieb. Keiner hat damit gerechnet, dass ich jetzt zwei Jahre später wieder zur B.C. gehen werde, wenn auch nur für ein paar Wochen. Ehrlich gesagt kann ich das bis jetzt noch nicht glauben.«

Sie gehen zwischen den parkenden Autos entlang und direkt auf ihren kleinen roten Wagen zu, den sie von Anfang an in Vancouver hatten. »Oh nein, ich wusste gar nicht, dass es das Auto noch gibt. Ich hatte damit gerechnet, dass meine Mutter die Autos verkauft hat.«

Grace lächelt und reicht Mira die Autoschlüssel. »Natürlich, deine Mutter und Jonathan haben alles behalten, falls sie doch noch einmal zurückkommen werden. Die Trucks stehen bei Jonathans Haus, aber ich denke, du ziehst den kleinen Wagen vor.«

Mira verstaut ihr Gepäck im Kofferraum, der damit bis aufs Letzte gefüllt ist und schließt zufrieden die Klappe. Sie atmet tief ein und plötzlich fühlt sich alles gar nicht mehr so falsch an. »Auf jeden Fall, oh mein Gott, das fühlt sich sofort wieder ein wenig wie zu Hause an.« Grace zwinkert ihr zu und Mira setzt sich auf den Fahrersitz.

In dem Jahr in Vancouver hat sie die Stadt gut kennengelernt. Trotzdem braucht sie einen Moment, bis sie sich im Verkehr zurechtfindet, während Grace ihr von allem erzählt, was mit dem Café war, seitdem ihre Mutter und Jonathan weg sind. Es ist auch nicht ganz so leicht, wieder komplett ins Englische zu verfallen. Mira muss sich während der Fahrt richtig konzentrieren. Grace fliegt in zwei Wochen nach Australien, um Miras Mutter und Jonathan zu besuchen. Sie selbst wird es erst über Weihnachten wieder schaffen.

In Vancouver sind angenehme fünfundzwanzig Grad, die Sonne strahlt vom Himmel und Mira sieht auf die wunderschöne Landschaft. Sie hat es vermisst, hier zu sein, egal was für gespaltene Gefühle dieses Land in ihr weckt. Ein Hauch von Wärme füllt Miras Herz. Sie hat sehr lange gegen diese Erinnerungen angekämpft, sie musste das tun, um nicht darin zu ertrinken. Doch jetzt wird sie all das zulassen, und obwohl sie dachte, es würde ihr wehtun, spürt sie gerade nur eine zufriedene Ruhe, die sich in ihr ausbreitet.

Als sie die Straße zu ihrem Café einfahren, schlägt ihr Herz schneller. Sie halten genau davor und Grace hilft ihr, die Koffer aus dem Auto zu holen, wobei sie einen Anruf bekommt. Mira kramt in ihrer Tasche nach dem Schlüssel für das Café, den sie die gesamte Zeit in Berlin in einer Schublade aufbewahrt hatte.

Grace beendet das Gespräch und ihre strahlenden Augen wenden sich entschuldigend zu Mira. »Mist, Süße, ich muss rüber, da hat ein Gast seine Dusche überlaufen lassen und ein Bad steht unter Wasser. Komm erst einmal an und wenn etwas ist, komm rüber.«

Mira bedankt sich noch einmal, sie bleibt neben ihren Koffern stehen und sieht sich den Laden von außen an. Die Farbe hat etwas gelitten, doch ansonsten hat sich nichts verändert. Einen Moment atmet sie tief ein. »Na dann, willkommen zurück«, murmelt sie leise, schließt die Tür auf und bringt ihre beiden Koffer in den Laden.

Mit laut klopfendem Herzen schließt sie die Tür hinter sich und registriert das vertraue Läuten der kleinen Türglocke, die neue Gäste angekündigt hat. Mira lässt die Koffer stehen, durch die heruntergezogenen Jalousien ist es dunkel und sie schaltet das Licht an. Auch wenn der herrliche Duft von Kuchen und Gebäck fehlt, so fühlt sich Mira sofort wieder wohl, als sie sich im Laden umsieht.

Es ist fast alles noch so wie bei ihrem letzten Mal hier. Sie hatte schon Angst, die Leute, die das Café kurz gemietet hatten, hätten viel geändert. Aber niemand scheint groß etwas verändert zu haben. Die Sitznischen sind wie in ihren Erinnerungen, die Lichterketten, die schöne hohe Theke. Mira geht hinter die Theke, sogar das Geschirr und die Gläser sind noch da. Die Kühlschränke hier sind ausgeschaltet, die Vitrinen leer, doch alles ist sauber und ordentlich, als wären sie nur kurz weggewesen und bereit, sofort wieder anzufangen.

Mira streicht über die Theke, eine tiefe Sehnsucht, die sie sich selbst nicht richtig erklären kann, umfasst ihr Herz. Sie sieht sich alles genau an und geht dann in den kleinen Flur zu den Toiletten. Hier hängen verschiedene Bilder, eines zeigt ihre Mutter, ihre Brüder und sie beim Streichen des Ladens, ganz am Anfang. Sie haben alle Farbe im Gesicht und strahlen in die Kamera. Mira streicht über das Bild und denkt lächelnd an diesen Tag zurück. Sie waren so optimistisch und voller Vorfreude.

Ein weiteres Bild zeigt ihre Mutter, als sie noch sehr jung war und das erste Mal in einer Bäckerei gearbeitet hat. Sie hält stolz einen Käsekuchen in der Hand. Miras Mutter hat ihr erzählt, wie schwer es ihr gefallen ist, einen perfekten Käsekuchen zu backen, doch mittlerweile ist er überall bekannt. Daneben ein Bild beim Backen ihres ersten Kuchens in diesem Laden.

Mira atmet ein wenig wehmütig aus, all diese Erinnerungen.

In der Mitte hängt noch ein Foto, das sie bisher nicht kennt. Es muss bei einem der Besuche von Reign nach ihrer Trennung entstanden sein. Reign, Nolan und Parker sind im Laden. Sie stehen an der Theke, Reign hat seinen Arm um Jonathan und ihre Mutter gelegt und alle strahlen in die Kamera. Mira blickt Reign ins Gesicht. Ein brennendes, kaltes Zittern flattert in ihrem Bauch auf.

Sie blickt zu der Wand, an der sie sich mit Reign geliebt hat, als sie damals alleine im Laden waren. Mira wendet sich schnell um und geht zurück. Schon jetzt kommen Erinnerungen hoch, die ihr Herz bis in ihre Kehle pochen lassen.

Es tut weh. Es tut weh, weil es ihr alles bedeutet hat, weil sie nie aufgehört hat, Reign zu lieben und immer wieder an die Liebe zurückdenken muss, die er für sie empfunden hat. Genau das war es, was sie abgeschreckt hat, hierher zurückzukommen. Doch vielleicht darf sie nicht davor zurückschrecken, sondern muss sich all dem stellen. Ja, es tut verdammt weh, aber das ist das Echteste und Intensivste, was sie bisher in ihrem Leben gefühlt hat.

Mira geht in die Küche. Auch hier ist alles eingeräumt und ordentlich, sie sieht auf die Töpfe und Backformen. In Berlin hat sie aufgehört zu backen, hin und wieder hat sie gekocht, doch so viel wie hier in Vancouver stand sie nie wieder in der Küche.

Alles hier erinnert sie an ihre Mutter, fast, als würde sie hier stehen und die Kuchenformen füllen und ihr dabei etwas erzählen. Sie spürt, wie sehr sie sie vermisst. Sie haben täglich Kontakt, doch es fehlt ihr, sie in den Arm zu nehmen, sie bei sich zu haben, einfach alles.

Im Kühlschrank erwartet sie eine Überraschung: Er ist prallgefüllt und das will in solch einem Gastronomiekühlschrank etwas heißen. Es gibt Gemüse, Aufstriche, Milch und einiges mehr. Neben dem Kühlschrank steht eine Box mit Mehl und Brot, und mehrere Kisten mit Getränken stehen am Boden. Mira holt ihr Handy heraus und schickt Grace ein Herz und bedankt sich noch einmal, dann holt sie ihre Koffer und hievt sie nacheinander die Treppe nach oben. Die Tür ist zu, aber nicht mehr abgeschlossen. Sobald sie im kleinen Flur angekommen ist, lässt sie die Koffer stehen.

Als Erstes sieht sie in der Wohnung ihrer Mutter nach. Hier ist alles wie damals, das Bett ist ausgetauscht worden, doch ansonsten hat sich nicht viel verändert. Erleichterung breitet sich in Mira aus. Sie hatte Angst, dass ihr all das fremd vorkommt, doch sie fühlt sich sofort wieder wohl. Mira schließt die Tür und geht hinüber in ihr kleines Reich.

Sie rollt die Koffer hinein und atmet tief ein.

Es hat sich nichts geändert. Sie streift ihre Sneakers ab und läuft mit den Füßen über die weichen Teppiche, sieht zum gemütlichen Sofa, in ihre Sitzecke am Fenster. Die Miniküche, das kleine Bad. Noch immer ist das Bett vollgestellt mit weichen Kissen, am liebsten würde Mira sich sofort darauf legen, doch sie ist viel zu aufgeregt, wieder hier zu sein. Im Moment bestätigen sich ihre Bedenken nicht, es ist ein schönes Gefühl, zurück zu sein.

Mira öffnet ihren Kleiderschrank. Wie sie es sich gedacht hat, ist der noch gut gefüllt. Sie hat damals nicht alles zurück nach Berlin genommen, dafür war gar nicht genug Platz. Sie sieht sich die Sommerkleider, die dicken Pullover und Schneekleidung an und muss an ihren Ausflug in den Lynn Headwaters Regional Park denken. Nun ist Hochsommer in Vancouver und sie wird diese Sachen nicht mehr brauchen.

Ganz am Rand findet sie auf einem Bügel einige Shirts der B.C. Eagles, eine Trainingshose von Reign, einen übergroßen Hoodie von ihm, den sie oft zu Hause getragen hat und das Trikot der B.C. Eagles, welches sie zu den Spielen angezogen hat. So unsinnig es auch ist, Mira holt die Shirts von Reign heraus und riecht daran, versucht, noch einmal seinen anziehenden Duft zu erhaschen, an den sie so oft denken musste, doch natürlich duftet alles nur nach frisch gewaschener Wäsche.

Einen Moment denkt sie an die vielen Male, in denen sie seine Shirts zum Schlafen getragen hat, wie seine Hand über ihre Schenkel unter das Oberteil gefahren ist und er sie nachts an sich gezogen hat. All das wirkt so lange her und doch hat es sich tief in sie gebrannt.

Bevor sie zu sehr in diese Zeit zurückkehrt, packt Mira ihre zwei Koffer aus. Sie geht duschen und zieht sich dann nur eine Shorts und ein weites B.C. Eagles-Shirt über. Sie muss über sich selbst lachen, als sie in den Spiegel sieht, doch es ist so. Sie ist zurück und sie nimmt sich in diesem Moment vor, diese Zeit zu genießen und nicht ihre Sehnsucht die Oberhand gewinnen zu lassen.

Motiviert geht sie in die große Küche, stellt Musik an, bereitet einen Muffinteig mit Blaubeeren zu und stellt ein Foto davon in die Familiengruppe. Dann schiebt sie die Muffins in den Ofen und schneidet Gemüse zum Anbraten, setzt Nudelwasser auf und rührt eine cremige Soße an. Sie öffnet eine Flasche Wein und tänzelt kochend durch die Küche. Wenn sie jetzt die Augen schließt, hat sie das Gefühl, zwei Jahre zurück gebeamt worden zu sein.

Die Glocke an der Eingangstür läutet, sie hat nicht wieder abgeschlossen. »Ohooo, es riecht nach Muffins und Essen. Guess, who is back?« Die Stimmen von Violet und Lincon lassen sie aufhorchen. Sie wollten nach der Arbeit vorbeikommen.

Mira kann gar nicht so schnell reagieren, da stürmen die beiden Verrückten schon in die Küche und zerquetschen sie fast. Mira lacht und breitet ihre Arme um die beiden, Lincon küsst sie fest auf die Wange und einen Moment sehen sie sich alle drei in die Augen.

»Auf ein Neues. Noch einmal B.C. mit allem, was dazugehört, Baby, die Verrückten sind zurück!«

Kapitel 4

Sie haben bis spät in der Nacht zusammen gegessen, getrunken und viel gelacht. Auch Grace kam irgendwann zu ihnen herüber. Als sie am Abend am Fenster des Ladens zusammensaßen und die Lichterketten angeschaltet haben, hat es immer wieder an die Scheibe geklopft und ein paar Leute haben gefragt, ob der Laden wieder geöffnet hat. Mira hat jedes Mal verneint, es ist schön zu sehen, wie vielen Menschen der Laden fehlt.

Für einige unbeschwerte Momente war es so, als wären die zwei Jahre, die Mira nun nicht mehr in Kanada lebt, nie gewesen. Lincon und Violet haben bei ihr im Laden geschlafen. Sie genießt es, die beiden wieder um sich herum zu haben und wieder hier im Laden zu sein.

Damals, als ihre Beziehung mit Reign zerbrochen ist, wusste sie, dass sie immer diese Kälte im Herzen tragen wird, wenn sie an Kanada zurückdenkt. Obwohl sie Kanada so sehr liebt, das Jahr ihr so viel gebracht und sie unglaublich viele schöne Erinnerungen hat. Einfach, weil es ihr so wehgetan hat, weil sie Reign und ihre Beziehung geliebt und nur aus Vernunft darauf verzichtet hat. Deswegen hatte sie auch solche Bedenken zurückzukommen, doch nun ist sie froh, dass sie es getan hat.

Sie muss sich immer wieder daran erinnern, dass Reign nur ein Teil dieser Reise war und sie deswegen nicht alles andere schlechtreden darf, egal wie weh es tut.

Sie beschließt aufzuhören, sich zu viele Gedanken zu machen, sie will diese Wochen einfach nur genießen. Vielleicht schafft sie es ja und kann noch einmal ein ganz anderes Gefühl aus Kanada mitnehmen und die Zeit am B.C. Campus genießen.

Auch am Sonntag sind sie drei nicht zu trennen. Sie schlafen lange, sehen sich einen Film an, gehen zum Strand und bleiben dort bis zum Sonnenuntergang mit Pizza, Getränken und viel zum Lachen.

Weil sie in den letzten Wochen zu wenig geschlafen hat, schläft Mira auch am Montag lange aus. Obwohl sie alleine im Laden ist, fühlt sie sich so wohl, dass sie so gut schläft wie lange nicht mehr.

Wie jeden Sommer ist der Campus der B.C. immer geöffnet. Es finden die Sommerkurse statt und ab nächster Woche die sechs Wochen Kurse für die letzten drei Jahrgänge in Geschichte und Politik. Violet und Lincon haben sich die Bücher, die sie dafür brauchen, schon von der Bücherei geholt. Mira wird sich heute darum kümmern. Sie muss sich ihre Unterlagen im Sekretariat abholen und wird sich ihre Bücher dann auch gleich besorgen.

Da sie sonst nichts weiter vorhat, lässt sie sich Zeit. Sie zieht sich ein altrosafarbenes Sommerkleid an, flechtet ihre Haare zu einem langen Zopf, steckt sich zarte Ohrringe an und schminkt sich nur leicht. Dann geht sie in Ruhe zu Grace in die Pension und frühstückt dort etwas. Gemeinsam rufen sie ihre Mutter an, die gerade gemütlich mit Jonathan auf ihrer Terrasse sitzt und einen Wein trinkt.

In Australien ist es bereits abends, es sind über neunzehn Stunden Zeitunterschied zwischen ihnen. Ihre Mutter erzählt, dass sie ein verletztes Känguru gefunden und es auf ihre Farm mitgenommen haben, wo sich ein Tierarzt um das junge Tier kümmert. Mira erzählt ihr, wie es im Laden aussieht und Grace erwähnt, dass es einige Interessenten dafür gibt.

Miras Mutter hängt an dem Laden, doch natürlich ist es auch nicht schön, wenn er die ganze Zeit geschlossen ist. Mira schlägt vor, sich ein paar Interessenten, in der Zeit, in der sie hier ist, anzusehen. Vielleicht finden sie ja jemanden, der zu ihnen passt und den Laden in ihrem Sinne weiterführen kann. Auch das scheint ihrer Mutter nicht sonderlich zu gefallen, doch da sie erst einmal nicht vorhat, Australien zu verlassen, wird ihr nichts anderes übrig bleiben.

Erst am frühen Mittag fährt Mira dann los. Das erste Mal seit über zwei Jahren fährt sie den ihr altbekannten Weg zum B.C. Campus. Auch wenn sie noch einmal in Vancouver ihre Mutter besuchen war, hat sie einen weiten Bogen um den Campus gemacht, doch dieses Mal steuert sie direkt darauf zu. Sie weiß, dass sie sich jetzt einigen Erinnerungen stellen muss, doch sie ist darauf vorbereitet und versucht, es mit einem lächelnden Herzen zu tun, nicht mit einem trauernden.

Natürlich, wie immer im Sommer, ist der Parkplatz leer. Es stehen nur vereinzelt Autos hier, nächste Woche wird das sicher mehr, doch Mira denkt nicht, dass sie wie im normalen Studienjahr morgens um einen Parkplatz kämpfen muss.

Einen Moment bleibt sie in ihrem Auto sitzen und sieht auf die reservierten Parkplätze der B.C. Eagles. Automatisch kommt ihr ihre Wette mir Reign in die Gedanken und wie er jeden Morgen für sie eine Überraschung am Reservierungsschild vorbereitet hatte. Sie hat das Plüschmaskottchen noch immer, es steht auf der Kommode in ihrer Wohnung im Laden. Auch wenn diese Erinnerungen wehtun, würde sie es niemals übers Herz bringen, es wegzuwerfen.

Sie weiß nicht, wie lange sie im Auto sitzenbleibt und auf den alten Parkplatz von Reign blickt. Irgendwo hinter ihr dröhnen Motoren einer Baustelle, aber ansonsten ist es ruhig. Sie lässt sich diese Zeit und steigt erst dann aus, als sie sich dazu bereit fühlt, dabei atmet sie tief ein. Sie blickt auf die Fahnen, die einen am Eingang begrüßen, einmal die von Kanada, die von Vancouver, die vom B.C. Campus, die der B.C. Eagles sowie die der Basketball- und Schwimmmannschaft.

Mira läuft durch das geöffnete Tor und sieht sich um. Auf den ersten Blick hat sich nichts verändert, es stehen ein paar mehr Bänke herum, auf einer – gleich beim Haus der Schwimmer – sitzen zwei Frauen und essen etwas, ansonsten sieht sie erst einmal niemanden.

Mira läuft weiter und blickt zum Haus der Mannschaft. Wer jetzt wohl darin lebt? Ob es neue Stars der Mannschaft gibt? Lincon hat erzählt, dass das Team einige Probleme hat. Obwohl es so warm ist, fröstelt es Mira, eine leichte Gänsehaut zieht sich über ihre Arme und sie streicht darüber. Wie oft sie in dem Haus geschlafen hat. Hier hat Reigns Vater sie aufgehalten und das erste und letzte Mal mit ihr gesprochen. Sie kann sich so gut daran erinnern, als wäre es erst vor einigen Tagen passiert, als sie Reign sein Mathebuch zurückgebracht hat. Sie hat sich kaum getraut, ihn anzusehen, weil er ohne Shirt vor ihr stand und sie nicht zeigen wollte, wie beeindruckt sie von dem war, was sie da gesehen hat.

Mira muss lächeln, als sie an all das zurückdenkt, ein süßer Schmerz durchfährt ihre Brust, aber das alles ist nichts, was sie jemals bereuen würde, niemals.

Sie läuft weiter, doch statt zu dem organisatorischen Gebäude zu gehen, führt sie ihr Herz erst einmal zum College.

Sie will sehen, ob sich etwas verändert hat. Wie immer lassen sich die schweren Türen des Colleges nur mühsam öffnen, dann steht Mira im leeren und ruhigen Flur. Wie oft sie diesen Flur schon entlanggegangen ist und wie hektisch und laut es hier immer war.

Sie läuft den Flur entlang zur Memorials Ecke. Hier wird an ehemalige Schüler gedacht und neben einigen anderen Gesichtern, die hier schon immer auf Fotos in Bilderrahmen standen, gibt es nun auch ein Bild von Reign, Nolan und Parker mit dem Dekan und in ihren jeweiligen Trikots. Mira sieht in Reigns Gesicht, er strahlt. Sie weiß, dass ihm das immer alles bedeutet hat und sie ist froh, dass sie mit ihrer Entscheidung dafür gesorgt hat, dass er diesen Weg geht und sich nicht gegen diese Chance entschieden hat. Er würde immer wieder zurückblicken und es bereuen. Auch wenn er ihr das niemals verzeihen wird und sie vielleicht sogar dafür hasst, so zeigt ihr dieses Strahlen in seinem Gesicht und sein jetziges Leben doch, dass es richtig war.

Mira läuft weiter, sie hört hinter einem Raum Stimmen, dort findet offenbar gerade ein Kurs statt. Sie geht die Treppe hoch und öffnet die Tür zu ihrem alten Matheraum. Er ist leer und ihr Blick fällt nach hinten, wo Reign und sie viel Zeit miteinander verbracht haben. Ob Mr. Campell noch immer alle Studenten in den Wahnsinn treibt? Wahrscheinlich, ihr kommen die zwei Jahre ewig vor, doch eigentlich sind sie nur so an ihr vorbeigerast.

Mira geht weiter, sieht in die bekannten Räume und steht irgendwann in der leeren Schwimmhalle. Auch hier hat sich kaum etwas getan, ein neues Banner hängt über den Reihen. Mira sieht in die Ecke, in der sich Oliver damals auf sie gestürzt hat, sofort schleicht sich der Ekel wieder in ihrem Hals hoch. Sie fragt sich, was wohl aus ihm geworden ist. Violet hat ihr erzählt, dass seine Eltern versucht haben sollen, ihn in das olympische Schwimmerteam Kanadas zu bekommen, doch das hat nicht funktioniert. Mit diesen zwei Jahren Abstand weiß sie nicht, ob sie noch einmal so handeln würde wie damals. Wahrscheinlich hätte sie ihn doch lieber anzeigen sollen, heute würde sie das tun. Mira kann nur hoffen, dass er sich Hilfe gesucht hat und seine Eltern dafür gesorgt haben, dass er eine Therapie bekommt.

Mira verlässt das College wieder und geht direkt ins Sekretariat. Hier arbeitet hinter dem Tresen gerade eine Frau, die sie vorher noch nie gesehen hat. Mira nennt ihren Namen und bekommt ihre Campuskarte, einige Unterlagen und ihren Kursplan. »Ist der Dekan da?«

Die Sekretärin sieht verwundert von den Papieren hoch, doch sie nickt. »Ja, er ist da, um noch einige Dinge für nächste Woche zu organisieren, sie können gerne reingehen.«

Mira bedankt sich und klopft leise an. Vielleicht ist er auch zu beschäftigt, doch als sie die Tür öffnet, lächelt der Dekan sofort und breitet einladend die Arme aus. »Miss Heis, willkommen zurück an der B.C. Es freut mich, dass sie diese Chance nutzen und wieder hier sind.«

Mira begrüßt ihn und setzt sich ihm gegenüber an seinen Schreibtisch. »Ehrlich gesagt war ich am Anfang nicht ganz so erfreut, ich sollte mit einer Stelle beginnen, aber jetzt merke ich, dass ich Kanada sehr vermisst habe. Aber viele Alternativen hatten wir auch nicht gerade.«

Der Dekan verschränkt die Hände auf dem alten robusten Holz- schreibtisch und seine Stirn legt sich in Sorgenfalten. »Ich dachte auch, dass das die meisten so sehen und verstehen, was das für eine Chance ist und wie viel Arbeit es uns gekostet hat, die Behör- den dazu zu überreden. Doch leider haben aus den Kursen weni- ger als die Hälfte der Leute zugesagt, die meisten haben den Anruf komplett ignoriert. Ich schätze, sie nehmen das nicht ernst. Ein ehemaliger Student hat mir erzählt, dass er gerade eine Stelle in einer Anwaltskanzlei beginnt und all das nicht mehr braucht, bis ich ihm erklärt habe, dass ihm seine Lizenz entzogen wird, wenn er keinen rechtskräftigen Abschluss hat. All das hat Nachwirkungen, für jeden, doch die meisten ignorieren das erst einmal. Ich werde noch einmal alle anrufen, die abgesagt haben, doch vielmehr kann ich dann auch leider nicht tun.«

Mira nickt. »Das hat mir Violet schon erzählt. Danke, dass Sie das einrichten und uns ermöglichen konnten. Ich weiß, dass Sie dafür nichts können und Ihr Bestes gegeben haben.« Der Dekan lächelt und lehnt sich zurück. Sie sprechen darüber, was Mira in der Zwischenzeit getan hat, danach gehen sie gemeinsam in Rich- tung Kantine. Da Mira ja nun wieder eine offizielle Studentin hier ist, kann sie sich dort gleich etwas zum Essen holen. Der Dekan verabschiedet sich und geht zur Universität weiter und Mira holt sich einen Teller Pasta und eine Limonade.

Statt in der Cafeteria zu bleiben, wo einige Studenten sitzen, geht Mira mit dem Tablett zum Footballfeld.

Sie kann nicht anders. Allerdings geht sie nicht auf ihren alten Platz, sondern setzt sich auf die Tribüne und sieht auf das gepflegte Feld. Lincon hat ihr erzählt, dass die Mannschaft der B.C. Eagles diese Saison gerade mal den vierten Platz geschafft hat und alle hier den alten Stars nachtrauern. Mira sieht zu dem Garderobentrakt. Er sieht sehr schön aus, ganz anders als das alte Backsteingebäude, viel moderner, und sie ist sich sicher, dass sich das auch im Inneren fortsetzen wird. All das wird sicherlich eine Menge Geld gekostet haben, doch davon haben Reign und die anderen offensichtlich mehr als genug.

Mira isst ihre Pasta, holt ihr Handy heraus und geht auf Instagram. Sie war schon wieder eine Weile nicht online. Sie geht auf Reigns Profil, doch auch bei ihm ist nichts passiert. Violet hat ein Bild von ihnen dreien gestern am Strand gepostet und Nolan ein Bild vor zwei Stunden, das Reign, ihn und ein paar andere in einem Stadion zeigt, anscheinend haben sie heute ein Spiel in Michigan.

Mira schließt die App wieder, das tut ihr nicht gut, sie sollte sich da gar nicht erst wieder drauf einlassen und hineinsteigern. Beim letzten Mal war sie sogar kurz davor, auf Avas Profil nachzusehen, doch sie hat schnell ihr Handy weggelegt, diese Zeiten sind vorbei.

Mira schließt die Augen. Es ist so wunderbar ruhig, die Sonne strahlt und Mira bleibt noch eine ganze Weile dort sitzen. Sie träumt von alldem, was sie damals in nur einem Jahr erlebt hat. Es ist verrückt, es war viel, wirklich viel, und eigentlich ist es ist kein Wunder, dass sie solch gespaltene Gefühle hat, wenn sie an all das zurückdenkt.

Bevor Mira wieder zurück zum Parkplatz geht, kann sie es nicht lassen.

Sie stellt sich auf die Stufen vor dem College und blickt in die Kamera. Mühevoll achtet sie darauf, dass man das College und die zwei wehenden Fahnen des B.C. Campus sieht und strahlt dann in die Kamera.

Sie macht mehrere Fotos, wovon eines besonders schön geworden ist. Die Sonne lässt ihre Augen strahlen und die B.C.-Fahnen wehen über ihr. Man erkennt auch das College sehr gut. Mira lächelt, während sie das Bild auf Instagram hochlädt und dazu schreibt:

›Back in B.C.‹

Kapitel 5

Als Mira genau eine Woche später am frühen Morgen wieder auf dem Parkplatz der B.C. hält, lehnt sie sich müde in ihrem Auto zurück. In nur einer Woche hat sie es verlernt, früh aufzustehen. Heute Morgen aus dem Bett zu kommen war eine Qual, was allerdings auch ein wenig daran liegen könnte, dass ihr jeder Knochen einzeln wehtut.

»Ich wusste doch, dass wir es früher schaffen.« Ihre Beifahrertür wird aufgerissen und Lincon strahlt sie an. Mira verdreht die Augen und steigt aus. Lincon verwandelt selbst die banalsten Sachen zu Wettbewerben.

Heute ist der erste Tag der sechs Wochen, und auch wenn sie die letzten Tage hier in Vancouver wirklich genossen hat, könnte sie gut auf diesen Part ihres Aufenthaltes verzichten. Sie saß jetzt ein Jahr lang nicht mehr in irgendwelchen Vorlesungen und Kursräumen. Heute Morgen stand Mira sicherlich zehn Minuten vor ihrem Kleiderschrank und wusste nicht, wie sie sich anziehen soll. Locker? Elegant, um zu verdeutlichen, dass sie eigentlich keine Studentin mehr ist? Am Ende hat sie sich für ein wunderschönes gelbes Sommerkleid entschieden. Durch die Farbe kommt ihre zurzeit wieder goldbraune Haut zur Geltung. Sie hat ihre Augen betont und die Haare offen gelassen. Dazu hat sie sich Riemchensandalen ausgesucht. Da sie keine Tasche mehr hat, in die die Blöcke und Bücher passen, musste sie ihre Korbtasche von damals nehmen, die sie noch im Schrank gefunden hat.

Mira schließt die Autotür, sie hat einen Parkplatz weiter vorne bekommen. Es ist voller als die Tage zuvor, aber es gibt immer noch genug Plätze. »Wow, deine Haare sind der Wahnsinn, wieso trägst du die meiste Zeit einen Zopf?« Lincon breitet die Arme aus und gibt Mira einen Kuss, als sie ihre Stirn an seine Brust legt und müde die Augen schließt.

Erst der Duft von Kaffee lässt sie die Lider wieder öffnen und er reicht ihr einen Becher. »Danke, das liegt höchstwahrscheinlich daran, dass du mich die letzten Tage nur gequält hast und ich meine Haare vor den unglaublichen Mengen an Schweiß retten musste, die mein Körper ausgeströmt hat. Ich wusste gar nicht, dass ich dazu in der Lage bin. Wie kommt es, dass du schon wieder so fit bist?«

Lincon legt den Arm um Mira, sie laufen gemeinsam zu Violet, die genauso müde wie Mira wirkt und nun ihren Kaffee hebt. »Ich sagte doch, es war ein Fehler, mit Lincon über Sport zu sprechen. Seit er diesen Fitnessfreak kennengelernt hat, benimmt er sich wie ein Eichhörnchen auf Speed.«

Mira muss lachen und hakt sich bei Violet ein, die mit ihrem Kaffeebecher an ihren stößt. »Also, ich steige für die nächsten zwei Tage aus deinem Trainingsprogramm aus. Ich muss meinen Körper erst wieder unter Kontrolle bekommen. Mir tun Stellen weh, bei denen ich noch nicht einmal wusste, dass es sie gibt.«

Mira hat beim Anblick des Footballfeldes daran denken müssen, wie viel Sport sie in Kanada gemacht hat. In Berlin ist sie nicht einmal laufen gegangen. Sie hat einen Vertrag im Fitnessstudio bei ihr um die Ecke abgeschlossen, doch außer einmal, als sie einige Bahnen im Schwimmbad des Studios geschwommen und dann im Whirlpool gelegen hat, hat sie es nicht betreten.

Lincon hat einen Mann kennengelernt, der so etwas wie Extremsport macht, ein richtiger Sportfreak, mit dem er mithalten will. Und sobald Mira nur das Wort Sport in den Mund genommen hat, hat Lincon sich auf sie gestürzt. Die letzten drei Tage waren sie jeden Tag laufen und haben danach irgendwelche selbstgebauten Parcours überwunden, die er aufgestellt hat. Nach zwei Jahren ohne Sport war das keine gute Idee, Miras gesamter Körper tut weh.

»Ich habe meine Sportsachen dabei, ich dachte, nach den Kursen ...«

Mira muss auflachen, dabei spürt sie ihren Muskelkater im Bauch.

»Niemals, mach das doch nach den Kursen mit Triston.«

Lincon läuft neben ihnen und verzieht sofort enttäuscht sein Gesicht. »Er muss Leute verarzten und dann bin ich auf Arbeit, aber ich habe ihm gesagt, dass ich ihm die wichtigsten Menschen in meinem Leben vorstellen möchte und bin dabei, ein ganz besonderes Abendessen zu organisieren, damit ihr ihn auch endlich mal kennenlernt.«

»Oh, das ist so lieb, mach das. Ich freue mich schon darauf.« Mira gibt Lincon einen Kuss auf die Wange und Violet leert ihren Kaffee, bevor sie ins College gehen. »Also, ich habe ihn schon gesehen.«

In den Fluren ist es auch heute wieder ruhig, ihr Kursraum ist im unteren Stock und sie bleiben davor stehen. »Du hast nur seinen nackten Hintern in meinem Bett gesehen«, protestiert Lincon.

Violet zwinkert ihm zu und öffnet die Tür zum Kursraum. »Aber der war schon vielversprechend.«

Sie treten zusammen in ein Zimmer, in dem Mira noch niemals war. Ihr Blick schweift sofort umher, doch tatsächlich sind nur wenige Ehemalige aus ihrem Kurs hier. Zwei Frauen, denen Mira zuwinkt und zwei Männer, die ihnen zunicken. Natürlich kennen sie sie alle, Lincon begrüßt die anderen auch gleich, während Mira und Violet nach oben gehen, in die hinteren Reihen. Mira weiß, wie viele Gedanken sich Violet nun macht, was die anderen denken und sagen und wer hier wirklich weiß, dass sie eine heimliche Affäre von Mr. Drawn war.

Mira hat sie versucht zu beruhigen, doch sie versteht, dass sich Violet in die hinteren Reihen verzieht und begleitet sie.

Offenbar hatte der Dekan doch nicht mehr Glück. Es sind viel zu wenige ehemalige Studenten gekommen. Der Raum ist ähnlich wie ihr damaliger Matheraum, er geht nach oben. Und da sie nicht zu uninteressiert wirken wollen, setzen sie sich in die Mitte der vorletzten Sitzreihen.

»Hast du das gesehen? Die Blicke? Die Leute hassen mich, weil sie ...« In dem Moment geht die Tür noch einmal auf, weitere zwei ehemalige Kursteilnehmer kommen mit einem anderen jungen Mann durch die Tür. Nun kommt auch Lincon zu ihnen nach hinten und setzt sich einen Platz vor sie. Der junge Mann legt Bücher und eine Tasche auf das Lehrerpult und reibt sich die Hände.

»Hallo, ich sehe, dass schon einige von euch da sind.« Er zählt durch. »Neun, ich glaube dann kommt keiner mehr und wir können anfangen.« Er lächelt und Violet neben Mira beginnt zu strahlen. »Oh mein Gott, ist der sexy.«

Lincon dreht sich überrascht zu ihnen um und Mira stößt Violet von der Seite an. »Das ist nicht lustig, deswegen sitzen wir doch erst hier.« Violet hört trotzdem nicht auf zu grinsen und Lincon dreht sich wieder kopfschüttelnd weg.

Mira wendet lachend ihren Blick wieder zu dem Mann nach vorne. Er ist wirklich ein hübscher Mann, mit blonden Haaren und strahlend blauen Augen, die nun auch zu ihnen nach hinten gleiten. »Willkommen, mein Name ist Petry. Wie gesagt, der Grund, warum wir alle nun hier im Sommer diesen Kurs besuchen, ist vielleicht nicht so schön, doch ich denke, wir können da etwas Besonderes draus machen. Ich gebe euch heute schon die Hauptthemen vor, und da wir nur zwei oder drei Kurse am Tag haben, müsst ihr euch auch zu Hause in diese Themen einarbeiten. Als Erstes werden wir über die Kunst in verschiedenen Epochen der Geschichte sprechen. Dieses Thema ist festgesetzt und wir werden auch eine Ausstellung dazu besuchen.«

Mira schreibt sich alles mit und lächelt. Genau ihr Gebiet, da kann nichts schiefgehen.

»Dann möchte ich ins Mittelalter gehen und ganz zum Schluss geht es als Abschlussarbeit um die Geschichte Kanadas. Welche Punkte wir daraus besonders betrachten werden, erfahrt ihr, wenn es so weit ist. Für die ersten Stunden heute hätte ich gerne, dass ihr im Buch …«

Die Tür geht noch einmal auf und alle blicken dorthin. Miras Lächeln gefriert auf ihren Lippen.

Es gibt Momente im Leben, in denen man das Gefühl hat, das Herz springt einem aus der Brust. Genau solch ein Moment trifft Mira mit einer derartigen Wucht, dass sie ihren Herzschlag in ihrem Hals widerhallen hört, als Nolan, Parker und ganz zum Schluss Reign den Raum betreten.

Es ist ganz still, alle sind verwundert. Niemand hat damit gerechnet, dass die überall gefeierten Footballstars hier auftauchen würden.

Mira schluckt schwer, ihr Mund ist staubtrocken und sie würde am liebsten aufspringen und davonlaufen, doch sie schafft es nicht einmal, ihren Blick abzuwenden. Wie erstarrt sieht sie auf die drei, die den Raum betreten, und saugt jede Kleinigkeit in sich auf. Die drei sehen einen Moment wirklich so aus wie damals vor zwei Jahren. Als wäre es gestern gewesen, dass sie hier auf dem College waren.

Nolan trägt einen Hoodie und eine Shorts, er hat die Kapuze noch aufgesetzt und nimmt sie nun ab. Parker hat ein Shirt seiner Mannschaft an und eine Trainingshose, hat eine Dose Limonade in der Hand und sieht sich um. Doch Miras Blick ist weiterhin auf Reign gerichtet.

Er trägt eine graue Shorts und ein einfaches weißes Shirt. Sobald sie ihn wieder so real vor sich sieht, schwillt die Sehnsucht in ihrer Brust an.

Violet greift nach ihrer Hand und flucht leise. »Ach du Scheiße.«

Die drei drehen ihnen den Rücken zu und sehen zum Lehrer, der sie genauso überrascht ansieht.

»Oh … das … wusste ich gar nicht, dass ihr den Kurs auch wiederholt. Der Dekan hatte gesagt, ihr habt abgelehnt.«

Lincon dreht sich besorgt zu ihnen um. »Atme, Mira. Versuch dich zu entspannen.« Mira nickt nur, kann aber nicht aufhören, nach vorn auf die drei breiten Rücken zu starren.

Als Reigns raue Stimme dann zu ihr dringt, schließt sie einen Moment die Augen. Das darf nicht wahr sein, sie hatte geahnt, dass das hier eine Katastrophe wird, doch nicht, wie schlimm es werden wird.

»Wir mussten noch unsere Karten und Bücher abholen. Deswegen sind wir zu spät. Der Dekan hat uns noch einmal erklärt, dass dann unser Abschluss aberkannt ist, und in der NFL ist es momentan gefordert, einen Abschluss zu haben, um zu verhindern, dass Spieler, die mit dem Football aufhören, keine Perspektive mehr haben. Außerdem brauche ich ihn wegen der Familienfirma und Nolan … wegen ein paar anderer Sachen.«

Nolan legt den Arm um Parker. »Die Testspiele sind vorbei, wir haben den Sommer eh frei und wir haben unseren Freund vermisst. Außerdem hat der Coach uns gebeten, dem Footballteam einiges beizubringen. Sie sind dazu verdonnert worden, im Sommer weiter zu trainieren nach der verpatzten Saison und wir helfen der B.C. Das ist das Mindeste, was wir tun können, nachdem hier immer alle an uns geglaubt haben.«

Der Lehrer strahlt über das ganze Gesicht. Alle anderen tuscheln, sie alle kennen die drei ja noch von früher, trotzdem ist es komisch, sie jetzt zu sehen und zu wissen, was für Leben sie nun führen.

»Mira, ich liebe dich, aber ich brauche meine Hand noch.« Mira hat nicht gemerkt, wie sehr sie Violets Hand unter dem Tisch quetscht.

Lincon zeigt ihnen sein Handy. Er hat ein Bild der drei gemacht und in ihren Gruppenchat geschickt und Noel hat geantwortet. »Oh nein, das darf nicht wahr sein!« Nein, das darf es wirklich nicht.

Zumindest Mr. Petry scheint begeistert zu sein. »Das freut mich. Ich bin ein riesiger Footballfan und werde mir das Training sicherlich ansehen. Setzt euch, ich wiederhole die Themen noch einmal.«

Mira blickt wieder nach unten. Die drei drehen sich um und das erste Mal fällt Reigns Blick nach hinten und genau auf sie.

Sie hat so oft von ihm geträumt und an ihre gemeinsame Zeit gedacht, dass es sie nicht so aus der Bahn werfen sollte, ihn nun wiederzusehen. Seine dunklen Augen streifen ihre, fahren über ihr Gesicht und legen sich sofort weiter auf die anderen. Mira schluckt schwer. Da er alle anderen begrüßt, hat sie Zeit, ihn genauer anzusehen.

Er ist dunkler geworden, seine Haare sind frisch geschnitten, und als er einen der anderen Männer begrüßt und grinst, bilden sich wieder seine Grübchen auf den Wangen. Wenn sie dachte, sie war dabei, über Reign hinwegzukommen, so hat sie sich getäuscht, das ist ihr sofort klar und diese Tatsache lässt sie bitter aufseufzen.

Mira räuspert sich leise und ermahnt sich, einen klaren Kopf zu behalten.

All das ist zwei Jahre her.

Sie sind reifer und erwachsener geworden.

Sie führen komplett andere Leben als damals.

Sie wird damit umgehen können.

Parker ist zuerst bei ihnen. Er grinst Mira an und schlägt mit Lincon ein. »Wuhuu, wer ist denn da? Berlin ist zurück. Du siehst heiß aus.« Er drückt Mira einen Kuss auf die Wange und sie muss lächeln. Parker hat sich offenbar überhaupt nicht verändert. Er sieht zu Violet und setzt sich gleichzeitig neben Lincon. Die beiden haben sich schon immer gut verstanden. »Halte schön

Abstand vom neuen Lehrer. Ich mache das nicht noch einmal mit. Du schuldest uns dafür was, du kennst mein Lieblingsrestaurant.«

Als Antwort streckt Violet ihm ihren Mittelfinger entgegen, in dem Moment kommt Nolan zu ihnen und gibt Mira einen Kuss auf die Wange. »Meine allerbeste Freundin ist wieder da und du ...« Er beugt sich zu Violet. »Du schuldest mir auch etwas, ich habe dir das damals gesagt ...« Nun ist auch Reign bei ihnen angekommen. Mira hat nicht mehr zu ihm gesehen, doch jetzt hebt sie ihren Blick und trifft genau auf Reigns dunkle Augen.

In ihrem Magen rumort es, sie zwingt sich, den Augenkontakt nicht abzubrechen. Diese Augen, die sie jedes Mal so liebevoll angesehen haben, noch immer strahlen sie, doch sie erkennt auch lodernden Zorn darin, auch jetzt noch nach zwei Jahren. Er hebt einen Moment die Augenbrauen. »Hey.« Kurz, knapp, rau.

Die Worte peitschen an Mira vorbei und sie räuspert sich leise. »Hi.«

Mira ist so in diesem Moment gefangen, dass sie gar nicht mitbekommt, was Nolan und Violet miteinander sprechen, doch er steht noch an ihrem Tisch. Reign wendet seinen Blick ab und zieht einmal liebevoll an Violets Pferdeschwanz als Begrüßung, eine freundliche Geste. Er hat sie immer gemocht und überlässt Nolan den Rest, der nun aber auch vom Tisch weggeht. Violet dreht sich noch einmal zu den beiden um.

Mira lässt ihren Blick weiter nach vorne geheftet und versucht, ihre Aufregung unter Kontrolle zu bekommen. Sie spürt, dass sich Nolan und Reign ganz nach hinten setzen, so wie er es auch immer in Mathe getan hat.

Violet legt den Kopf schief.

»Denk bloß nicht, dass ich dich anders behandle, weil manche denken, du wärest ein Star, Nolan. Ich habe dich noch hinter allem, was einen Rock hat, hersabbern erlebt, denk daran.«

Mira hört Reigns und Nolans Lachen. »Das habe ich nicht eine Sekunde von dir gedacht. Doch ich werde mir trotzdem noch etwas einfallen lassen.«

Violet dreht sich wieder um. Parker hatte sich auch noch umgedreht und schenkt Violet einen fast genauso kalten Blick, wie Mira ihn gerade von Reign bekommen hat, bevor auch er sich nach vorne dreht. Gerade merkt man wohl nichts davon, dass sie alle älter und reifer geworden sind.

Mira atmet tief durch.

Mr. Petry wiederholt, was sie durchnehmen, und Violet antwortet Noel auf dem Handy, während Miras Gedanken rasen. Sie spürt einen Blick in ihrem Rücken und würde am liebsten hinausrennen, um wieder richtig atmen zu können und die Möglichkeit zu haben, ihre Gedanken zu ordnen. Das alles darf nicht wahr sein!

Kapitel 6

»Gut, und nach der Pause geht es dann mit diesem Bild weiter, Sie können sich ja schon einmal Gedanken darüber machen.«

Um sie herum wird es lauter. Alle packen ihre Taschen ein, Mira blickt weiter nach vorn, wo ein Bild aus dem zweiten Weltkrieg auf das Board projiziert wird. Sie kennt die Geschichte dieses Gemäldes ganz genau, wie auch schon bei dem ersten Bild, das die letzten beiden Kursstunden besprochen wurde, doch sie hat sich nicht einmal zu Wort gemeldet, obwohl ihr alles auf der Zunge lag.

Die meisten haben etwas gesagt und mitgemacht. Mr. Petry macht das wirklich gut und bindet alle die wollen mit ein, auch Reign, Nolan und Parker haben sich gemeldet. Nur Mira sitzt seit über zwei Stunden verkrampft auf dem Stuhl und wagt es sich kaum, eine Bewegung zu machen. Erst jetzt nach dem Klingeln atmet sie erleichtert aus.

Lincon springt auf. »Ich habe so einen Hunger, ich habe vorhin gelesen, es gibt heute wieder diese leckeren Wraps. Wenn ich etwas vermisst habe, dann die.«

Violet bleibt bei Mira sitzen, während Reign und Nolan an ihnen vorbei die Stufen hinabgehen und ohne noch einmal zu ihnen zu blicken den Raum verlassen. Mira sieht den beiden hinterher, sie blickt auf Reigns breiten Rücken, hört sein Lachen, als einer der anderen Kurzzeitstudenten, wie sie für diese sechs Wochen offiziell genannt werden, zu ihnen kommt und etwas sagt.

Lincon und Parker gehen zusammen hinaus, auch sie lachen, und Mira lehnt sich erst richtig zurück, als sie allein mit Violet im Raum zurückbleibt.

»Damit hat keiner gerechnet.« Violet wendet sich zu ihr um. Mira packt ihre Bücher zusammen.

»Ich weiß, ich ärgere mich über mich selbst, wie sehr mich das gerade getroffen hat. Sieh doch, wie locker Reign damit umgehen kann und ich … bekomme kaum Luft. Ich meine, es ist zwei Jahre her. Ich sollte darüber stehen, doch ich glaube, ich habe all das die zwei Jahre so gut verdrängt, dass mich das hier gerade eiskalt getroffen hat. Wenn ich gedacht habe, ich bin einigermaßen über Reign hinweg, wurde ich gerade eines Besseren belehrt.« Die Worte sprudeln nur so aus ihr heraus.

Violet sieht besorgt zu Mira. »Also, ich bezweifle, dass er gut damit umgehen kann. Hast du gesehen, wie er dich angeschaut hat? Das hört sich wahrscheinlich zu einfach an, aber du musst ihn einfach ignorieren. Es sind nur sechs Wochen. Vielleicht ergibt sich die Möglichkeit, dass ihr miteinander sprechen könnt und all das noch einmal … verarbeiten könnt. Und wenn nicht, ist es so. Du wirst nicht sechs Wochen lang so verkrampft hier in Schockstarre sitzen können, das hältst du nicht aus.«

Gefiltertes Sonnenlicht strahlt durch die Scheiben zu ihnen und Mira sieht auf die grünen Bäume vor den Fenstern. »Nein, natürlich nicht. Ich werde mich daran gewöhnen, es bleibt mir gar keine andere Wahl. Lass uns etwas essen gehen.« Selbst wenn sie es schafft, Reign zu ignorieren, wie soll sie ihrem Herzen erklären, dass es nicht so stark auf seine Anwesenheit reagieren darf?

Sie stehen auf und Mira streicht sich ihr Kleid glatt. »So hört sich das doch schon besser an; alles, was du damals getan hast, war im Grunde richtig. Sieh doch, wo ihr beide jetzt steht, du hast keinen Grund, deinen Kopf zu senken, denk immer daran.«

Dankbar für ihre aufmunternden Worte lächelt sie Violet an, während sie zusammen den Kursraum verlassen. Wie schon bei der endgültigen Trennung damals kann sie einfach nur dankbar sein, Violet an ihrer Seite zu haben.

Wie früher laufen sie den Gang entlang zur Cafeteria und sehen, dass sie leer ist. Die wenigen Leute, die zur Zeit den Campus besuchen, haben sich ihr Essen wahrscheinlich schon geholt. Nur noch zwei Männer stehen an der Theke. Die anderen sind alle schon auf dem Hof. Mira und Violet holen sich beide die leckeren Wraps und etwas zu trinken. Als sie dann nach draußen treten, haben sich die anderen Kurzzeitstudenten bereits verteilt.

Nun sieht man, wie viele Leute tatsächlich von diesen Sommerkursen betroffen sind. Neben dem Politikkurs ihres Jahrganges sind noch viele aus dem Jahr unter ihnen hier, die Mira auch teilweise vom Sehen her kennt und auch noch Jüngere, die sie schon nicht mehr zuordnen kann. Insgesamt sind sicherlich um die hundert Kurzzeitstudenten hier verteilt. Dazu kommen noch die Studenten, die Sommerkurse besuchen. Natürlich ist das nicht mit einem normalen Collegebetrieb zu vergleichen, doch es sind mehr Studenten hier, als Mira gedacht hat.

»Manches ändert sich nie!« Violet deutet mit den Augen zum alten Platz der Footballspieler, wo tatsächlich Reign und Nolan wieder sitzen, neben ihnen zwei andere ehemalige Spieler des alten Footballteams. Sie müssen im Politikkurs gewesen sein. Neben Reign sitzt Mandy. Mira hat verdrängt, dass sie ebenfalls im Politikkurs war, und um diese vier Männer stehen fast alle hübschen Frauen, die gerade auf dem Hof sind.

»Also, damals war das schon schlimm, doch jetzt werden die Frauen garantiert dafür töten, die Aufmerksamkeit der beiden zu bekommen.« Violet lacht bei ihren Worten bitter auf. Mira wendet den Blick ab, als sie sieht, wie Reign und Mandy zu lachen beginnen. »Es ist wie ein schlechtes Déjà-vu.«

Sie gehen zu ihrem alten Platz und legen ihre Tabletts ab. Die beiden anderen Frauen aus ihrem Kurs setzen sich zu ihnen. Mit Mariola und Franzi haben sie auch schon seit ihrer Wochenendfahrt mit dem Kurs damals immer etwas mehr Kontakt gehabt.

»Ich hatte echt nicht damit gerechnet, dass die drei bei diesem Kurs dabei sind.« Franzi deutet zu den Bänken, auf denen Reign und die anderen sitzen. Mira nimmt einen Schluck, schließt einen Moment die Augen und reibt sich mit ihren kühlen Fingern über die Schläfe. Obwohl es so warm ist, ist ihr kalt, eine andere Art von Kälte durchströmt ihren Körper.

»Damit hat keiner gerechnet.« Violet beißt von ihrem Wrap ab, Mira hat eigentlich keinen Appetit, doch sie zwingt sich trotzdem dazu, etwas zu essen. Die Wraps sind lecker, sie sind mit knusprigem Hähnchenfilet in einer Honig-Senf-Soße gefüllt, doch Mira kann sie gar nicht wirklich genießen, all das schlägt ihr auf den Magen.

»Ist das nicht merkwürdig für dich, Reign jetzt wiederzusehen? Hattet ihr in den letzten Jahren eigentlich Kontakt? Ich meine, ihr wart das Traumpaar vom College, niemand hat damit gerechnet, dass ihr euch trennt, nur weil er nach L.A. geht. Mercedes ist damals ja auch mitgegangen.« Franzi war noch nie besonders feinfühlig und Mira nimmt es ihr gar nicht erst übel. Sie spricht nur das an, was sicherlich die meisten denken.

»Nein, wir hatten keinen Kontakt und es ist eben nicht einfach nur, dass er nur nach L.A. gegangen ist. Er sollte seinen Traum leben und ich mein Studium abschließen und das hat zusammen nicht funktioniert. Ich wollte mich nicht trennen, doch für ihn kam eine Fernbeziehung nicht in Frage, somit gab es viel Streit und nun leben wir völlig verschiedene Leben. Ich denke, so geht es nach der Highschool, dem College oder der Universität so einigen Paaren. Irgendwann trennen sich Wege, so ist das Leben, auch wenn es wehtut.«

Violet nickt und schluckt einen Bissen herunter. »Das ist tatsächlich normal, außerdem sind zwei Jahre vergangen und ihre Leben sind weitergegangen.«

Franzi sieht wieder zu den Bänken, Mira hat sich bewusst mit dem Rücken zu denen gesetzt. »Ja, natürlich, doch es ist trotzdem traurig. Ihr wart ein schönes Paar und man hat gesehen, dass ihr euch viel bedeutet habt.«

Mira legt ihren Wrap weg, ihr ist der Appetit vergangen, doch Franzi ist noch nicht fertig. »Habt ihr gesehen, wie die drei jetzt leben? Reigns neue Freundin ist ein Victoria Secret-Model, ich habe nicht einmal Unterwäsche von denen.«

Violet zuckt die Schultern und Mira ist ihr dankbar, dass sie das klärt. »Ach, die haben auch früher schon gute Leben geführt, aber erzählt ihr doch mal. Was würdet ihr jetzt tun, wenn ihr nicht den Sommer hier festhängen würdet?«

Mehr als glücklich über den Themenwechsel versucht Mira, sich auf das Gespräch zu fokussieren, auch wenn sie sich kaum auf die Worte konzentrieren kann. Sie spürt die gesamte Zeit über ein Brennen im Rücken. Sie schreibt Laura, dass Reign da ist, und erst als Lincoln sich neben sie setzt, horcht sie wieder richtig auf.

»Willst du das nicht mehr?«

Mira reicht ihm ihren Wrap, von dem sie nur zweimal abgebissen hat. »Bedien dich, ich habe keinen Appetit.«

Lincoln beißt in den Wrap und deutet auf die Bank. »Parker und die anderen haben beschlossen, heute eine kleine Welcome-Back-Party zu schmeißen. Alle, wirklich alle sind sauer, den Sommer hier verbringen zu müssen, und wenn wir schon zusammen diesen Scheiß mitmachen müssen, dann können wir ja etwas Spaß dabei haben. Reign und Nolan haben für die sechs Wochen die gesamte oberste Etage im Hyatt gebucht, damit sie ihre Ruhe haben und in der Nähe des Campus sind. Ab zwanzig Uhr sind wir alle eingeladen.«

Es klingelt und Franzi und Mariola stehen sofort auf und scheinen begeistert zu sein. »Das lassen wir uns nicht zweimal sagen, da sind wir dabei.« Sie zwinkern ihnen zu und gehen ihre Tabletts abgeben.

Violet sieht Mira an, die sich ebenfalls erhebt und dabei räuspert. »Tut mir einen Gefallen: Macht was ihr wollt, habt unbedingt euren Spaß, aber fragt mich gar nicht erst oder überredet mich zu so etwas. Ich bin froh, wenn die Kursstunden vorbei sind.«

Lincon nimmt Mira ihr Tablett ab. »Das verstehe ich, aber wenn du doch kommen willst, sag einfach Bescheid.«

Violet steht auch auf und hat ihr freches Grinsen im Gesicht. »Also ich bin dabei, aber wenn du lieber mit mir einen Abend mit Netflix und Chips verbringen willst, ziehe ich dich immer vor.«

Mira lacht leise auf. Keine tausend Pferde bringen sie auf diese Party. »Amüsiert euch, aber morgen Abend gibt es dann Netflix und ...«

Plötzlich steht Nolan neben Mira und legt den Arm um sie. »Meine beste Freundin aus Berlin.«

Mira muss lächeln, während Nolan ihr einen langen Kuss auf die Wange gibt. Durch ihre Beziehung mit Reign hat sie auch oft Zeit mit Nolan verbracht. Sie mochte ihn schon immer, er bringt sie immer zum Lachen, selbst wenn ihr eigentlich zum Weinen zumute ist.

»Ich hatte nicht erwartet, dass du dich mit all den Fans und all der Presse überhaupt noch an mich erinnerst.«

Nolan lacht auf, sie laufen zusammen mit Violet zum Kurs. »Ich würde dich niemals vergessen, Berlin, und du bist sogar noch hübscher geworden.« Ein Hauch von Wärme kehrt in Miras kalte Glieder zurück, als sie hört, dass er seine Worte ernst meint. Nur für einen kleinen Augenblick, dann wird sie wieder in die Realität katapultiert und daran erinnert, dass sie sich auch nicht sehr fair Nolan gegenüber verhalten hat.

»Wie geht es eigentlich Noel? Ist sie in Vancouver?«

Mira sieht unauffällig zu Violet. Sie mag Nolan, er hat die Frauen um sich herum nie fair behandelt, doch trotzdem haben Mira und auch Violet ihn immer gemocht. Sie verstehen beide, wieso Noel im ersten Moment so gehandelt hat, doch sie haben sie immer wieder gebeten, auf Nolan zuzugehen, aber jedes Mal hat sie neue Erklärungen oder Gründe gefunden, es nicht zu tun. Am Ende ist das ihre Entscheidung, sie bringt es nichts übers Herz, ihr in den Rücken zu fallen, auch wenn es nicht fair gegenüber Nolan ist. Mira ist es unangenehm, dass sie von Isaiah wissen, ihn kennen und lieben und Nolan nicht einmal weiß, dass es ihn gibt. Das ist nicht richtig.

Sie räuspert sich leise. »Sie weiß, dass wir hier sind, doch sie arbeitet und hat keine Zeit. Sie hat allerdings versprochen, für ein paar Tage zu kommen, sobald sie es einrichten kann.« Sie gehen in den Kursraum und Mira erkennt aus den Augenwinkeln, dass Reign schon oben sitzt, doch sie sieht nicht zu ihm.

Nolan hat weiter den Arm um sie gelegt. »Das ist gut. Ich weiß, dass das damals alles andere als fair gelaufen ist. Glaubt mir, mittlerweile bereue ich einiges, aber das geht uns doch wahrscheinlich allen so. Ich wollte unbedingt mit Noel sprechen, allerdings war sie plötzlich verschwunden, spurlos, und keiner wollte mir etwas sagen. Ich weiß nur, wo in Alaska sie nun ungefähr lebt und war vor ein paar Monaten sogar unten und habe sie gesucht, doch keine Chance. Ich finde sie nicht. Sie hat kein Instagram. Violet weigert sich, mir etwas zu sagen und du bist so gut wie nie online.«

Violet und Mira bleiben beide bei ihrem Platz stehen und da erst nimmt Nolan den Arm von Mira. »Du hast was? Du warst in Alaska?« Mira hört, wie sich Violets Stimme überrascht überschlägt und auch sie muss schwer schlucken.

»Ja, mir ist das wichtig. Ich verstehe, dass ihr nichts ohne ihre Erlaubnis handeln wollt, würde ich auch nicht tun, doch wenn ihr mit Noel sprecht, sagt ihr, dass ich mich freuen würde, wenn sie kommt und dass ich mit ihr sprechen möchte.« Er gibt Mira noch einmal einen Kuss auf die Wange und geht dann nach oben zu Reign.

Mira sieht ihm hinterher und trifft auf Reigns Blick. Seine dunklen Augen sehen forschend in ihre, er merkt sicherlich, wie verblüfft sie ist. Mira wendet sich schnell wieder um und setzt sich neben Violet. Sie verbindet immer noch etwas, das spürt sie. Es wäre auch naiv zu glauben, dass von den tiefen Gefühlen, die zwischen ihnen waren, nichts mehr da ist. Sie kennen sich gut und haben in diesem einen Jahr alles von dem anderen aufgesogen. Mira weiß nicht, ob sie jemals einen anderen Menschen so intensiv und ohne Einschränkungen an sich herangelassen hat. Selbst nach diesen zwei Jahren wird er sie so gut einschätzen können, um ihre Blicke richtig deuten zu können.

»Wir müssen mit Noel sprechen.« Violet legt flüsternd ihre Unterlagen auf den Tisch, auch Mira holt ihren Block hervor.

»Unbedingt, Nolan sollte spätestens jetzt von Isaiah erfahren. Stell dir vor, er hätte sie gefunden und stände ohne Vorwarnung vor seinem Sohn. Das ist nicht richtig!« Sie beide wissen, dass es viel zu spät ist, doch das lässt sich nun nicht mehr ändern.

Miras Kopf dröhnt, all das heute war viel zu viel. Mr. Petry kommt und ruft wieder das Bild auf. Er erzählt ein paar Eckdaten zum Gemälde und es setzt sich eine angenehme Ruhe über den Kursraum.

Mira lehnt sich zurück. Sie hat nicht damit gerechnet, Reign wiederzusehen. Sie hat es nicht einmal gewagt, daran zu denken, wie es wäre, wenn sich ihre Wege wieder kreuzen würden.

Sie haben sich nicht im Guten getrennt. Allein beim Gedanken an ihren letzten Streit und wie Reign sie gebeten hat, ihre Beziehung nicht aufzugeben und bereit war, alles zu tun, um sie zu retten, lässt eine fiese Bitterkeit in ihrem Hals hochsprudeln. Doch sich jetzt so fremd und fast schon feindselig gegenüberzustehen, wird dem, was sie trotz allem hatten, nicht gerecht. Nicht nach den schönen Stunden, die sie für immer in ihrem Herzen tragen wird, doch nun kann sie das nicht mehr ändern.

Sie spürt, wie sich enttäuscht ihre Augen mit Tränen füllen, weil sie sich der Wahrheit gegenüber so machtlos fühlt.

Wenn Mira eines gelernt hat in den letzten zwei Jahren, dann ist es, aus einer Situation, die man eh nicht ändern kann, das Beste zu machen. Sie kann nicht ändern, was zwischen ihnen liegt, doch sie kann dafür sorgen, dass es sie nicht noch kaputter macht, als es das ohnehin schon getan hat.

Deswegen schluckt sie ihre Tränen herunter. Da sich kaum einer meldet, um etwas zu dem Bild vorne zu sagen, gibt sich Mira einen Ruck. Sie wird nicht sechs Wochen schweigen können und je schneller sie über ihren eigenen Schatten springt, desto besser.

Sie meldet sich und gibt alles wieder, was sie von dem Gemälde weiß, erklärt die Hintergründe und in welcher Situation das Kunstwerk entstanden ist und welche versteckten Botschaften es beinhaltet. Beeindruckt hören ihr Mr. Petry und der Rest des Kurses zu. Er lobt sie und hinterfragt einiges, bevor er sich wieder den anderen widmet. Sie besprechen noch, welche weiteren Bilder aus dieser Epoche bekannt sind und Mr. Petry zählt ihnen die Seiten auf, die sie bis morgen bearbeiten und zusammenfassen sollen.

Dann ist der erste Kurstag mit so vielen Überraschungen endlich vorbei.

Wieder warten Mira und Violet, bis alle den Raum verlassen haben und folgen ihnen dann. Es waren nur drei lächerliche Kursstunden, doch Mira ist so erschöpft wie lange nicht mehr. Sie ist emotional völlig ausgebrannt, so sehr, dass sie nicht einmal mehr ihren Muskelkater spürt.

Lincon hat ihnen gesagt, dass er nach den Kursen noch etwas mit der Footballmannschaft trainieren will, er möchte sich ein paar Tricks abgucken und seinen neuen Freund beeindrucken. Violet muss noch einmal in die Bibliothek und wartet dann auf ihn.

Sie sehen, wie Reign, Parker und Nolan mit Lincon in Richtung des Footballfeldes laufen. Wenn sie es nicht besser wüssten, könnte man glauben, diese Szene wäre zwei Jahre her.

Als Mira und Violet in Richtung des Parkplatzes laufen, können sie kurz vor der Bibliothek zu den Eingangstoren sehen und stocken. Dort stehen zwei Security-Männer, ähnlich wie wenn damals wichtige Spiele stattgefunden haben und sie die Karten kontrolliert haben. Einige Leute stehen vor den Toren. »Wieso sind die hier?«

Violet sieht auch nach vorne. »Na, die sind sicher da, um die Presse vom Gelände zu halten. Vergiss nicht, dass wir jetzt hier Stars auf dem Campus haben. Immer schön deinen Campusausweis dabei haben. Also, wenn du möchtest, dass ich nachher zu dir komme, ruf an. Ansonsten bekommst du morgen einen ausführlichen Bericht.«

Mira hebt sofort ihre Hände. »Bloß nicht, aber hab viel Spaß. Ich versuche, da jetzt mal unbeschadet durchzukommen. Melde dich später, wenn du nochmal mit Noel gesprochen hast.«

Violet hebt auch noch einmal die Hand und Mira geht weiter. Sie senkt den Blick, als sie tatsächlich mehrere Männer mit Fotoapparaten, aber auch ein paar Jungen und Mädchen mit Postern und Trikots in der Hand sieht. Die warten alle auf Reign, Nolan und Parker.

Keiner beachtet Mira, als sie hinauskommt. Sie geht mit schnellen Schritten auf den Parkplatz und schüttelt leicht den Kopf. Schräg gegenüber von ihrem kleinen roten Auto, auf Reigns altem Parkplatz, steht ein schwarzer Porsche.

Mira bleibt stehen.

Ihr kommen die Bilder von ihrem letzten Streit vor das innere Auge. Besonders den verletzten und wütenden Blick, den Reign ihr zugeworfen hat und den sie niemals vergessen wird. Genau der gleiche Blick hat sie auch heute wieder getroffen. Sie empfindet noch immer diese tiefe Liebe für ihn, als wären die letzten zwei

Jahre niemals gewesen. Und dann sieht sie zu den Fotografen und dem Porsche und weiß, dass sich im Grunde alles geändert hat.

Kapitel 7

Auch am nächsten Morgen stehen einige Fotografen vor dem Tor.

Als Mira gestern den Campus verlassen hat, hat sie gedacht, sie würde in der Nacht gar nicht zur Ruhe kommen, so wie ihre Gedanken gerast sind. Doch schon auf dem Weg zurück zum Laden hat sie sich wieder fangen können. Sie hat mit Laura gesprochen und ihr alles erzählt, dabei hat sie sich schon etwas beruhigt. Statt direkt in den Laden ist Mira zu Grace gegangen, hat sich zu ihr an die Rezeption gesetzt, etwas Warmes gegessen und die Aufgaben erledigt, was ihr nicht allzu schwer gefallen ist.

Sie haben mit Miras Mutter gesprochen. Alle sind überrascht, dass Reign tatsächlich hier ist, doch sie sagen ihr, dass Mira ihn grüßen soll. Sie mögen ihn. Mira erwähnt nicht, dass sie nicht miteinander sprechen und sie heute generell kaum zu einer Reaktion fähig war. Neben dem ersten Schock, den sie langsam überwindet, setzt sich auch Enttäuschung in ihr fest. Dass sie beide so damit umgehen, das wird dem, was sie hatten, wirklich nicht gerecht. Sie müssen sich doch jetzt nicht wie Fremde verhalten. Vielleicht legt sich das auch die nächsten Tage, sie müssen sich daran gewöhnen, wieder zusammen für ein paar Wochen zum College zu gehen. Es besteht noch immer eine riesige Kluft zwischen ihnen, doch vielleicht können sie aufeinander zugehen, nicht sofort, aber irgendwann. Mira würde sich das wünschen.

Während Mira grübelnd im Bett lag und sich nebenbei etwas auf Netflix angesehen hat, muss sie eingeschlafen sein und ist erst heute früh aufgewacht. Froh darüber, nach diesem Tag gut geschlafen zu haben, hat sie sich eine Jeansshorts, ein einfaches Shirt und Sneakers angezogen, hat sich einen Dutt gebunden und nur leicht geschminkt und ist zum College gefahren.

Violet hat ihr gestern noch geschrieben, dass gestern der Geburtstag von Noels Mutter war und sie heute mit ihr sprechen wird. Die Party soll ganz gut gewesen sein und laut Violet sah es wohl ein wenig so aus, als hätte Reign auf Mira gewartet. Mira fragt sich, wie Violet das gesehen haben will, doch sie hat gar nicht erst geantwortet, sie bekommt sicher gleich einen genauen Bericht.

Mira zeigt bei den beiden Security-Männern ihren Ausweis vor und darf auf den Campus. Der Parkplatz ist noch nicht voll und sie hat auch keinen Porsche entdecken können. Da sie früh dran ist, geht sie in die Cafeteria und holt sich noch einen Becher Kaffee und einen Cookie. Trotzdem ist sie neben einem anderen Mann die Erste im Kursraum.

Sie setzt sich auf den gleichen Platz wie gestern und dann erscheinen nach und nach ein paar andere. Auch Franzi ist dabei, die nur die Hand hebt. Sie trägt eine Sonnenbrille und gähnt. Wahrscheinlich ging die Party gestern zu wild und zu lange. Mr. Petry erscheint und sieht überrascht auf die wenigen Studenten.

Kurz nach ihm kommt Violet, die auch aussieht, als wäre sie direkt aus dem Bett gefallen. »Was für eine Nacht.« Sie lässt sich neben Mira fallen, die als Einzige wirklich wach zu sein scheint.

Während Mr. Petry beginnt, das Board einzuschalten, schiebt Mira Violet ihren Kaffee hin. »Gehts? Wann bist du denn ins Bett gekommen?«

Dankbar nimmt Violet den Becher in die Hand. »Ich bin als eine der Ersten gegangen, ich glaube gegen ein Uhr. Die anderen werden nicht kommen, Lincon war heute Morgen um sechs da und so betrunken, dass ich es gerade mal geschafft habe, ihn ins Bett zu bekommen. Es war wirklich eine gute Party. Die haben da zwei Suiten, die sind der Wahnsinn, ich habe so etwas noch nie gesehen. Wir waren nur in Nolans Suite, die hat schon völlig gereicht. Es gab gute Musik, leckeres Essen, jeder hat eine eigene riesige Terrasse, die so groß wie unsere Wohnung ist und sogar einen eingebauten Pool hat. Wir alle sind in Unterwäsche schwimmen gewesen, es war gut. Es hat Spaß gemacht, mal wieder alle zu sehen. Irgendwann haben die Männer zu trinken begonnen, die kennst ja die Spiele, und nachdem Parker mich mal wieder abgeknutscht hat, bin ich langsam abgehauen. Ich denke, danach fing der Spaß erst richtig an.«

Natürlich bringt das Miras Magen zum Rumoren, doch sie nickt nur und spielt mit ihren Fingern an ihrem Armband. Sie sollte es dabei belassen, doch sie kann es einfach nicht. »Und wieso denkst du, hat Reign mich gesucht?«

Violet hat den Kaffee schon geleert. »Er hat etwas enttäuscht zu uns gesehen, als wir kamen und kurz bevor ich gegangen bin, habe ich ihn am Buffet getroffen. Mandy hing den ganzen Abend wie eine Klette an ihm, du kennst sie ja, doch da waren wir beide alleine. Er hat mich gefragt, wieso du nicht gekommen bist und ich habe ihn gefragt, ob er ernsthaft glaubt, dass all das so einfach für dich ist. Statt mir zu antworten, hat er mir diesen Killerblick geschenkt, den er dir gestern auch zugeworfen hat, da war Mandy auch schon da und sie waren wieder weg.«

Mira klopft mit ihren Fingerkuppen auf der Tischplatte und verschränkt dann ihre Arme, um das zu unterlassen. Hatte Reign tatsächlich gedacht, sie taucht einfach auf dieser Party auf? Sie weiß nicht einmal etwas dazu zu sagen, doch das muss sie zum Glück auch gar nicht, weil Mr. Petry mit dem Kurs beginnt.

Es sind kaum andere da und die, die da sind, sind übermüdet. Also sind die heutigen zwei Kursstunden eigentlich mehr eine Unterhaltung zwischen Mira und Mr. Petry.

»Du Streberin!« Violet und Mira verlassen zusammen den Campus und Violet fährt mit ihr in den Laden, da sie erst am späten Nachmittag arbeiten muss. Mira kann gar nicht verbergen, dass sie erleichtert ist, heute so entspannte Kurse gehabt zu haben.

Keiner ist mehr aufgetaucht. Sie werden alle ihren Rausch ausschlafen. Während Mira ihnen Nudeln mit Bolognese-Soße kocht, durchwühlt Violet Instagram nach Bildern oder Videos von gestern. Sie findet einige, doch auf keinem ist der Kuss zwischen Parker und ihr zu sehen. Mira will sich die Videos und Bilder gar nicht erst ansehen.

Während sie essen, rufen sie Noel an. Sie erzählen ihrer Freundin alles noch einmal genau, besonders von Nolan und was er gesagt hat. Sie haben schon oft versucht, auf Noel einzureden, doch dieses Mal bemerken sie sehr schnell, wie sich Tränen in den schönen großen Mandelaugen ihrer Freundin sammeln.

»Ich weiß, wie ihr darüber denkt und ich weiß auch, dass ihr recht habt, nur … wisst ihr, am Anfang wollte ich es ihm nicht sagen. Nicht nachdem, was er mit mir abgezogen hat. Doch schon kurz nach der Geburt wusste ich, dass ich es ihm sagen sollte … sagen muss. Ich habe es immer aufgeschoben. Nach ein paar Monaten sage ich es ihm, nach einem Jahr, noch ein Monat, nachdem ich von der Trennung von Mercedes gehört habe – ich habe es immer weiter von mir geschoben, weil ich Angst vor seiner Reaktion hatte und weil es einfach schon zu spät ist. Irgendwann hat man einen Punkt überschritten, wo man sich nicht mehr traut, etwas zu sagen. Es ist … wie soll ich ihm das jetzt sagen? Was wäre, wenn er mich gefunden hätte? Was denkt ihr denn, wie er jetzt auf seinen Sohn reagieren wird?« Noel wischt sich die Tränen weg.

Mira hat sich immer gewundert, wie hart Noel all das jedes Mal von sich geschoben hat, sie hat nicht geahnt, dass es ihr doch so nah geht. Auch Violet schweigt. Sie wünschte, sie könnte Noel an sich drücken, doch sie muss sie jetzt mit ihren Worten erreichen. »Zu behaupten, dass er nicht sauer sein wird, wäre gelogen. Das wird er, doch er wird es verstehen und er wird Isaiah lieben, wie sollte er das nicht tun? Und es ist nie zu spät für einen Vater, seinen Sohn kennenzulernen. Außerdem hat Nolan nach dir gesucht, auch ohne dass er von Isaiah wusste. Er wird dir auch einiges zu sagen haben. Du musst ihm nur diese Chance geben. Wenn du möchtest, rede ich mit ihm, ich kann ihm das erklären und die erste Wut abfangen. Das ist kein Problem.«

Violet stimmt zu. »Ja, wir können ihm das sagen, Noel, aber es bringt doch auch nichts, wenn du dich damit nur quälst. Es wird Zeit, dass Nolan von Isaiah erfährt.«

Noel nickt und atmet tief durch. »Okay, ich weiß ja, dass ihr recht habt. Ich denke darüber nach, wie wir das am besten machen. Gebt mir noch zwei Tage Zeit und danke, dass ihr euch für uns einsetzt.«

Mira lächelt. »Dafür sind wir doch da. Und jetzt hör auf zu weinen, erzähl lieber, wie es Isaiah im Kindergarten geht.«

Die drei reden noch eine ganze Weile und am Ende schafft es Noel sogar, wieder zu lächeln. Lincon meldet sich erst am Nachmittag, zumindest ist er wieder wach, als Violet und er arbeiten müssen. Er überredet Mira, morgen zusammen laufen zu gehen, sie sagt aber sofort, dass sie nur laufen wird, alles, was danach kommt, muss er alleine machen.

Sobald Violet weg ist, beginnen Miras Gedanken sich wieder in die falsche Richtung zu bewegen. Eine Einsamkeit, die sie auch oft in Berlin eingeholt hat, breitet sich in ihrem Bauch aus. Anstatt sich jedoch in diesem Gefühl zu suhlen, wie sie es in Berlin viel zu oft getan hat, wenn sie sich nicht mit Arbeit ablenken konnte, schnappt sie sich eine leichte Strickjacke und fährt zum Strand. Sie kauft sich einen Obstbecher und läuft am Meer entlang. Da es schon später Nachmittag ist, verlassen die meisten den Strand bereits wieder und Mira kann ungestört barfuß am Meer entlanglaufen und den feinen Sand unter ihren Füßen genießen. Es ist warm heute und das kalte Wasser, das sich bei jeder Welle um ihre Füße schlängelt, kühlt sie ein wenig ab.

Sie atmet tief ein.

Das ist noch etwas, was ihr an Kanada gefehlt hat: die Natur.

Jetzt wo sie wieder hier ist – und wenn sie die Sache mit Reign mal beiseiteschiebt, auch wenn es einen Großteil ihrer Gedanken ausmacht – spürt sie, wie gut es ihr tut, hier zu sein. Sie liebt Berlin, doch seit sie wieder zurück war, ging es nur ums Studieren und Arbeiten. Natürlich trifft sie auch ihre Freunde und Brüder, sie hat sich sogar wieder ein klein wenig ihrem Vater angenähert. Aber sie hat immer das Gefühl, für die Arbeit oder das Studium zu leben, alles dreht sich darum, während hier in Kanada das Leben und die Natur zu genießen im Vordergrund steht.

Während sie immer weiter läuft und aufs Meer hinausblickt, wird ihr das zum ersten Mal wirklich bewusst. Sie war in den letzten zwei Jahren glücklich. Glücklich, das zu erreichen, was sie immer wollte. Doch es hat immer etwas gefehlt, sie war nie wirklich ausgefüllt.

Erst als es allmählich dunkler wird, läuft Mira langsam zurück, vorbei an einem bekannten mexikanischen Restaurant und muss dabei an die Tage in Mexiko denken. Es waren die allerschönsten Tage für sie.

Mira hat vor niemandem geleugnet, dass Reign ihr fehlt. Doch wie groß diese Sehnsucht wirklich war und immer noch ist und wie schwer es sie mitgenommen hat, hat sie niemandem gezeigt. Mira hat schon früh gelernt, solche Dinge mit sich auszumachen. Sie schafft es, ihre Gefühle zu verdrängen, aber immer nur eine gewisse Zeit. Jetzt, wo sie Reign wiedergesehen hat, schnürt die Sehnsucht erneut ihr Herz zu. Es ist leicht, jemanden gehen zu lassen, wenn es das Richtige ist, doch das ändert ja nichts an den Gefühlen, die man für diese Person empfindet. Auch wenn sie sich selbst gedanklich immer wieder einredet, es ist besser so, es ist richtig, ändert das nichts an der Sehnsucht und der Liebe, die in ihrem Herzen pocht.

Es ist bereits dunkel, als Mira wieder in den Laden zurückkommt. Sie schließt alles ab und geht direkt nach oben, lüftet, macht sich bettfertig und erledigt noch die heutige Aufgabe für den Geschichtskurs. Als sie sich gerade ins Bett legen will, hört sie den auffällig lauten Motor eines Autos. Abends ist es ruhiger in ihrer Straße und eigentlich hört sie es nur leise, wenn Autos vorbeifahren, zumindest, wenn die Fenster geöffnet sind. Dieser Motor hört sich aber lauter an. Intuitiv geht Mira das Fenster schließen und sieht, wie ein schwarzes Auto wegfährt. Einen Moment sieht sie dem Auto hinterher, doch dann schließt sie das Fenster und legt sich ins Bett. Ihre Gedanken haben heute wieder viel zu viel um Reign gekreist, sie muss versuchen, das besser in den Griff zu bekommen.

Doch natürlich macht ihr Körper nicht das, was sie möchte. Wieso sollte er auch? Sie träumt von Reign und von ihrem Urlaub. Als sie in ihrem Traum aber am Strand sitzen, versprechen sie sich nicht, diese Tage für immer in ihren Herzen zu tragen, sondern sie streiten. Reign wird plötzlich wütend und schreit sie an, wie sie all das aufgeben konnte, auch Mira wird wütend und das so sehr, dass sie mit dieser Wut im Bauch aufwacht und erschrocken feststellt, dass sie schon spät dran ist.

Sie springt unter die Dusche und zieht sich ein weißes Top und einen schwarzen Bleistiftrock an, in den sie das Top steckt. Dazu trägt sie weiße Leinenschuhe, die das Outfit zwar noch sexy, aber gleichzeitig etwas legerer wirken lassen. Sie bindet sich einen hohen Zopf und steckt Perlenohrringe an, schminkt ihre Augen und trägt Lipgloss auf. Dann packt sie sich die Sportsachen in ihre Tasche und eilt zu ihrem Auto.

Ein toller Start in den Tag. Mira hasst es, zu spät zu kommen. Als sie auf dem Parkplatz ankommt, ist dieser wieder voller, auch der schwarze Porsche steht auf Reigns altem Platz. Mira schließt schnell die Tür und beeilt sich, auf den Campus zu kommen, doch die Security-Leute halten sie auf und sie muss erst diesen blöden Ausweis heraussuchen.

Auch wenn sie schon spät dran ist, geht Mira noch schnell in die Cafeteria, holt sich ein Sandwich und einen Becher Kaffee, ohne den sie beim besten Willen die zwei Kursstunden nicht überstehen würde und eilt dann zum Kursraum.

Verdammt. Mira kneift einen Moment die Augen zu, natürlich ist Mr. Petry schon da und wollte gerade etwas zum Kurs sagen, als sie die Tür öffnet. Doch auf Mr. Petrys Gesicht zeichnet sich ein Strahlen ab, als sie eintritt. »Oh, unsere Kunstexpertin ist da.«

Mira lächelt und hebt ihren Kaffeebecher. »Entschuldigen Sie. Ich habe etwas verschlafen.«

Er deutet ihr, sich zu setzen. »Das ist gar kein Problem, wenigstens haben Sie es hergeschafft, im Gegensatz zu den meisten hier gestern.«

Mira geht nach oben, sie meidet dabei den Blick in Richtung Reign, dafür ist sie noch nicht wach genug, aber Parker und Lincon grinsen sie an. »Komm nicht auf die Idee, auf die Flirtereien des Lehrers einzugehen, dieses Mal haben wir ein Auge darauf.«

Mira hebt nur die Augenbrauen. »Gut zu wissen.« Dann setzt sie sich neben Violet, die ihr einen Kuss auf die Wange gibt.

»Umwerfend sexy, dein Auftritt, du merkst nicht einmal, wie du die Männer mit deinen weiblichen Reizen schlägst.«

Mira trinkt ihren Kaffee und öffnet die Packung ihres Sandwiches. »Ich wusste nicht, dass ich mich in einem Krieg befinde. Hast du schon etwas von Noel gehört?«

Violet nimmt sich einen Schluck von Miras Kaffee. »Nein, ich denke, wir lassen ihr Zeit, darüber nachzudenken. Wir können ja sonst morgen Abend noch einmal anrufen.«

Mira blickt nach vorn. »Okay, das machen wir.«

Mr. Petry öffnet ein neues Bild und Mira erkennt das Gemälde sofort. Er beschreibt alles Wichtige, was es zu dem Bild zu wissen gibt und fragt nach Meinungen zu diesem ungewöhnlichen Kunstwerk. Mira konzentriert sich erst einmal auf ihr Sandwich. Als sie damit fertig ist und gerade ihre Serviette zusammenknüllt, wendet sich Mr. Petry an sie. »Mira, so wie mir der Dekan das erzählt hat, sind Sie dabei, die Leitung für das Kunstmuseum in Berlin zu übernehmen. Wurde das Bild nicht gerade erst da ausgestellt?«

Mira nickt. »Ja, wir hatten das Bild von Februar bis Mai bei uns, danach ist es nach Paris weitergeführt worden. Meine Kollegin und ich waren dafür zuständig, einen geeigneten Platz im Museum dafür zu finden, damit es gut zur Geltung kommt.«

Nun lehnt sich Mr. Petry an seinen Schreibtisch. »Ach, das ist ja interessant, und worauf haben Sie bei diesem Bild dann geachtet und wo hat es seinen Platz gefunden?«

Mira bereut es jetzt schon, sich gestern zu viel eingebracht zu haben. »Also, das ist bei diesem Bild besonders schwer. Der Maler hat viele versteckte Details eingebaut, die man wirklich nur erfasst, wenn man es längere Zeit genauer betrachtet, deswegen ist es sehr wichtig, dass es keine Ablenkungen gibt. In einem Raum mit vielen weiteren Bildern würde man dem nicht genug Beachtung schenken, deswegen haben wir uns dazu entschieden, einen kompletten Raum nur für das Bild zu sperren.«

Franzi wendet sich um. »Was bedeutet ›zu sperren‹? In einem Raum gab es nur dieses Bild?«

Mira nickt. »Ja, wir haben den Raum vorher in einem dunklen Blauton streichen lassen und es gab nur dieses Bild. Den Besuchern hat es gefallen. Sie sind in den Raum gekommen und konnten sich komplett auf dieses Gemälde konzentrieren. Paris hat es dann so ähnlich gehandhabt.«

Franzi sieht wieder nach vorne. »Wow, ein Raum für ein Bild. Ist das nicht etwas viel Aufwand?«

Mr. Petry nickt zu Mira. »Das ist eine sehr gute Idee und man muss auch bedenken, dass es nicht einfach nur ein Bild ist. Der momentane Marktwert liegt bei sechzehn Millionen Dollar, da kann man schon mal den Raum räumen. Aber was sehen Sie in dem Bild, Franzi, wovon hat Mira da gesprochen?«

Dankbar, dass die Aufmerksamkeit nicht mehr auf ihr liegt, nimmt Mira noch einen Schluck Kaffee.

Lincon dreht sich zu ihnen um. »Der steht auf dich, was macht ihr nur immer mit den armen Lehrern?«

Violet und Mira lachen leise auf. Es ist Unsinn, natürlich ist es für Mr. Petry gut, jemanden im Kurs zu haben, der sich in diesem Gebiet auskennt, mehr nicht.

Doch zum Glück lässt Mr. Petry sie für den Rest der zwei Kurse in Ruhe. Heute stehen Violet und Mira als Erste auf, holen sich schnell ihr Essen und machen es sich etwas abseits von allem auf dem Gras gemütlich, um noch einmal in Ruhe über Noel und Nolan zu sprechen. Violet denkt, selbst wenn Noel es sich nicht traut, mit Nolan zu sprechen, sollten sie es tun und die Sache endlich ins Rollen zu bringen. Mira weiß nicht, ob sie das wirklich tun sollen. Sie können so etwas doch nicht einfach über den Kopf von Noel hinweg bestimmen. Sie hoffen beide, dass sie diese Entscheidung nicht treffen müssen und ihre Freundin von allein zur Vernunft kommt.

Auf dem Weg zurück in den Kurs beobachtet Mira Reign mit einer rothaarigen Schönheit, die ein Jahr unter ihnen gewesen sein muss. Sie laufen vor ihnen zum Kursraum. Sie hat ihn heute noch nicht bewusst angesehen. Er trägt eine verwaschene hellblaue Jeans und ein türkisfarbenes Shirt. Mira blickt auf seine muskulösen Arme, die Tattoos und wünschte eine Sekunde lang, es wäre zwei Jahre früher. Sie wäre einfach zu den beiden gegangen, hätte die Arme um Reign geschlungen und wüsste, dass er sie anlächeln und an sich ziehen würde. Es fehlt ihr. Diese vertraute Nähe, die sie so geliebt hat, die immer so selbstverständlich zwischen ihnen war und die sie danach nicht wieder zu einem Mann herstellen konnte. All das fehlt ihr.

So bleibt ihr nichts weiter, als die beiden zu beobachten. Als sie vor dem Kursraum stehenbleiben, gehen Mira und Violet einfach an ihnen vorbei, wobei Mira so tut, als wären sie tief in ein

Gespräch verwickelt. Sie beachtet ihn nicht weiter. Doch da es das erste Mal ist, dass sie so nah an ihm vorbeigeht, erhascht sie eine Spur seines Parfüms und auch von seinem Geruch, der darunter liegt. Sie liebt diesen Duft. Sie hat es geliebt, morgens ihre Nase an seinen Hals zu drücken, ihm einen langen Kuss zu geben und ihn einzuatmen. Als sie ihn jetzt nach dieser langen Zeit wieder erhascht, drängen sich erneut die Bilder der Vergangenheit in ihr hoch, als werden sie immer intensiver, je näher sie Reign wieder kommt.

Es tut weh, doch sie weiß, dass sie daran jetzt nichts ändern kann.

Deswegen blendet sie auch das alles aus und bringt diese letzte Kursstunde hinter sich. Violet muss heute früher zur Arbeit und fährt schon los, während Lincon und Mira zum Footballfeld laufen. Ein paar Männer in Trainingskleidung stehen beim Coach, der sie in diesem Moment zum Laufen losschickt.

Deswegen lässt sich Mira beim Umziehen auch Zeit. Sie will erst laufen, wenn die fertig sind und auf der anderen Seite des Platzes trainieren. Sie ist ziemlich erstaunt darüber, dass ihre alten Trainingssachen ihr noch passen, auch wenn sie nichts dafür getan hat die letzten zwei Jahre. Heute trägt sie eine altrosafarbene Leggings und ein passendes bauchfreies Top.

Sie bindet ihren Zopf noch einmal fester und tritt gleichzeitig aus ihrer Umkleidekabine heraus. Der Kabinentrakt ist toll geworden, viel moderner, es gibt jetzt größere und besser ausgestattete Umkleiden, Medizin- und Geräteräume. Mira stockt, als genau in dem Augenblick, als sie in den Gang tritt, der nach oben aufs Feld führt, Reign die Treppe herunterkommt und zu den Umkleiden will.

Mira lässt ihre Arme von ihrem Zopf fallen, auch Reign hält einen Augenblick ein und kommt dann langsam auf sie zu. Es ist ein unangenehmer Augenblick und Mira weiß nicht, was sie jetzt tun soll: grüßen … wegsehen?

Doch Reign nimmt ihr das zum Glück ab. »Hey, läufst du immer noch?«

Mira lächelt ihn dankbar für die Überbrückung dieser unangenehmen Situation an. »Um ehrlich zu sein, habe ich das nicht getan, seit ich Kanada verlassen habe, aber hier habe ich wieder Lust bekommen. Doch es fällt mir noch sehr schwer, wieder reinzufinden.«

Reign bleibt vor ihr stehen und sieht auf sie hinab. Seine dunklen Augen treffen das erste Mal so wirklich und nah ihre und Miras Herz beginnt augenblicklich darauf zu reagieren. Sie senkt den Blick. Nicht, weil sie einen Grund dazu hat, einfach weil es sie trifft, wie stark sie noch auf ihn reagiert.

»Das wirst du schon wieder schaffen ...« Sie hat verdrängt, wie rau seine Stimme ist. »Hör mal, Mira, ich denke, keiner von uns beiden hat es geplant, dass wir uns jetzt hier so wieder gegenüberstehen, doch es fühlt sich falsch an, jetzt so zu tun, als würden wir uns nicht kennen. Ich wollte auf der Party mit dir darüber sprechen, aber du bist ja nicht gekommen.«

Mira blinzelt und sieht wieder hoch zu ihm. »Das ... denke ich auch. Ich meine, es hat mich wirklich überrascht, dass du hier bist, doch ich möchte das auch gar nicht ... also so zu tun, als gab es das alles nie und dass wir nicht einmal mehr miteinander sprechen können.«

Reign sieht weiter auf Mira hinab, für einen winzigen Augenblick sagt keiner von ihnen etwas. Mira versucht, so schnell und unauffällig wie möglich alles an ihm zu erfassen, jede Veränderung in seinem Gesicht. Doch ihr Blick gleitet immer wieder zu seinen Augen, in denen sich viel zu viele Emotionen auf einmal widerspiegeln, aber zum Glück erkennt sie nicht mehr diese Wut und schon gar keine Gleichgültigkeit und es breitet sich Erleichterung in ihr aus.

»Es ist viel Zeit vergangen. Und auch wenn wir nicht im Guten auseinandergegangen sind, hatten wir uns etwas versprochen.« Sein

Blick gleitet zu ihrem Tattoo und ihrem Armband. »Du hättest ruhig auch auf die Party kommen können.«

Mira lächelt. »Ja, das haben wir und ich habe mich auch immer daran gehalten. Ich glaube allerdings, ich bin ganz froh, dass ich nicht auf diese Party gegangen bin. Du weißt doch, dass die mir nie so ganz lagen. Und, trainiert ihr jetzt das Team?«

Auf Reigns Lippen legt sich sein mildes, lässiges Lächeln, was sie damals so geliebt hat und auch jetzt verfehlt es seine Wirkung nicht. Reign ist ein sehr attraktiver Mann, das ist in den letzten Jahren nur noch sichtbarer geworden. Der Drang, ihre Hand zu heben und ihn liebevoll zu berühren, überkommt sie. Ihre Hand zuckt einen Moment, doch sie lässt ihre Arme unten.

»Wenn wir schon hier sein müssen, können wir dem Coach auch helfen, er hat immer sehr viel für uns getan. Wohnst du im Laden? Ich habe gesehen, dass dort wieder Licht brennt.«

Mira muss an den lauten Motor letzte Nacht denken und nickt. »Ja, ich werde die Wochen dort wohnen. Wie kommt es, dass … ?«

Sie hören Stimmen und wenden sich ihnen zu. Nolan und Parker kommen zu ihnen in den Gang. »Oh mein Gott, wurde ja auch Zeit. Es war doch klar, dass ihr euch nicht ewig aus dem Weg gehen könnt. Immerhin seid ihr Reign und Mira.«

Mira muss lächeln und sieht Reign noch einmal dankbar an. Ihr fallen tausend Steine vom Herzen, da nun diese Kälte zwischen ihnen weg ist. »Okay ... ich gehe laufen. Viel Spaß beim Training euch dreien und quält die armen Jungs nicht zu sehr.« Sie spürt weiter einen Blick im Rücken und hört Nolans Lachen. »Wir geben uns alle Mühe.«

Mira beißt sich leicht auf die Lippe, während sie zu Lincon läuft, der bereits auf sie wartet. Dieser kleine Moment hat ihr den Knoten in ihrem Herzen zumindest ein bisschen gelockert. Sie ist froh, dass Reign sich überwunden hat und diesen Schritt auf sie zugekommen ist. Alles ist besser als diese Kälte zwischen ihnen.

Lincon hebt die Augenbrauen, als Mira auf ihn zukommt.

»Alles in Ordnung?« Sie nickt.

»Ja, jetzt wieder!«

Kapitel 8

Es waren nur ein paar Worte, die Reign und Mira gewechselt haben, aber schon das kurze Gespräch reichte aus, um Miras schlechtes Gefühl in den Kursen zu lindern. Im Grunde ändert sich nicht viel, nur dass sie Reign nun mit einem echten Lächeln und ohne die Flut an Schuldgefühlen im Bauch begrüßt. Den Donnerstag sieht sie ihn in den Kursen und beobachtet, wie er, umrundet von allen möglichen Frauen, die Pause verbringt.

Sie muss sich immer wieder selbst ermahnen, nicht zu oft zu ihm zu sehen, doch sie trifft auch jedes Mal auf seinen Blick. Wenn sie aneinander vorbeigehen, berühren sie sich wie zufällig, und es kommt Mira so vor, als wäre auch er erleichtert, dass sie zumindest schon einmal wieder miteinander gesprochen haben.

Sie haben jeden Freitag einen gesamten Kurs frei. Nach dem ersten Kurs ist eine Freisstunde, die sie überbrücken müssen. Violet hat ihren Laptop dabei und Mira und sie legen sich ins Gras, um sich eine Serie anzusehen. Doch schon nach wenigen Minuten dreht sich Mira um und sieht sich auf dem Campus um. Die Serie ist nichts für sie.

Gerade als sie aufstehen will, um sich etwas zu essen zu holen, kommt ihre ehemalige Kunstprofessorin aus der Richtung des Organisationsgebäudes und bemerkt sie. »Miss Hais. Wie schön, Sie wiederzusehen. Sagen Sie nicht, Sie gehören zu den Unglücklichen, die von diesen Sommerkursen betroffen sind.«

Mira geht zu der Professorin aus den Kunstkursen an der Universität, die sie besuchen durfte. »Doch, leider schon. Wobei ich mittlerweile versuche, es positiv zu sehen und noch einmal ein paar Wochen in Kanada zu genießen. Gibt es denn gerade Kunstkurse über den Sommer?«

Die Professorin geht in Richtung der Universität und Mira begleitet sie. »Ja, jeden Morgen einen, da werden Sie sicherlich selbst Kurse haben. Was haben Sie nach dem Jahr hier gemacht? Sie hatten erwähnt, dass Sie weiter in die Richtung Geschichte und Kunst studieren wollten.«

Mira erzählt ihr, was sie in der Zwischenzeit alles getan hat. Sie laufen bis zur Universität. »Ich habe schon im Kurs damals gemerkt, dass Sie großes Interesse an alldem haben. Wissen Sie, was mir gerade einfällt? Die Universität hat Karten für eine Ausstellung in drei Wochen. Es ist eine Galerie, in der junge unbekannte Künstler ihre Bilder und Arbeiten ausstellen können, um sie der Welt zu zeigen, das würde Ihnen sicher gefallen. Mein gesamter Sommerkurs wird dorthin gehen und ich würde Sie gerne einladen. Ich schätze Ihr gutes Auge und Ihre ehrliche offene Meinung. Vielleicht könnten Sie es einrichten, dass Sie den Besprechungskurs für diese Galerie mit mir zusammen halten können und Ihre Meinung mit den Kursteilnehmern teilen.«

Mira liebt Ausstellungen, und der Gedanke, einen Kurs mit dieser bekannten Professorin zu halten, wäre ein Traum. »Natürlich, sehr gerne.«

Die Professorin lächelt. »Sehr schön, ich lasse Ihnen alle Informationen im Sekretariat hinterlegen, dann sehen wir uns auf der Ausstellung.«

Was für eine Chance, vielleicht ist es doch nicht so schlecht, hier zu sein. Mira sollte sich generell einmal umhören, was es hier für Kunstangebote gibt, sie hat ohnehin viel Freizeit.

Lincons Schrei lässt sie in ihren Gedanken zusammenfahren und zum Footballfeld blicken.

Sie erkennt von hier Reign, der mit dem Rücken zu ihr sitzt und von den Reihen auf das Feld hinabsieht. Mira geht in seine Richtung und hört noch einmal Lincons Schrei und Parkers Lachen. Mira hat sich heute einen eng anliegenden Jumpsuit ohne Ärmel angezogen. Wieder einmal hat sie sich für etwas Sexyes und doch

Legeres entschieden. Ihre Haare trägt sie offen. Als sie sich neben Reign stellt und auf das Feld hinabblickt, streicht sie sie nach hinten.

»Was stellen die mit Lincon an?« Lincon, Parker und Nolan sind auf dem Feld und machen mit irgendwelchen Bändern Übungen, dabei scheinen die Bänder abzurutschen und gegen die Beine zu schnellen. Nun schreit Parker einmal auf.

»Er überredet alle, mit ihm zu trainieren.« Reign hält ihr den Karton hin und bietet ihr Pizza an.

Sie hatte vorher gar nicht gesehen, dass er einen Pizzakarton auf dem Schoß hat. Mira setzt sich neben ihn und nimmt sich ein Stück. »Danke. Er versucht, seinen Freund zu beeindrucken.«

Reign nickt und sieht auch wieder nach unten. »Er hat uns gefragt, ob wir mit euch und seinem Freund essen gehen, er scheint ein großer Footballfan zu sein.«

Mira pflückt die scharfen Peperoni von der Salamipizza und Reign nimmt sie ihr wie früher immer ab und isst sie auf. »Manche Dinge ändern sich wohl nie.« Mira lächelt und beißt von der Pizza ab.

Reign grinst und seit langer Zeit sieht Mira wieder auf seine Grübchen. »Das stimmt, du rollst deine Pizza immer noch zusammen.«

Er hat das noch nie verstanden und Mira sieht ihm in die Augen. »Das wird sich niemals ändern.«

Einen Moment schweigen sie beide. Reign entfernt noch von einem weiteren Stück die Peperoni, so hat er früher immer die Pizzastücken für sie vorbereitet, wenn sie sich eine Pizza geteilt haben. »Was wollte die Kunstprofessorin von dir?« Er muss sie mit ihr gesehen haben.

»Sie hat mich zu einer Ausstellung in drei Wochen eingeladen und dann angeboten, mit ihr in ihrem Kurs darüber zu sprechen.« Die Pizza ist lecker. Reign hat eine Tüte mit Limonadendosen neben sich und reicht ihr ihre Lieblingslimonade. »Dankeschön, ich bin noch gar nicht zum Essen gekommen.«

Er lächelt auf seine flüchtige Art und sein Kopf senkt sich. »Du hast schon immer vergessen zu essen, wenn du von einer Idee begeistert oder zu tief in deine Arbeit vertieft warst. Die Lehrer hier scheinen von dir beeindruckt zu sein. Es freut mich, dass du das erreicht hast, was du wolltest.«

Die flüchtige Erinnerung an damals streicht über sie hinweg und ihm scheint es auch so zu gehen. »Das kann sein, doch ich meine … sieh dich an, im Vergleich dazu sind meine Erfolge gar nichts. Die Jungs aus der Mannschaft sehen euch an, als wärt ihr ihre Superhelden. Die Leute warten Stunden vor dem Tor, um ein Bild mit euch zu bekommen. Ich ...«

Sie weiß, dass viel Zeit vergangen ist, doch Mira war immer sehr ehrlich zu Reign, das war ihnen beiden sehr wichtig, nachdem es so falsch zwischen ihnen gestartet ist.

»Ich habe es nicht geschafft, alles zu verfolgen, meistens habe ich monatelang nicht nachgesehen, was in deinem Leben passiert ist, doch was ich dann gesehen habe, ist der Wahnsinn. Ich meine, ich habe einiges erreicht, doch du lebst einen Traum.«

Da wendet Reign seinen Blick wieder zu ihr. Er mustert sie geradeheraus und Mira erkennt denselben Schmerz in seinen Augen, der auch tief in ihr liegt. »Ich habe dieses Leben niemals gewollt. Nicht so. Es stimmt, ich tue, was ich liebe, ich spiele Football, alles andere drumherum bedeutet mir allerdings nichts.«

Er wendet seinen Blick nicht ab, wartet auf eine Reaktion. Sie weiß, dass sie es dabei belassen sollte, dass sie sich auf sehr dünnem Eis bewegen, doch obwohl sie es besser weiß, kann sie nicht anders. »Natürlich tust du das, aber willst du mir jetzt sagen, dass dir dieses Leben nicht gefällt? Du lebst in einer Traumvilla, du kannst tun und lassen, was du willst, deine neue Freundin ist ein Top-Model, ich ...«

Reign hebt die Hand. »Ich wollte nur Football spielen, Mira, und dich an meiner Seite haben, das war alles, was ich mir gewünscht habe. Ja, ich führe ein gutes Leben, aber das bedeutet nicht, dass ich glücklich bin. Es ist naiv zu glauben, dass all das mich glücklich macht.«

Nun beginnt es in Mira zu brodeln, sie hört wieder einmal den unausgesprochenen Vorwurf heraus, dass sie damals nicht mit ihm gegangen ist. Mira hatte wirklich gehofft, dass er das in all der Zeit verstanden hat.

Er wendet seinen Blick erneut dem Spielfeld zu, doch dieses Mal lässt Mira das nicht zu. Ihre Hand legt sich auf seine Wange und als sie Reign dazu bringt, sie wieder anzusehen, lässt er diese Nähe auch sofort wieder zu.

Miras Fingern kribbeln, während sie über seine Haut streicht und sie lässt ihre Hand wieder herunter. »Reign, ich habe wirklich gedacht, dass du das in diesen zwei Jahren zumindest nachvollziehen konntest. Ich wollte uns beide niemals aufgeben, du hast dich gegen eine Beziehung auf Distanz entschieden. Ich wollte nur nicht, dass irgendjemand von uns auf seine Träume verzichten muss, zurückstecken muss. Ich wollte beides. Aber ich habe mich niemals gegen dich entscheiden. Niemals. Und nur, weil ich nicht alles aufgeben konnte, hat das nicht bedeutet, dass ich dich nicht über alles geliebt habe oder dass sich jemals etwas an diesen Gefühlen geändert hat, Reign. Du weißt gar nicht, wie krank mich das macht, mir das immer anzuhören, immer diese Fragen gestellt zu bekommen, wie ich nicht mir dir gehen und auf dieses Leben verzichten konnte. Immer diese Vorwürfe, als wäre all das meine Schuld gewesen.«

Auch wenn Mira noch leiser spricht, hört man deutlich heraus, wie sauer sie ist. Sie trägt diese Vorwürfe und das schlechte Gewissen schon die ganze Zeit mit sich herum und will es nicht mehr.

Seine Augenbrauen ziehen sich zusammen und sein Blick wird noch dunkler. Mira bemerkt, wie seine Augen schmaler werden und sich die Falte zwischen seinen Augenbrauen bildet, wie jedes Mal, wenn er kurz davor ist, wirklich wütend zu werden.

»Mira, ich konnte verflucht noch einmal nichts tun! Egal was ich versucht habe, du wolltest es nicht. Bleiben wir in Kanada? Nein. Gehen wir nach Amerika? Nein. Es war nichts, womit ich dich halten konnte; du hast mich gezwungen, dich gehen zu lassen und jetzt sitzt du hier und erzählst mir, wie gut ich mich fühlen muss, weil ich solch ein tolles Leben führe? Es ist gut, wenn du glücklich bist mit deinem Leben, aber komm nicht und erzähl mir, wie ich all das zu finden habe.«

Nun ist er lauter und die anderen unten auf dem Feld halten ein und sehen zu ihnen. Mira kann das nicht glauben, es ist wie ein schlechtes Déjà-vu, als hätten die zwei Jahre nichts geändert und sie ständen sich wie damals bei ihrem letzten Treffen im Laden gegenüber.

Sie steht auf, am liebsten würde sie einfach weggehen, doch auch Reign erhebt sich und sieht sie noch immer so wütend an, dass Mira sogar noch einen Schritt auf ihn zugeht. »Ich habe es so satt, ständig diese Schuldgefühle und Vorwürfe zu ertragen darüber, wie ich damals entschieden habe. Denkst du, damit konnte ich die letzten zwei Jahre gut leben? Ja, ich habe beruflich meinen Traum erfüllt, doch ich lag unzählige Nächte wach und habe mich gefragt, was wäre, wenn ich mit dir gegangen wäre. Ob dann dieses leere Gefühl in meinem Herzen endlich weg wäre, oder ob ich mich besser fühlen würde, doch das weiß niemand. Keiner kann sagen, was dann passiert wäre. Keiner weiß, ob wir uns vielleicht schon sehr schnell gehasst und diesen Schritt bereut hätten. Vielleicht könnten wir uns jetzt nicht einmal mehr in die Augen sehen, Reign. Vielleicht aber auch nicht. Ich weiß nicht, was richtig und was falsch war oder ist. Ich wusste das damals nicht und auch jetzt nicht. Wenn ich jetzt noch einmal entscheiden müsste, wüsste ich auch heute nicht, was ich tun sollte, selbst jetzt nach diesen zwei Jahren nicht, Reign. Weißt du, nur weil der Mann ein Star ist und Millionen verdienen wird, muss das nicht bedeuten, dass die Frau alles stehen und liegen lässt, ihre Zukunft aufgibt und ihm folgt. Das geht selten gut, sieh dir doch Mercedes an ...«

Nun unterbricht Reign sie wütend und nicht viel weniger leise. »Nicht deswegen, Mira, ich weiß, dass dir das nicht wichtig ist, aber wegen UNS. Wegen dem, was wir hatten. Sieh dich doch an, du hast es noch nicht einmal geschafft, mein Armband abzumachen. Denkst du, ich nehme dir ab, dass sich irgendetwas in den zwei Jahren geändert hat?«

Mira folgt seinem Blick zu ihrem Arm. Sie ist so wütend, sie hat geahnt, dass es eskaliert und wahrscheinlich ist es gut so, dass sie sich diese Sachen noch einmal sagen. Doch es tut weh. Es tut weh, weil es Mira all die Monate so schwer im Magen gelegen hat.

Ihre Augen brennen, doch sie sieht wieder hoch und in seine. »Das kann sein. Doch während ich all die Monate versucht habe, mit diesem ›Was-wäre-wenn‹ zu leben und zu sehen, dass du das beste Leben führst, das man sich wünschen kann und in die nächsten Beziehungen springst, während ich nicht einmal einen Mann auch nur ansatzweise an mein Herz herangelassen habe, ist es ganz schön frech, hier zu stehen und von UNS zu sprechen ...«

Reign hebt die Hand. »Mir das jetzt vorzuwerfen, wie ich mein Leben gelebt habe, nachdem du es nicht mit mir teilen wolltest, ist nicht fair. Ich war bereit, alles für dich zu tun, Mira. Für uns.«

Sie sehen sich beide wütend in die Augen. Sie drehen sich im Kreis und da werden sie auch niemals herauskommen, weil es einfach keine klare Lösung gibt und vielleicht auch niemals geben wird.

»Ist bei euch alles in Ordnung?«

Sie ignorieren beide die anderen, keiner bricht den Augenkontakt ab, bis Mira leise und bitter auflacht und sich wegdreht. Sie muss hier weg. »Keiner von uns kann sagen, ob das alles richtig oder falsch war und wie es sonst gelaufen wäre. Doch mich so anzusehen und so zu tun, als wäre das alles meine Schuld … das ist nicht fair!«

Mira geht, bevor sie sich noch mehr Dinge an den Kopf werfen und all das, was sie hatten, völlig zerstören.

Sie will niemanden sehen und geht schnell auf die Toilette, wo sie sich kaltes Wasser ins Gesicht spritzt, um zu verhindern, dass sie zu weinen beginnt. Es dauert, bis sie ihren Atem wieder unter Kontrolle hat und bereit ist, in den Kursraum zu gehen.

Sie ist noch immer wütend, als sie sich neben Violet setzt, die sie besorgt ansieht. »Ist alles in Ordnung? Wo warst du plötzlich?«

Reign und Nolan kommen in den Raum. Mira blickt hoch und direkt in seine Augen, die sie wieder mit demselben wütenden Blick wie am ersten Tag bedecken. Die Freude, dass sie ein paar Schritte aufeinander zugegangen sind, hat nur einen Tag gehalten.

Auch Violet bemerkt Reigns Blick und hebt die Augenbrauen.

»Okayyy, ich schätze, du hast mir einiges zu erzählen.«

Kapitel 9

»Du hast sie nicht mehr alle!«

Mira wirft Lincon einen bösen Blick zu.

Sie waren zusammen Pizza essen, nachdem sie klettern waren. Lincon hat in Mira ein williges Versuchskaninchen gefunden. Sie braucht Ablenkung und er jemanden, der neue Sachen mit ihm ausprobiert.

Nach dem Streit mit Reign hat Mira den gesamten Samstag mit Violet, Shoppen, Essen und Netflix verbracht. Heute Morgen hat Lincon sie abgeholt, weil Violet arbeiten muss. Sie sind in eine Anlage gefahren, in der man klettern kann und haben dort den gesamten Mittag verbracht. Es hat Spaß gemacht, sie ist sogar an der drittschwersten Wand hochgekommen, doch sie hat sich auch den Arm aufgerissen und nun einige Schürfwunden. Statt sich zu freuen, dass sie ein paar Kalorien abtrainiert haben, haben sie sich dann aber eine leckere Pizza gegönnt und Lincon will sie überreden, noch einmal zum Campus zu fahren und laufen zu gehen.

»Komm schon, nur ein paar Runden.«

Mira öffnet die Tür von Lincons Wagen und gibt ihrem rothaarigen Freund einen Kuss auf die Wange. »Hör auf, fahr nach Hause und entspann dich einfach mal. Ich springe unter die Dusche und ruhe mich aus. Wir sehen uns morgen. Ich schicke dir gleich den Text über die Gemälde, aber ändere ihn noch ein wenig um.«

Lincon seufzt aufgebend auf. »Okay, dann laufe ich allein. Dann bist du aber morgen wieder dran.«

Mira wendet sich noch einmal zu ihm um, bevor sie die Autotür schließt. »Es wird bereits dunkel, lass es lieber. Weißt du, dein neuer Freund hätte auch einfach … Süßigkeitenfabrikant sein können.«

Lincon lacht auf. »Ich liebe dich, bis morgen.«

Mira zwinkert ihm noch einmal zu und hebt die Hand, als er davonbraust.

Eigentlich will sie gar nicht alleine sein. Sie hat es gut geschafft, sich davon abzuhalten, zu viel über ihren Streit mit Reign nachzudenken. Als sie jetzt in den leeren Laden kommt, prasseln die Gedanken nur wieder auf sie ein.

Die Sommerkurse laufen gerade mal eine Woche und sie durchlebt bereits ein absolutes Gefühlschaos. Sie hat das erste Mal seit zwei Jahren wieder mit Reign gesprochen, nur um sich sofort wieder anzuschreien. Mira hat keine Ahnung, wie sie die nächsten fünf Wochen überstehen soll.

Bevor sie unter die Dusche geht, will sie noch schnell abfotografieren, was sie am Freitag schon fertiggestellt hat, um am Wochenende Ruhe zu haben. Dabei bemerkt sie, dass sie nach dem Klettern ihr Handy gar nicht wieder angestellt hat. Sie schaltet es ein und bevor sie dazu kommt, ein Foto zu machen, werden ihr sechs verpasste Anrufe von Violet angezeigt.

Mira ruft sie sofort zurück, doch sie geht nicht ran. Ein Blick auf die Uhr verrät ihr, dass Violet schon längst auf der Arbeit sein müsste. Sie hat auch eine WhatsApp-Nachricht geschrieben. ›Oh nein, oh nein. Ich habe es getan!‹

Miras Bauch beginnt zu rumoren. Was hat sie getan? Sie wird doch nicht … Mira denkt nach und geht dann intuitiv auf Instagram. Erst wird ihr ein neues Bild von Reign angezeigt, das ihn gestern mit Nolan und Parker an einem Pool zeigt. Er strahlt in die Kamera und Mira schiebt das Bild wütend weg, dann sieht sie es und flucht auf.

Vor fünf Stunden hat Violet ein Bild von sich und Isaiah hochgeladen. ›Miss my Pumpkin.‹ So nennen sie ihn liebevoll.

Verdammt, was hat sie sich dabei gedacht? Isaiah grinst in die Kamera und jeder, der bis zwei zählen kann, wird die Ähnlichkeit zu Nolan bemerken.

Mira und Violet haben noch einmal mit Noel gesprochen, doch sie hat sofort angefangen zu weinen. Sie traut sich nicht. Sie ist noch nicht so weit. Mira und Violet wissen, dass sie es einfach nur weiter hinauszögern wird, weil ihr der Mut fehlt, Nolan von seinem Sohn zu erzählen.

Violet hat gleich gesagt, dass sie etwas machen müssen, doch Mira will auch nicht über Noels Kopf hinweg entscheiden. Sie haben gestern noch darüber diskutiert und eigentlich gesagt, sie werden nächste Woche noch einmal mit Noel reden, doch offenbar hat Violet jetzt einfach gehandelt. Und jeder, der Nolan kennt, wird die Ähnlichkeit zu Isaiah bemerken.

Mira sieht, dass Nolan, Reign und alle anderen das Bild schon gelikt haben. All das ist schon so viele Stunden her, wieso hat sie nicht daran gedacht, ihr Handy wieder anzuschalten?

In dem Moment klingelt es, es ist Violet. »Da bist du ja. Mira, du musst sofort zu Nolan fahren und mit ihm reden, auf dich wird er hören.«

Mira kann das alles nicht glauben. »Wieso hast du das getan? Hat er verstanden, wer Isaiah ist? Erzähl mir, was los war.«

Violet holt tief Luft. Mira hört andere Stimmen im Hintergrund. »Ich musste das Ganze in Gang bringen, das weißt du. Ich dachte, mit so einem Foto wird es am besten klappen und hätte er nichts gemerkt, hätte ich es sein lassen. Doch zwei Minuten, nachdem ich es gepostet habe, hat Nolan mich angerufen. Er hat sofort gesehen, das Isaiah sein Sohn ist und mich aufgefordert, ihm alles zu erzählen. Ich habe es so gut es geht zusammengefasst und Noel in Schutz genommen. Nolan wollte wissen, wo die beiden jetzt sind und ich habe ihm gesagt, dass sie in Alaska leben und ihm auch die Adresse genannt. Ich habe ihm gesagt, dass ich Noel erzählen werde, dass er nun Bescheid weiß und dass sie sich dann sicher bei ihm melden wird. Ich wollte ihm noch von Isaiah erzählen, doch Nolan hat einfach aufgelegt. Ich bin auf Arbeit, du musst zu ihm fahren, bevor er Noels Telefonnummer herausbekommt und sie anruft. Er muss sich erst einmal beruhigen ... Kannst du mit ihm sprechen?«

Mira reibt sich über die Stirn. Das darf doch alles nicht wahr sein. Sie nimmt ihren Auto- und den Ladenschlüssel und schließt schon ab. »Ich fahre zu ihm, in welcher Etage im Hyatt wohnt er?«

Violet atmet erleichtert aus. »Danke, in der sechsten. Er wird sich von dir beruhigen lassen. Es ist jetzt schon ein paar Stunden her, vielleicht hat er sich auch schon beruhigt, aber es ist besser, wenn du noch einmal mit ihm sprichst. Noel hat sich noch nicht gemeldet, was ein gutes Zeichen dafür ist, dass er sie noch nicht kontaktieren konnte.«

Mira ist schon losgefahren und legt das Handy mit Violet am Lautsprecher auf den Beifahrersitz. »Ich rede mit ihm. Es ist eine Katastrophe. Ich bin einerseits erleichtert, dass er es nun weiß und andererseits habe ich Angst, was passiert. Noel wird sauer sein, es ...« Ihr fehlen die Worte, sie muss an den kleinen Isaiah denken und dass er nun vielleicht endlich seinen Vater kennenlernt, doch sie will gar nicht darüber nachdenken, wie wütend Nolan sein wird. »Okay, ich werde versuchen, ihm das zu erklären, ich melde mich, sobald ich mit ihm gesprochen habe.«

Mira verabschiedet sich von Violet und legt auf, damit sie noch ein paar Minuten hat, um ihre Gedanken zu sortieren. Sie hat Noel immer verstanden. Sie weiß, wie verletzt sie damals war und sie weiß auch, dass sie irgendwann an dem Punkt war, an dem sie Nolan alles sagen wollte, doch dass sie es sich dann einfach nicht mehr getraut hat. Sie versteht das alles, doch wie soll sie Nolan jetzt dazu bringen, es auch zu tun? Mira weiß es nicht.

Sie parkt genau gegenüber dem Hyatt und sieht an sich herunter, als sie die edle Eingangshalle betritt. Sie trägt noch ihre graue

Jogginghose, einen unordentlichen Zopf, ein graues Top und ihre Sneakers.

Sie passt hier so gar nicht hinein. Mira sieht, wie ein Page die Leute an den Fahrstühlen aufhält und wahrscheinlich fragt, wohin sie wollen. Mira will nicht, dass Nolan vorgewarnt ist und sie abwimmeln kann, deswegen stellt sie sich einfach zu einer größeren Gruppe dazu, die in dem Moment in den Fahrstuhl steigt, und es klappt. Unbemerkt fährt sie mit ihnen nach oben und drückt auf den sechsten Stock.

Es ist still, als sie den Fahrstuhl verlässt. Auf dem Flur hier gehen nur zwei Türen ab, die sich genau gegenüber liegen. Hinter einer der Türen hört sie Geräusche und auch Lachen, also geht sie zu ihr und klopft etwas lauter.

»Hast du etwas zu essen bestellt?« Reigns dunkle Stimme lässt sie einhalten, vielleicht ist das die falsche Tür, doch meistens sind die beiden eh zusammen. Keine Sekunde später öffnet Reign und sieht auf sie hinab. Sein Blick wechselt von überrascht zu wütend, doch Mira lässt sich gar nicht erst darauf ein und sieht an ihm vorbei in die Suite. »Wo ist er?«

Reign trägt nur eine Boxershorts und ein weißes Shirt, man sieht einen Film auf einem riesigen Bildschirm laufen, überall liegen Klamotten herum. »Nolan? Der sitzt in zwanzig Minuten im Flieger nach Alaska. Wie konntet ihr das machen? Wieso hat ihm das niemand gesagt?«

Nun blickt Mira von dem Tisch, auf dem mehrere Bierflaschen stehen, zu Reign hoch. »Er fliegt zu ihr? Oh nein, ich muss sofort ...« Mira holt ihr Handy heraus, doch Reign greift nach ihrer Hand und umschließt sie fest mit seiner.

»Lass die beiden, Mira! Sag Noel nichts. Sie soll gar nicht erst die Chance haben, wieder zu fliehen. Nolan hat ein Recht, seinen Sohn zu sehen. Mach jetzt nicht den Fehler, das aufzuhalten, lass sie das einfach klären.«

Sie spürt, dass ihre Hand wegen all dem Stress ein wenig zittert. Reign scheint das auch zu spüren und sein Daumen streicht einen Moment über ihren Handrücken, doch im selben Augenblick erscheint Mandy neben ihm, genauso Parker und noch zwei Frauen. Die Frauen tragen nur Shorts und Tops, als wäre das hier eine Pyjamaparty.

»Oh Mira, es war ja klar, dass du nicht ganz von der Bildfläche verschwindest.«

Erst da wird Mira wieder klarer im Kopf und zieht ihre Hand aus Reigns Griff. »Und du fragst dich wirklich, wieso man Männern wie euch niemals richtig trauen kann? Euch ist doch nicht mehr zu helfen.« Sie wendet sich angeekelt ab und geht zurück zum Fahrstuhl.

Sie hört, wie Reign wütend die Tür zuschlägt und schließt ihre Augen, als sie in den Fahrstuhl einsteigt. Kann der Abend noch schlimmer werden?

Anstatt nach Hause fährt Mira zum Flughafen, den sie in nur zehn Minuten vom Hotel erreicht. Sie bleibt im Wagen davor stehen und sieht zum Eingang. Sie hat noch ein paar Minuten, vielleicht könnte sie ihn daran hindern, vielleicht sollte sie einfach Noel anrufen, doch ihr Herz weiß, dass sie das nicht tun sollte. Sie ist hin- und hergerissen, doch letztlich lehnt sie sich zurück und atmet tief aus. Auch wenn sie wütend auf ihn ist, weiß Mira, dass Reign recht hat.

Sie bleibt sitzen.

Im Radio läuft das Lied Flashlight und Mira muss daran denken, wie sie auch in diesem Auto saß und wegen Reign das erste Mal wirklich verzweifelt war, als sie herausgefunden hat, dass er verlobt ist. Es ist so viel passiert in dieser Zeit, die Musik führt sie dorthin zurück und sie sieht auf ihre Hand, die noch immer prickelt, allein von dieser kleinen Berührung eben.

Mira atmet tief aus und dann startet ein Flugzeug und fliegt über sie hinweg. Sie kann nur hoffen, dass all das gut geht und Noel und Nolan eine Lösung finden werden.

Während sie zum Laden zurückfährt, ruft sie Violet an und erzählt ihr alles. Sie beide sind aufgeregt und machen sich Sorgen. Keiner von ihnen wird wahrscheinlich gut schlafen können, doch gerade müssen sie einfach ihre Füße stillhalten und abwarten.

Im Laden schickt sie Lincon die Aufgaben und geht endlich duschen. Sie hat kein Recht dazu, doch der Gedanke an Mandy und Reign bereitet ihr ein ungutes Gefühl. Ihr ist übel, doch sie versucht ein weiteres Mal, all das von sich zu schieben. Sie weiß nicht, ob das, was sie ständig tut, so gesund für ihre Seele ist.

Mira cremt sich ein, kämmt ihre Haare, zieht sich eine kurze Shorts und ein viel zu weites Minnie Mouse-Shirt an und reibt eine Salbe auf ihre Schürfwunden. Sie will sich nur noch etwas zu knabbern nach oben holen, da klopft es laut an der Ladentür.

»Mira!«

Verwundert bleibt sie mitten auf der Treppe stehen, als Reigns laute Stimme von außen zu ihr dringt. Er klopft weiter. »Mira!«

Schnell geht sie die Treppen hinab, bevor die gesamte Nachbarschaft aufwacht und schließt die Tür auf. Reign steht im Türrahmen, eine Hand an den Pfosten gelehnt. »Wieso machst du nicht auf?« Er blickt zum zweiten Mal an diesem Abend auf sie hinab und kommt dann in den Laden.

Mira sieht auf seinen schwarzen Porsche vor Graces Pension. Während er an ihr vorbei in den Laden geht, riecht sie den Alkohol. »Bist du betrunken?« Mira schließt den Laden wieder und wendet sich zu ihm um.

Reign hebt die Hände. »Noch nicht genug. Weißt du, wie sehr ich das hasse, was du immer mit mir machst?«

Mira schüttelt leicht den Kopf. Reign hat sogar sein Shirt verkehrt herum an. »Nein, aber ich bin sicher, du sagst es mir gleich. Parker hat dich so fahren lassen?«

Reign sieht sich im Laden um und wankt dabei ein klein wenig. Er muss einiges getrunken haben.

»Oh, der ist beschäftigt und das könnte ich auch sein, wenn auch nur ein bisschen von dem wahr wäre, was du mir immer vorwirfst. Du hast gar keine Ahnung, wie schwer mir das alles fällt. Ich wünschte, ich könnte diese Zeit genießen, meinen Spaß mit Frauen haben, die nicht so kompliziert sind, doch dann bist du da und machst diese Sachen und ich schaffe es einfach nicht.«

Mira muss sich ein Schmunzeln verkneifen. Eigentlich ist die Situation alles andere als lustig, doch Reign kann kaum noch klar sprechen und schon gar nicht mehr geradeaus laufen, seine Haare sind verwuschelt und seine Augen funkeln sie wütend und gleichermaßen müde an. »Hör zu, Reign, komm mit mir nach oben, ich bringe dir erstmal Wasser und eine Tablette, damit du morgen wieder klar denken kannst. Ich weiß, dass das, was ich wegen Mandy gesagt habe, nicht gerecht war. Es ist mir nur rausgerutscht, weil ich … wütend war. Es fällt mir nicht leicht, das zu sehen, auch wenn es das vielleicht sollte. Und was mache ich denn so Schlimmes?« Mira meint ihre Worte ernst, sie weiß, dass es nicht gerecht ist, Reign etwas vorzuwerfen.

Sie deutet ihm, mit ihr die Treppen hochzukommen und er folgt ihr langsam. »Na das, was du immer machst. Du kneifst deine Augen so auf diese Art zusammen, wenn dir etwas nicht passt und ich weiß, dass es dann gleich Ärger gibt, und immer wenn du ungeduldig wirst, beißt du auf deine untere Lippe … Du merkst das alles gar nicht, doch mich macht das verrückt, weil ich weiß, dass dann wieder etwas passiert und gleichzeitig kann ich nicht aufhören, dich dabei zu beobachten.«

Mira wendet sich um und sieht ihm in die Augen. »Das …«

Reign nimmt die letzte Stufe. »War das schon immer so hoch hier?«

Es wird nichts bringen, in seinem Zustand mit ihm zu reden, doch seine Worte treffen sie und ihre Stimme wird leiser. »Ja, komm her. Setz dich hin.«

Er tut, was sie sagt. Er streift sich ungeschickt die Sneakers von den Füßen und lässt sich auf die Couch fallen. Dann reibt er sich müde über sein Gesicht und sieht zu ihr. »Mira, es ist wichtig, dass du verstehst, dass mir das alles egal ist. Verstehst du?«

Mira bleibt vor der Couch stehen und sieht ihn an, während er nach ihrer Hand greift und ihre Finger miteinander verschränkt. »Du bist betrunken, Reign.«

Er nickt. »Ja, aber das ändert nichts daran, was ich fühle. Ich will, dass du weißt, dass auch wenn ich viele Frauen vor dir und nach dir hatte, ich niemals eine von ihnen geliebt habe, nicht eine. Ich liebe nur dich und das wird sich niemals ändern. Egal wie viel Zeit vergeht, egal wer kommt und auch, wenn wir uns noch so viel streiten. Verstehst du das, Mira? Es warst immer du und das wird sich niemals ändern.«

Er sieht sie ernst an und Mira spürt, wie Tränen in ihre Augen steigen. Sie lächelt, als sich seine Lider schon halb schließen, doch seine Worte bohren sich tief in ihr Herz. »Ich weiß, und auch wenn ich vielleicht manchmal etwas anderes sage, weiß ich das. Tief in mir weiß ich es, weil es mir auch so geht.«

Er nickt. »Versprich mir, dass du das nicht vergisst, wir hatten uns doch geschworen, das niemals zu vergessen.«

Mira muss leise lachen, auch wenn die erste Träne ihre Augen verlässt. »Ich weiß, nur es ist nicht immer leicht, daran festzuhalten.«

Nun sieht Reign entsetzt auf ihre Wange. »Nein, tu das nicht. Ich wollte dich nicht zum Weinen bringen, ich ...« Er will seinen Arm heben, doch er scheint zu müde zu sein.

Mira drückt seine Hand und lässt sie los. »Ich hole dir jetzt erst einmal Wasser und Tabletten.« Sie muss hinuntergehen. Der Schrank mit der Medizin ist in der unteren Küche.

Bevor sie das Zimmer verlässt, lacht Reign leise auf. »Weißt du, ich habe nie etwas für diese Victoria Secrets-Angels übrig gehabt, ich stehe mehr auf Minnie Mouse.« Sein Blick gleitet einmal über sie, doch dann nimmt er sich ein Kissen von der Couch und legt sich darauf, zufrieden atmet er ein.

Mira geht aus dem Zimmer und hält sich am Geländer fest.

Das darf doch nicht wahr sein, sie kann nicht fassen, dass Reign betrunken in ihrer kleinen Wohnung liegt und ihr sein Herz ausschüttet.

Schnell geht sie in die Küche, holt ein Glas Wasser und Kopfschmerztabletten. Als sie aber wieder nach oben kommt, schläft Reign schon tief und fest auf ihrem Sofa.

Mira muss lächeln, sie macht es ihm bequemer, holt eine Decke und legt sie über ihn, dann setzt sie sich auf das andere Sofateil und sieht ihm beim Schlafen zu.

Sie legt ihren Kopf zurück und betrachtet sein hübsches Gesicht, lässt seine Worte, dass er sie liebt und dass sich das nicht ändern wird, noch einmal durch den Kopf gehen. Ihr geht es nicht anders, und während sie Reign betrachtet, ahnt Mira, dass ihre Geschichte noch lange nicht zu Ende ist.

Kapitel 10

Es ist verrückt. Obwohl der Tag und der Abend so aufbrausend waren, schläft Mira so gut wie ewig nicht mehr.

Irgendwann in der Nacht wurde sie kurz wach, da sie bereits auf der Couch eingeschlafen war, während sie über Reigns Worte nachgedacht und ihn beim Schlafen beobachtet hat. Sie ist dann erst in ihr Bett gegangen. Er hat die ganze Zeit weitergeschlafen. Jetzt ist sie schon dabei, sich für die Kurse fertig zu machen, aber er schläft weiter.

Mira zieht sich ein rosa Blümchenkleid mit langen Ärmeln an. Es geht ihr bis kurz über die Knie und ist sehr leicht und angenehm bei diesen Temperaturen. Dazu wählt sie Leinen-Flipflops, große goldene Creolen und schminkt sich nur leicht. Ihre Haare lässt sie offen, erst dann geht sie zur Couch und streicht über Reigns Wange. »Hey, du musst langsam wach werden. Wir müssen bald los.«

Es dauert einen Augenblick, bis Reign seine Augen öffnet, dann kneift er sie wieder zu und seufzt leise aus. »Ich bin gestern wirklich hergekommen?«

Mira lächelt und steht auf. »Ja, das bist du. Ich gehe schon mal Frühstück machen, du hast nicht mehr ganz so viel Zeit, in meinem Schrank hängen noch einige Sachen von dir.«

Reign setzt sich langsam auf und Mira lässt ihm Zeit, um wach zu werden. Er kennt sich bestens in ihrer Wohnung aus und nur ein paar Minuten später hört sie, wie oben die Dusche angeht.

Sie haben wirklich nicht sehr viel Zeit, deswegen schmiert Mira ihnen zwei Bagels. Sie weiß noch, wie Reign seinen am liebsten hat.

Als sie den aufgebrühten Kaffee in zwei Becher füllt, kommt Reign zu ihr in die Küche. »Parker hat bei mir geschlafen und bringt meine Sachen mit. Danke!«

Mira schiebt ihm seinen Bagel hin und setzt sich einen Augenblick auf den Barhocker.

Reign bleibt stehen und schluckt eine der Tabletten, die sie ihm gestern schon hingelegt hatte. »Tut mir leid, falls ich mich gestern danebenbenommen habe. Ich hab wohl etwas zu viel getrunken.« Er nimmt einen großen Schluck Kaffee. Seine Stimme ist sogar noch ein wenig tiefer als sonst. Reign hat seine Trainingshose und ein weißes B.C. Eagles-Shirt an. Fast könnte man meinen, es ist ein ganz normaler Morgen, den sie früher so oft zusammen hatten.

»Hast du nicht. Es ist alles in Ordnung.«

Reign sieht ihr in die Augen und stellt den Kaffeebecher beiseite. »Ich erinnere mich nicht mehr an alles, Mira, aber ich war nicht einfach so hier. Auch wenn ich mich nicht mehr an alles erinnern kann, waren meine Worte ernst gemeint. Ich bin gestern hergekommen, weil ich nicht will, dass es so zwischen uns ist, ich möchte mich nicht mit dir streiten.«

Mira trinkt auch einen Schluck Kaffee und sieht ihm in die Augen. Sie fragt sich, an welche Worte er sich noch erinnern kann. »Das will ich auch nicht.«

Reign seufzt müde aus. Er wird garantiert einen dicken Kopf haben, doch auch jetzt will er mit ihr reden. Also war ihm das gestern wirklich ernst. »Ich denke, weil es noch so viel Unausgesprochenes zwischen uns gibt, wandeln wir das in Wut um. Was hast du heute vor? Lass uns mit meinem Wagen fahren und nach den Kursen gehen wir zusammen essen und reden noch einmal in Ruhe über alles. Ich möchte wirklich nicht, dass es so zwischen uns bleibt. Was denkst du?«

Er sieht ihr in die Augen und ihr Magen zieht sich sehnsuchtsvoll zusammen. Sie vermisst ihn und sie möchte auch nicht, dass die Vergangenheit so zwischen ihnen steht. Mira sieht auf die Uhr und nimmt sich ihre Tasche, sie müssen los. Ihr ist gestern klar geworden, dass sie wirklich noch einmal miteinander reden müssen, und sei es, um endlich Klarheit zu haben und zu wissen, wie es die nächsten Wochen weitergeht. Sie können sich nicht jedes Mal halb zerfleischen, wenn sie sich sehen. »Ich hatte vor, nach dem Kurs zu Jonathan zu fahren, er hat mich gebeten nachzusehen, ob bei ihm am Haus alles in Ordnung ist. Aber sonst können wir das gerne machen. Wir müssen los.«

Reign nimmt sich seinen Bagel. »Okay, dann fahren wir zusammen zu Jonathan und essen dort.«

Beide nehmen ihre Kaffeebecher. Während Mira den Laden abschließt, muss sie schmunzeln. »Okay, dann machen wir das, und sag mal, bist du sicher, dass alles, was du gestern gesagt hast, wahr ist? Du hast mir gestanden, dass du auf Minnie Mouse stehst.«

Reign muss leise lachen und lässt mit einem Piepen seinen Porsche aufblinken. »Da stehe ich zu.«

Mira zögert einen Moment, doch dann setzt sie sich in den Porsche und sieht sich das Auto an, während Reign losfährt. »Also, das ist … sehr eng hier drinnen.« Reign lacht erneut auf und dieser schöne Laut fährt Mira durch den Körper. Sie genießt es, ihm wieder so nah zu sein, seinen Duft wieder um sich herum zu haben und ihm von so nah ins Gesicht sehen zu können.

»Das ist alles, was dir zu einem Porsche einfällt?«

Sie nimmt einen Schluck Kaffee und bemerkt, wie schnell sie durch den Verkehr kommen und vor allem, wie viel Aufmerksamkeit sie erregen. Fast jeder sieht zu dem Porsche. Manche bleiben sogar stehen. »Ja, du hast dich immer über meinen kleinen Liebling lustig gemacht, doch da hast du mehr Platz als hier und du sitzt hier sehr weit unten und alle starren dich an, ist dir das nicht unangenehm?«

Reign blickt einen Moment zu ihr, er trägt ein erleichtertes Schmunzeln auf den Lippen. »Nein, ich habe mich daran gewöhnt, beobachtet zu werden.«

Sie bekommt eine Nachricht von Violet mit der Frage, wo sie bleibt, doch sie fahren nur wenige Minuten später bereits auf dem Campusparkplatz ein. Wieder stehen ein paar Männer mit Fotoapparaten vor dem Tor und die Security steht auch bereit. »Die habe ich ganz vergessen. Bleib etwas hinter mir.« Auch Mira hat nicht mehr daran gedacht.

Die Fotografen wissen natürlich, dass das sein Auto ist und kommen sofort zu ihm, um Fotos zu machen. Reign geht vor. Als die Fotografen damit beschäftigt sind, ihn zu fotografieren, steigt Mira schnell aus und geht seitlich zum Eingang. Tatsächlich haben die Fotografen gar nicht weiter auf sie geachtet. Die Security hat allerdings gesehen, dass sie mit Reign gekommen ist und lässt sie gleich durch. Kurz danach kommt auch Reign durch das Tor und sie laufen zusammen zum College.

»Wie sehr hat sich dein Leben mit alldem geändert?« Mira blickt nach hinten und wendet ihren Kopf gleich wieder nach vorne, als sie sieht, dass die Fotografen noch immer Fotos machen. Reign und sie laufen sehr eng und vertraut beieinander.

»Es hat sich einiges geändert, aber im Grunde hast du das auch selbst in der Hand. In L.A. leben wir in Gegenden, die bewacht sind, da passiert dir so etwas nicht, nur wenn du rausgehst. Die Fotografen hier sind aus Kanada und wollen wissen, was wir hier so machen. Die Aufregung ist nur, weil wir zurück sind, ich schätze, nächste Woche lässt das nach.«

Er hält ihr die Tür zum College auf und genau in diesem Moment klingelt es. Sie kommen zum Glück nur eine Minute zu spät, trotzdem liegen alle Blicke auf ihnen, als sie die Tür öffnen.

Mr. Petry ist bereits da, hat aber noch nicht begonnen, sie gehen beide zusammen nach oben, Mira setzt sich zu Violet.

Die sieht Mira schon erwartungsvoll an. »Ich denke, du hast mir schon wieder so einiges zu erzählen.«

Da Mr. Petry sie heute während des gesamten Kurses fordert, kommt Mira erst in der Pause dazu, Violet alles zu sagen, doch im Grunde ist ja nicht sehr viel passiert. Sie erzählt ihr noch einmal von der Auseinandersetzung im Hyatt und wie er dann betrunken bei ihr im Laden stand. Mira erwähnt nicht, was er ihr alles gesagt hat, nur dass sie beschlossen haben, nach den Kursen noch einmal über alles zu sprechen.

Sie überlegen, Noel anzurufen, aber dann entscheiden sie sich doch, noch abzuwarten. Vielleicht hat sie genau jetzt ihr Gespräch mit Nolan und sie wollen sie nicht stören. So schwer es ihnen fällt, sie können nur abwarten.

Nach der Pause erwartet Mr. Petry sie bereits grinsend und voller Vorfreude. »Ich habe gerade mit dem Coach unserer geliebten Footballmannschaft gesprochen. Auch wenn es Sommer ist, haben sie es geschafft, für das nächste Wochenende ein Testspiel gegen eine andere Collegemannschaft zu organisieren. Die drei ehemaligen Spieler der Mannschaft aus diesem Kurs trainieren mit ihnen, doch es fehlt die Praxis des neu Gelernten und es müssen bestimmte Spielzüge geprobt werden. Sie brauchen ein Probespiel und da kommt unser Kurs ins Spiel. Wir werden am Mittwoch gegen sie spielen. Ein paar aus dem anderen Kurs machen noch mit, sodass wir elf Spieler sein werden.«

Mira und Violet lachen laut auf und alle drehen sich zu ihnen um. Violet kann nicht aufhören zu lachen. »Das ist doch ein Scherz, oder?«

Mr. Petry schüttelt den Kopf. »Nein, auf keinen Fall, ich habe sofort zugesagt, das wird lustig.«

Mira hebt die Augenbrauen. »Lustig? Wenn sich 100-Kilo-Männer auf uns stürzen und umschmeißen, wird das garantiert nicht lustig.«

Parker dreht sich um und sieht sie erschüttert an. »Nach all der Zeit und dem Unterricht, den wir dir gegeben haben, denkst du immer noch, dass Football aus aufeinanderschmeißen besteht? Reign, was hast du falsch gemacht?«

Mira hört Reigns Lachen. »Wir sind doch in eurer Mannschaft, euch passiert schon nichts.«

Aber auch das lässt in Mira keine Lust aufkommen, an einem Footballspiel teilzunehmen. Doch offenbar finden alle anderen die Idee gut, also werden sie am Mittwoch statt unterrichtet zu werden ... Football spielen.

Nachdem der Kurs vorbei ist, eilt Violet zur Arbeit. Lincon hat Parker versprochen, ihm beim Training zu helfen, da Reign und Nolan heute ausfallen. Mira packt langsam ihre Sachen ein und Reign bleibt bei ihrem Platz stehen.

Eine merkwürdige Aufregung liegt schon den ganzen Tag in ihrem Magen. Fast, als wäre das hier ein erstes Date, wovon natürlich nicht die Rede sein kann. Doch als sie jetzt aufsteht, spürt sie selbst, dass ihr Lächeln unsicher ist.

»Und, bist du bereit?« Reign sieht noch immer etwas müde aus.

Mira nickt und sie laufen zusammen aus dem College. »Wie geht es deinem Kopf?« Sobald sie das Gebäude verlassen, bemerkt sie, dass sich einige graue Wolken zusammenziehen.

»Es geht, früher habe ich mehr vertragen. In der Saison haben wir einen festen Essensplan, da ist Alkohol komplett verboten, und deswegen scheine ich damit etwas empfindlicher geworden zu sein.« Sie laufen am B.C Eagles-Haus vorbei, ein junger Mann kommt heraus und grüßt Reign respektvoll.

»Bedeutet das, du bekommst jeden Tag vorgeschrieben, was du essen sollst?« Sie kommen näher an den Parkplatz und sehen neben den Fotografen auch noch einige Jugendliche.

Reign bleibt stehen und flucht leise. »Okay, nimm den Schlüssel und setz dich schon ins Auto.« Er holt seinen Autoschlüssel aus seiner Trainingshose und reicht ihn ihr. »Ich gehe vor.«

Mira wartet einen kleinen Augenblick, während Reign an den Fotografen vorbeigeht. Er bleibt stehen und unterschreibt Bälle und Shirts der Jugendlichen und zieht so alle ein wenig vom Eingang weg. Mira nutzt diesen Augenblick und schlüpft unbemerkt schnell durch das Tor. Sie geht zum Porsche, lässt das Auto aufleuchten und setzt sich auf den Beifahrersitz. Keine Minute später öffnet Reign die Fahrertür und setzt sich. Mira hält ihm seinen Schlüssel hin und er fährt los. »Das ist verrückt.«

Reign lacht leise auf. »Man gewöhnt sich daran.« Er fährt den Wagen so vom Parkplatz, dass die Fotografen sie nicht sehen. »Ich kannte das ja schon ein wenig von hier, doch natürlich nicht in diesem Ausmaß. Die ersten Tage, die ersten Spiele waren wirklich verrückt. Nolan und ich haben Stunden am Spielfeldrand verbracht, haben uns fotografieren lassen, alles Mögliche signiert, weil wir niemandem einen Wunsch abschlagen wollten, doch irgendwann haben uns ein paar ältere Spieler zur Seite genommen und erklärt, wie wir damit am besten umgehen. Es gibt einige in der Mannschaft, die vieles mit der Öffentlichkeit teilen und es gibt welche, die abgeschieden mit ihren Familien ganz in Ruhe leben. Nolan und ich waren am Anfang viel feiern, da wurden wir natürlich gesehen und das war okay. Wir haben unsere Häuser gezeigt und Interviews gegeben. Aber ich merke immer mehr, dass ich es zum Beispiel nicht mag, wenn meine Mutter oder meine Oma bei mir ist und die Presse uns zu nahe kommt und genauso jetzt bei dir.«

Er blickt von der Straße zu ihr, doch nur für einen Moment, dann sieht er wieder auf den Verkehr. »Um noch einmal zu deiner

Frage zu kommen: Ich kann essen, was ich will, aber ich muss darauf achten, dass ich eine gewisse Anzahl an Kalorien erreiche und halt etwas ausgewogener esse. Besonders kurz vor einem Spiel wird da noch einmal drauf geachtet. In L.A. habe ich zwei Köche, die sich darum kümmern.«

Mira lacht leise auf, sie durchqueren die Stadt. Reign weiß natürlich, wo Jonathan wohnt. »Oh, hast du das? Also bist du doch ein verwöhnter VIP geworden. Darf ich mich geehrt fühlen, dass du noch mit mir sprichst und mit mir streitest?«

Auf Reigns Wangen bilden sich die Grübchen, die sie so sehr liebt. »Ich habe mich nicht geändert. Wenn, dann bin ich eher ruhiger geworden. Klar, das erste Jahr haben wir alles Mögliche ausprobiert, aber du darfst auch nicht vergessen, dass Nolan und ich immer Geld hatten. Es war nichts Neues für uns. Natürlich ist das noch einmal eine andere Dimension, aber es kam einer gleichzeitig mit uns in die Mannschaft, der aus sehr einfachen Verhältnissen kommt. Für ihn war es unglaublich, er hat innerhalb weniger Tage fast 250.000 Dollar auf Partys rausgeschmissen und musste vom Coach zurechtgewiesen werden. Auch wir haben viel gefeiert, aber wir können beide mit Geld umgehen. Es fühlt sich natürlich gut an, dass all das mein Geld ist und ich mir und meiner Familie nun alles kaufen kann, was ich möchte. Aber es ist uns auch nicht zu Kopf gestiegen.«

Einen Moment hält er ein, doch dann spricht er etwas leiser weiter. Mira könnte ihm ewig zuhören, sie genießt es, wieder bei ihm zu sein, ihn anzusehen, alles in sich aufzusaugen und ihr wird noch mal bewusst, wie sehr er ihr fehlt.

»Nach einem Jahr wollte ich zurück nach Kanada. Keiner hat das verstanden. Klar, ich habe in L.A. alles, ich verdiene mehr Geld, habe die Villa, habe das VIP-Leben und wie alle es sagen ... Victoria Secrets-Models um mich herum, doch ich hatte Sehnsucht nach Kanada, Sehnsucht nach ... einigem. Als ich dann allerdings hier zu Besuch war, wurde mir klar, dass das, was mir am meisten fehlte, auch nicht hier ist und ich habe für noch ein Jahr in L.A. unterschrieben. Ende August soll ich für die nächste Saison unterschreiben, doch ich würde nicht sagen, dass ich glücklicher in L.A. bin als hier oder dass ich dankbar für dieses Leben bin. Ich bin dankbar, Football spielen zu dürfen.«

Reign und Mira haben immer viel miteinander gesprochen, doch jetzt merkt sie, wie viel und wie lange all das schon in ihm schlummern muss und nun herauskommt. Sie weiß, dass er mit seiner Andeutung meinte, dass ihm ihre Beziehung fehlt und ihr ging es die zwei Jahre ja nicht anders, deswegen will sie nun auch ehrlich sein. »Ich weiß, was du meinst. Es ist bei mir genauso. Ich meine, ja, ich habe meinen Abschluss und ich weiß, dass ich deswegen auf viel verzichtet habe, doch es war mir wichtig. Es ist mir unglaublich wichtig, unabhängig zu sein und auch das Praktikum im Museum war toll, doch mir hat auch die ganze Zeit etwas gefehlt. Ich habe mich im Grunde jeden Tag abgelenkt, um nicht zu viel nachdenken zu müssen. Besonders seit ich wieder hier bin, spüre ich, dass ich aufhören muss, nur für die Arbeit zu leben und endlich wieder anfangen muss, mein Leben zu genießen. Auch wenn du das tust, was du liebst, fühlt es sich nicht so an, wie es das sollte, weil dir etwas fehlt, dessen Bedeutung du wahrscheinlich unterschätzt hast.«

Sein Blick gleitet zu ihr hinüber, doch Mira behält ihren Blick auf die Straße vor ihnen. Sie weiß nicht, ob es gut ist, Reign zu sagen, wie sehr sie ihre Beziehung und ihn vermisst, doch sie will genauso ehrlich sein wie er.

Reign seufzt leise aus. Er hält vor einem der letzten Läden, bevor es hinaus aufs Land geht. Es ist einer seiner Lieblingsläden, hier gibt es leckere Tacos und Burritos.

Einen Moment bleibt er sitzen und sieht zu ihr.

Mira wendet ihren Blick auch zu ihm um und sieht ihm in die Augen. Wahrscheinlich haben sie beide alles falsch gemacht, was man falsch machen kann. Mira weiß es nicht, gerade weiß sie nichts mehr und auch Reign scheint es so zu gehen.

Seine Hand greift nach ihren Haaren und er streicht ihr eine lange Strähne hinter das Ohr. »Was soll ich dir holen?«

Mira ist es egal. »Ich weiß nicht, entscheide du, du kennst meinen Geschmack.«

Reign nickt und steigt aus, während Mira mit einem verrückten Gefühlswirrwarr zurückbleibt.

Sie weiß nicht, auf was das heute hinauslaufen wird. Sie will keinen Fehler mehr machen, sie müssen sich aussprechen, doch sie müssen auch sehr aufpassen. Mira weiß, dass sie hier und jetzt komplett ehrlich zu sich selbst und zu Reign sein muss.

Kapitel 11

Violet schreibt ihr genau in diesem Moment.

Sie hat Noel geschrieben, aber die antwortet nicht. Mira rät ihr, dass sie es sein lassen soll. Sie wird sich melden, wenn sie das will. Es dauert auch nicht lange und Reign kommt mit mehreren duftenden Tüten zurück. Mira nimmt sie an sich und fragt ihn, ob er etwas von Nolan gehört hat, während sie weiterfahren.

Reign hat ihn in der Pause angerufen, doch er ist nicht rangegangen. Er fragt, wie genau es zu alldem gekommen ist und Mira erzählt ihm, wie Noel von der Schwangerschaft erfahren hat und Nolan ihr vorher Sachen versprochen hat, die er nicht gehalten hat. Davon, dass sie ihn deswegen nicht mehr sehen oder bei dem Baby einbinden wollte. Mira erzählt ihm alles und zeigt ihm ein paar Aufnahmen von Isaiah und ihr. Reign versteht Noel ein wenig, er hat ja das Hin und Her damals selbst mitbekommen, doch er sagt, dass Noel Nolan von dem Baby hätte erzählen müssen.

Sie hoffen beide, dass sie sich jetzt aussprechen und am Ende doch alles gut wird und genau dasselbe haben sie vor, als sie auf das Haus von Jonathan zufahren.

Mira ist wie immer beeindruckt. Dieses Haus mitten in der Natur mit dem Fluss und den Bergen, der Anblick ist einfach nur wunderschön.

Reign hält bei den Garagen, die Mira auch gleich öffnet und die zwei Trucks noch gut erhalten darin vorfindet. Mira schließt wieder ab und genau in diesem Moment beginnt ein starker Platzregen.

»Schnell.« Reign hat die Tüten in der Hand und sie laufen auf die überdachte Veranda. Zum Glück sind sie nur leicht nass geworden, was bei der Hitze eher eine kleine Abkühlung gewesen ist. »Jetzt haben wir wenigstens genug Zeit und können nirgendwo mehr hin.«

Mira lacht und schüttelt ihr Kleid ein wenig aus, dann öffnet sie das Haus. »Ich sehe mal nach, ob alles in Ordnung ist und hole Besteck. Brauchst du etwas?« Sie schließt auf.

»Nein, hier ist alles bei, wir brauchen auch kein Besteck. Sie hat welches mitgegeben.«

Mira geht ins Haus, macht einen kleinen Rundgang, doch auch hier ist alles in Ordnung. Als sie zurück auf die Terrasse kommt, hat Reign schon den Tisch mit vielen lecker duftenden Boxen voll-gestellt, Wasser und Limonade hat er auch mitgenommen, und obwohl es so heftig regnet, scheint noch immer ein wenig die Son-ne und ein Regenbogen verläuft quer über den Fluss.

»Weißt du, ich habe mir das vor Kanada niemals vorstellen kön-nen, doch wenn ich jetzt hier bin und mir all das ansehe, denke ich, dass das für mich genau das Richtige wäre: so zu leben, in der Natur. Ich dachte immer, dass ich ein Großstadtmensch bin, doch ich denke, ich habe mich getäuscht. Kannst du dir vorstellen, so zu leben? Hier draußen?«

Sie setzt sich Reign gegenüber auf einen der gemütlichen Holz-stühle und nimmt sich einen Taco. »Ich denke, es ist nicht ganz so wichtig, wo du lebst, sondern mit wem du lebst. Doch hier drau-ßen ... das hat etwas. Hier in Kanada ist ja das Gute, dass du beides haben kannst. Du kannst so abgeschieden leben und bist trotzdem in zwanzig Minuten in der Stadt, um dort zu arbeiten.«

Mira nickt und sieht Reign in die Augen, der auch isst.

»Ich glaube, ich bin so wütend geworden, weil ich tief in mir selbst sauer auf mich bin, dass ich mich damals so entschieden habe. Ich meine, ich bin froh, dass ich meinen Abschluss habe, deswegen bin ich auch hier, um ihn nicht wieder zu verlieren. Ich denke, dass wenn ich mit dir Hals über Kopf nach L.A. gegangen wäre und die letzten Jahre verloren hätte, ich das immer bereut hätte. Ich weiß es. Doch nun sitze ich hier und muss feststellen, dass ich zwar getan habe, was ich wollte, mich aber jeden Tag gefragt habe, wie ich uns aufgeben konnte.«

Reign hat ihren Augenkontakt nicht abgebrochen. »Aber auch wenn es leicht ist, dir die Schuld zuzuschieben, ging es mir nicht anders, Mira. Ich war unglaublich wütend. Die erste Zeit in L.A. habe ich ständig nach Frauen gesucht, die mich an dich erinnert haben, aber keine hat das in mir ausgelöst, was du mit einem einzigen Blick schaffst. Das hat mich noch wütender werden lassen. Wir können froh sein, dass wir uns damals nicht wiedergetroffen haben, das wäre noch schlimmer ausgegangen, als es das jetzt ist.«

Er wirkt auch jetzt wieder wütend. In der eintretenden Stille hätte man ein Staubkörnchen herabfallen hören, doch dann hebt er erklärend seine Hand. »In meiner Mannschaft gibt es einen Spieler, Patrick. Er stammt aus Hannover und einen Abend waren wir zusammen weg. Ich war da wirklich auf einem Tiefpunkt, du hast mir unglaublich gefehlt und ich wusste nichts von dir. Nur Nolan weiß, dass ich in all der Zeit bestimmt viermal am Flughafen stand und den Flieger nach Berlin nehmen wollte, doch jedes Mal hat mein Stolz mich zurückgehalten."

Man kann Mira ihre Verwunderung sicher ansehen, damit hat sie nicht gerechnet.

»Ich habe Patrick damals alles erzählt und er hat versucht, mir zu erklären, dass es ein wenig daran liegen kann, wie man in Deutschland aufwächst. Wie stark einem dort das Gefühl der Sicherheit eingeprägt wird, dass man als Deutscher schwieriger ohne seine Sicherheiten leben kann und du vielleicht deswegen so auf deinem Abschluss und allem bestanden hast. Es war für mich wirklich schwer zu verstehen. Die Frauen standen Schlange und waren bereit, alles zu tun, um an meiner Seite zu sein, und du, die einzige Frau, die ich will, war einfach weg.«

Mira schluckt die aufsteigenden Tränen herunter und atmet laut aus. »Ich denke nicht, dass es daran lag. Manchmal befürchte ich, dass auch meine Mutter und mein Vater etwas damit zu tun haben. Dass ich durch sie gerade erst so hart gezeigt bekommen habe, was passieren kann, wenn man alles aufgibt und dann nach Jahren so fallengelassen wird, wie das meine Mutter damals erlebt hat. Ich glaube, das hat mich tief getroffen, sie so zu sehen und all das zu erleben. Ich wollte das niemals. Ich habe dir vertraut, doch der Gedanke, mich so tief fallen zu lassen und alles, was ich mir aufgebaut habe, für einen Mann zu verlieren, hat mir doch zu viel Angst gemacht. Eigentlich … ist das auch Unsinn. Ich meine, meine Mutter hat es erlebt und hat sich trotzdem noch einmal fallen lassen, sieh doch, sie hat noch einmal auf die Liebe gesetzt und alles stehen und liegen gelassen und ist nun unglaublich glücklich. Ich wünschte, ich könnte heute genau sagen, dass es richtig oder falsch war, doch selbst jetzt, hier, kann ich es nicht.«

Dieses ehrliche Gespräch war es, was gefehlt hat. Mira fallen Felsbrocken vom Herzen, als sie endlich das Verständnis in Reigns Augen erkennt, was ihr immer gefehlt hat.

Er räuspert sich. »Auch ich habe mir Vorwürfe gemacht. Wieso habe ich nicht versucht, dich zu verstehen und bin auf eine Fernbeziehung eingegangen? Mir hätte doch auch klar sein müssen, dass es besser gewesen wäre, dich lieber nur selten zu sehen als dich ganz zu verlieren, und ich hätte dich auch nicht vor die Wahl stellen dürfen. Wir beide haben damals falsch gehandelt, Mira.«

Sie lächelt erleichtert und nickt. »Aber vielleicht musste es auch so sein. Ich meine, es war ein Austauschjahr, unsere Leben standen vor solch entscheidenden Wendepunkten. Keiner wollte dem anderen im Weg stehen, und vielleicht haben wir das, was zwischen uns war, auch falsch eingeschätzt. Es unterschätzt. Ich weiß es nicht, doch ich bin froh, dass wir beide das jetzt so sehen können. Niemand weiß doch, wie es sonst gekommen wäre, wie wir uns jetzt gegenüberstehen würden. Vielleicht würden wir glücklich in L.A. leben, aber vielleicht würden wir uns mittlerweile auch hassen, und das ist das Allerletzte, was ich möchte.«

Reign reicht ihr eine Schüssel mit ihrem Lieblingssalat. »Mira, ich will ganz ehrlich zu dir sein. Ich wollte nicht herkommen. Ja, es wäre nicht gut wegen unserem Abschluss gewesen und wir brauchen ihn, doch trotzdem hätte ich darauf verzichtet. Ich hatte keine Lust. Nolan wollte mich überreden, er wollte mal wieder ein paar Wochen hier verbringen, doch ich hatte trotzdem keine Lust und habe abgesagt. Erst als ich dein Bild auf Instagram gesehen habe, vor dem College, wusste ich, dass ich kommen muss. Ich weiß nicht, was ich mir hiervon verspreche, doch jedes Mal, wenn ich an dich zurückgedacht habe, hatte ich das Gefühl, das Wichtigste in meinem Leben verloren zu haben. Und nichts was kam und was ich erreicht habe, hat das ausgleichen können, nichts.«

Mira spürt das erste Mal einen Anflug von Hoffnung in ihrem Bauch. Es ist genau das, was auch sie die gesamte Zeit empfunden hat. Sie senkt ihren Blick, doch Reign greift nach ihrer Hand und umfasst sie mit seiner. »Hör zu, Engel. Ich wusste, dass ich herkommen muss und wir miteinander sprechen müssen, dass wir das zwischen uns klären. Ich weiß nicht, was nun passiert, ob sich etwas ändert, oder ob wir noch eine Chance haben. Ich weiß selbst nicht, was richtig oder falsch ist und ich denke, dass wir beide jetzt gerade sehr schnell sehr viele Fehler machen können. Deswegen ist es wichtig, dass wir einen klaren Kopf behalten und in Ruhe gucken, was da noch ist und wie es zwischen uns weitergeht. Aber ich hoffe, dass wir zumindest versuchen, wieder aufeinander zuzugehen und zu sehen ... was passieren wird.«

Mira nickt und verschränkt ihre Finger mit seinen. »Ja, aber wir dürfen nicht noch einmal die gleichen Fehler wie damals machen und müssen uns Zeit lassen.«

Reign zieht ihre Hand zu sich und gibt einen Kuss auf ihren Handrücken. »Wir lassen uns Zeit und sehen, was passiert.«

Mira lächelt. »Ich bin froh, dass du doch gekommen bist. Wer weiß, wie lange wir uns beide sonst noch weiter Vorwürfe gemacht hätten.«

Ihr Handy piept mehrmals und Mira öffnet den Gruppenchat mit Noel und Violet. Noel hat ein Bild gesendet mit diesem Text: ›Es hat viel Streit und Tränen gekostet, doch …‹ Auf dem Foto sitzt Nolan auf einer Couch und hebt Isaiah hoch, der strahlend und lachend zu seinem Vater blickt.

Mira zeigt Reign das Bild und weiß in diesem Moment, dass sie alle Zeit brauchen werden. All das ist vor zwei Jahren in ein paar Monaten auf sie eingeprasselt, doch vielleicht, jetzt, mit etwas mehr Erfahrung und einem klaren Kopf, wenn sie alle sich die Zeit nehmen, wird am Ende doch noch alles gut.

Kapitel 12

»Jetzt werden wir erst einmal sehen, was weiter passiert. Wir haben uns ausgesprochen. Wir können jetzt auch nicht einfach weitermachen, als wäre nie etwas gewesen, es sind immerhin zwei Jahre vergangen. Aber ich glaube, uns hat das gutgetan.«

Violet nickt und nimmt sich eine Paprika von ihrem Teller. Mira sieht sich zu der Bank um, auf der Reign und Parker sitzen. Mandy läuft zu ihnen.

»Okay, das ist … verständlich und sicher auch vernünftig, aber das heißt, es war nichts mehr zwischen euch gestern? Gar nichts?« Mira lächelt und wendet den Blick wieder ihrem Essen zu. »Es war wunderschön. Wir haben gegessen und noch eine ganze Weile zusammen dort gesessen. Es hat geregnet und wir hatten alle Zeit der Welt. Ich habe ihm erzählt, was bei mir so passiert ist, er mir von seinem Leben in L.A. Wir haben uns zwei Jahre nicht gesehen, da gab es einfach viel zu reden und dann haben wir meine Mutter und Jonathan mit einem Videoanruf angerufen. Sie haben sich sehr gefreut. Dann wurde es dunkel und er hat mich nach Hause gefahren. Parker musste in Reigns Hotelzimmer, weil er etwas vergessen hatte und er ist gleich weitergefahren. Wir haben gesagt, dass wir uns Zeit lassen und in Ruhe gucken, was passiert. Ich schätze, keiner von uns will jetzt einen Fehler machen und wir sind sehr vorsichtig.«

Violet hebt die Augenbrauen, Reign und Parker kommen in diesem Moment zu ihnen. »Das hat Mandy nun offenbar auch gespürt. Reign hat sie einfach stehen gelassen.«

Vielleicht geht er Mandy nun etwas aus dem Weg. Mira weiß es nicht, es ist nicht gesagt, dass noch einmal etwas zwischen Reign und Mira passiert. Sie weiß nicht einmal, ob das gut wäre. Sie ist froh über die kleinen Schritte, mit denen sie sich annähern und will noch nicht zu weit darüber hinausdenken.

Reign setzt sich neben Mira, während Parker den Arm um Violet legt. »Sag mal, Nolan ist bei Noel, Reign und Mira gehen sich nicht mehr an die Gurgel, wieso kannst du nicht mal etwas …?«

Violet hebt ihre Hand. »Vergiss es, Parker.«

Reign lacht, er sitzt sehr nah bei Mira. »Sei nicht so hart zu ihm, Violet. Heute Abend kommt das Finale der letzten Staffel von Game Of Thunder. Ich habe ein halbes Kino in der Suite, es gibt Sushi und Popcorn, was denkt ihr?«

Violet legt ihren Kopf schief. Sie und Mira haben die Serie zusammen gesehen und wollten sich heute auch das Finale ansehen.

»Wenn du daraus Pizza und Popcorn machst, sind wir dabei, oder?« Mira hat nichts dagegen, im Gegenteil.

»Okay, aber keine dummen Kommentare über Jackson.« Parker lacht auf. »Was habt ihr nur alle mit ihm? Er ist ein Gnom mit zerfetztem Gesicht.«

Mira lacht auf und räumt ihre Sachen zusammen. »Er hat das größte Herz von allen. Sollen wir etwas mitbringen, wie wäre es mit Oreo Cupcakes?« Sie blickt zu Reign, auf dessen hübschem Gesicht ein entspanntes Lächeln erscheint. »Ich habe die richtig vermisst.« Sie stehen zusammen auf, als es klingelt. »Dann genießen wir unseren letzten Abend, bevor wir morgen von irgendwelchen frustrierten Footballern umgerannt werden.«

Das auch noch. Mira hat das Trainingsspiel morgen komplett vergessen. Reign nimmt Mira das Tablett ab und bringt es weg. Als er wieder bei ihr ist, hält er sie ein wenig zurück und sie gehen hinter den anderen. »Meine Oma ist gerade hier. Meine Mutter möchte am Donnerstag ihre berühmte Paella machen, alle lieben die. Sie hat gefragt, ob du mitkommen möchtest. Ich habe ihnen erzählt, dass du auch hier bist und sie würden sich freuen, dich mal wieder-zusehen.«

Damit hat Mira nicht gerechnet, aber wieso nicht? Sie mag Reigns Mutter und seine Oma. Sie will nicht unhöflich sein und fragen, ob sein Vater da ist, doch selbst wenn, wird sie auch das überstehen und lächelt. »Okay, gerne, fahren wir direkt nach den Kursen?« Sie betreten den Kursraum. »Ja.« Mira nickt und setzt sich zu Violet.

Also sind sie heute Abend zusammen, am Donnertag bei seiner Familie, am Samstag ist das Spiel der B.C. Eagles und Sonntag das Essen mit Lincon und seinen Freunden. Das sieht allerdings nicht danach aus, als würden sie es langsam angehen lassen, doch Mira freut sich. Es ist ein unbeschreibliches Gefühl, Reign wieder in ihrem Leben zu haben.

Nach den Kursen fährt Violet zur Arbeit und Mira in den Laden. Sie bereitet die Oreo Cupcakes zu, dabei macht sie einen Videoan-ruf mit Laura und erzählt ihr alles, was gestern passiert ist. Laura ist diejenige, die sie die letzten zwei Jahre wirklich erlebt hat. Sie hat gesehen, wie mitgenommen und traurig Mira war, als sie zurück nach Berlin gekommen ist. Wie verrückt hat sie sich jedes Mal die Bilder von Reign und seinem neuen Leben angesehen, um sich selbst einzureden, dass es besser so war und nicht an der Sehnsucht nach ihm zu zerbrechen. Laura hat gesehen, wie sie wei-nend zusammengebrochen ist und dann zwei Wochen kein Wort mehr über Reign verloren hat und das jedes Mal aufs Neue. Sie weiß auch, dass trotz der langen Zeit, die doch dazwischen lag, die Intensität niemals nachgelassen hat.

»Ich bin nur ungerne die Vernünftige, Mira, und ich weiß, dass es heiß sein kann, eine Affäre mit dem Ex zu haben. Ich glaube, das ist der beste Sex, den man haben kann, doch kannst du das? Als du erfahren hast, dass du zurück nach B.C. musst, hast du Tränen in den Augen gehabt, weil du Angst hattest, mit all den Erinnerungen an eure Beziehung konfrontiert zu werden. Denkst du, du schaffst es, jetzt wieder etwas mit ihm zu haben und dann wieder zu gehen? Willst du das alles noch einmal von vorne beginnen, oder bist du dieses Mal zu mehr bereit? Ich denke, darüber solltest du dir klar sein, bevor du dich noch einmal auf Reign einlässt.«

Mira nickt und schiebt ihre Muffins in den Ofen. »Ja, das weiß ich. Du weißt, dass ich gar nicht damit gerechnet habe, Reign wiederzusehen. Zuerst haben wir gar nicht miteinander gesprochen und uns dann fast die Köpfe abgerissen. Wir mussten uns gestern aussprechen. Wir beide haben noch Gefühle füreinander, das hat sich nicht geändert, doch es ist ja nicht klar, wie viel und wie stark das tatsächlich noch ist und ob das alles noch Bestand hat, oder ob es wirklich, wie du sagst, nur die Erinnerung an das ist, was wir hatten und wir uns mittlerweile gar nicht mehr so viel zu sagen haben.«

Laura lacht und legt ihre Beine hoch. Sie sitzt auf ihrem Balkon. »War das denn gestern so? Dass ihr euch nicht mehr viel zu sagen habt?«

Mira lächelt. »Nein, es war … schön. Es war wirklich schön, Laura. Ich habe ihn sehr vermisst und ich habe es gestern sehr genossen, wieder Zeit mit ihm zu verbringen.«

Ihre Freundin seufzt auf. »Ich sehe es dir an. Ich weiß nicht, wann ich dich das letzte Mal so strahlend gesehen habe. Ich weiß nicht einmal, was ich dir raten soll. Pass auf und stürze dich nicht wieder in etwas, was dein Herz erneut brechen kann oder genieße einfach die nächsten Wochen, auch wenn es dir vielleicht am Ende wieder wehtun wird. Aber ich denke, es ist egal, was ich sage, es ist nicht mehr aufhaltbar.«

Mira muss lachen und sieht auf die Uhr. »Ich gehe jetzt zu einem gemütlichen Serienabend mit Freunden und versuche, mir nicht zu viele Gedanken zu machen.«

Laura lacht auch. »Oder du fährst in die Suite eines sexy Superstars, der auch noch dein Ex und das Versprechen für guten Sex ist.«

Mira hebt die Hand. »Okay, hör auf, sonst bekomme ich wirklich noch Panik. Ich melde mich morgen bei dir.« Laura wirft ihr einen Luftkuss zu und Mira stellt am Backofen die passende Backzeit für die Muffins ein.

Nun ist sie wirklich aufgeregt, dabei geht es nur um einen gemütlichen Serienabend zu viert. Das versucht sie sich auch die gesamte Zeit über zu sagen, doch ihr Herz flattert aufgeregt in ihrer Brust.

Während Mira unter der Dusche steht, wägt sie all das noch einmal ab. Wahrscheinlich sollte sie wirklich Abstand halten, wenn sie an ihre Trennung denkt und daran, wie schwer ihr all das gefallen ist. Aber es fällt ihr schwer, vernünftig zu sein. Es tut so gut, in diesem Fall einfach nur auf ihre Gefühle zu hören.

Kurze Zeit später steht sie unschlüssig vor dem Kleiderschrank. Am besten sollte sie nicht zu stark zurechtgemacht wirken, allerdings ist es fast noch schwerer, sich dezenter fertigzumachen als andersherum.

Mira entscheidet sich für eine bequeme geblümte Stoffshorts und zieht ein hellrosa Top dazu an, das sie in die Hose steckt. Das Rosa passt zu den Blüten auf der Hose. Sie schminkt sich die Augen und trägt Parfüm auf. Und weil sie noch etwas Zeit hat, sieht sie auf Instagram nach.

Nolan hat ein Bild von sich und Isaiah hochgeladen. Es ist zuckersüß und es wird niemanden geben, der ihre Ähnlichkeit nicht erkennen würde. ›With my mini me.‹ Das Bild scheint wie eine Bombe eingeschlagen zu sein, es hat unzählige Kommentare, auch Mira kommentiert mit zwei Herzen. Reign hat nichts Neues gepostet, eine Story heute vom Training mit der Mannschaft, sonst nichts weiter.

Sie nimmt ihre Tasche und ihr Handy und packt die Muffins in eine der Café Caramell-Boxen, von denen es hier im Lager noch unzählige gibt. Bevor sie das Licht ausschaltet, macht sie ein Foto davon und lädt es auf Instagram in den Storys hoch. Dann schließt sie ab und fährt zum Hyatt.

Dieses Mal meldet sie sich ganz normal am Empfang. Ein Page kommt und begleitet sie in den sechsten Stock, offenbar hat Reign schon Bescheid gegeben, dass er sie erwartet, es wird nicht in seiner Suite angerufen. Der Page bleibt allerdings im Fahrstuhl und fährt wieder hinunter.

Mira presst kurz ihre Lippen zusammen und atmet dann tief aus, bevor sie an die Tür klopft, an der sie erst vorgestern mit Reign aneinandergeraten ist.

Wieder öffnet ihr Reign, doch dieses Mal ist es leiser bei ihm, er lächelt. »Die anderen kommen gleich. Parker holt Violet von der Arbeit ab.« In seiner Stimme schwingt ein Hauch von Unsicherheit mit, die man ihm nicht zutrauen würde, damals schon nicht, in seinem neuen Leben noch weniger.

Mira reicht Reign die Box. »Okay und wow ...« Sie sieht sich in der riesigen Suite um. Sie hat bisher ja nur einen kleinen Einblick gehabt und sie hatte all das hier hinter der Tür nicht erwartet. Violet hat von den Suiten geschwärmt, doch das alles selbst zu sehen, ist sehr beeindruckend.

Sie steht direkt in einem riesigen Wohnbereich. Die eine Seite besteht aus einem unfassbar großen Bildschirm, vor dem mehrere gemütliche Sofas und Sessel zum Relaxen einladen. Dort läuft gerade ein Footballspiel, das Reign sich wahrscheinlich angesehen hat.

Auf dem Tisch stehen Chips, Crackers, Nachos und einige Gemüsesticks mit mehreren Dipsaucen in kleinen Schüsseln. Eine Popconmaschine steht bereit und auf allen Sesseln und Sofas liegen gemütliche Decken. Ein kleiner Kühlschrank ist unter der Wand des Bildschirms eingebaut, in dem sicherlich Getränke gekühlt werden. Allein das ist schon beeindruckend, doch Mira blickt sich weiter um.

Weiter hinten gehen zwei große offenstehende Flügeltüren ab und sie blickt dahinter auf ein gigantisch großes Himmelbett. Es wird bestimmt doppelt so groß sein wie ihres. Im Wohnbereich steht noch ein Klavier, ein Kamin und eine Bar. Zwei weitere Flügeltüren gehen dort ab, wohinter sich bestimmt das Bad und vielleicht ein Ankleidezimmer befinden. »Wow, das ist wirklich beeindruckend.«

Mira wendet sich wieder zu Reign um, der die Cupcakes auf den Tisch gestellt und sich gleich einen genommen hat und davon abbeißt. »*Das* ist beeindruckend. Es schmeckt genau wie von deiner Mutter.«

Sie legt ihre Tasche auf einem der verspiegelten Sideboards ab. »Danke. Ich glaube, wenn ich hier wohnen würde, würde ich die Suite nicht mehr verlassen. Hast du das Foto von Nolan und Isaiah gesehen?«

Reign trägt nur eine schwarze Shorts und ein weißes Shirt. Sie liebt es, dass sich seine sportliche Art zu kleiden nicht geändert hat. Wenn sie hier mitten in seinem neuen Leben steht, fragt sie sich, was sich wohl alles an ihm geändert hat – es muss sich etwas geändert haben, all das kann ja gar nicht spurlos an einem Menschen vorbeigehen. Das ist die höchste Art von Luxus. Reign und seiner Familie ging es immer gut, doch das ist hier noch einmal ein anderes Level.

Etwas unschlüssig steht Mira im Raum, sie weiß nicht, ob sie sich setzen oder weiter umsehen soll. Reign kommt zu ihr, er holt sein Handy aus seiner Hosentasche, öffnet seine Galerie und zeigt ein Bild, das er gemacht haben muss, als er mit Nolan und Isaiah einen Videoanruf hatte. Man sieht Nolan und Isaiah und auch Reign. »Er kann Reinnnnn sagen.«

Mira lächelt, sie stehen sehr nah beieinander und Mira sieht von seinem Bildschirm hoch direkt in seine dunklen Augen. »Noel hat geschrieben, dass Nolan bis Freitag bei ihnen bleibt und sie zusammen für das Wochenende herkommen, dann lernst du ihn kennen. Er ist zum Auffressen …«

In diesem Moment klopft es und Reign öffnet die Tür. Violet und Parker kommen mit mehreren Kartons Pizza herein. »Du bist ja schon da, hast du diese unglaubliche Terrasse gesehen?« Parker legt die Pizzakartons auf den Tisch, während Violet ihre Tasche ablegt, Reign einen Kuss auf die Wange gibt und Mira förmlich auf die Terrasse schiebt.

»Nein, ich bin gerade erst gekommen … das ist …« Mira bleiben die Worte im Hals stecken. Die Terrasse ist gigantisch. Erst einmal hat Reign einen atemberaubenden Ausblick, auch wenn es draußen bereits dunkel ist, erkennt man das. Man sieht von hier auf die vielen tausend Lichter von Vancouver. Aber auch auf der Terrasse ist alles wunderschön eingerichtet. Lichterketten und Lampions färben alles in ein warmes Licht. Die Terrasse ist fast noch einmal so groß wie die Suite. Es gibt tatsächlich einen Pool, mehrere Loungemöbel und einen Grill, hier lässt es sich auf jeden Fall gut leben.

Reign ist ihnen nicht gefolgt, doch Parker kommt hinter ihnen auf die Terrasse. Mira blickt sich zu Reign um und trifft einen Moment seinen Blick, der nachdenklich auf ihr liegt. Ein heißkalter Schauer streift ihre Arme entlang, als sie sich einen Moment in die Augen sehen. Es ist ein wahnsinniges Gefühlschaos in diesem Moment. Sie sind und waren sich immer so vertraut, doch sie steht hier mitten in seinem neuen Leben und fragt sich, ob dieser Mann noch ihr Reign ist. Ein Blick in seine Augen und sie könnte alles stehen und liegen lassen und in seine Arme laufen, weil es sich so anfühlt, als wären die zwei Jahre der Trennung niemals gewesen. Doch im selben Moment gehen sie so vorsichtig und behutsam miteinander um, als wäre sie hier auf einem ersten Date, es ist ein reines Gefühlschaos und Mira weiß nicht, wohin mit ihren Gefühlen.

Sie bekommt das Geplänkel zwischen Violet und Parker fast nicht mit, bis er seinen Arm um sie und Violet gleichzeitig legt. »Ihr seid nur so beeindruckt, weil ihr unsere Häuser noch nicht gesehen habt. Also, man soll ja nicht angeben mit dem, was man hat …«

Violet kann eine Hexe sein, das wissen sie alle und wahrscheinlich ahnt das auch Parker, als sie sich von ihm losmacht und ihn in den Pool werfen will. »Dann mach es nicht!« Violet lacht auf, sieht ihn schon im kalten Nass und tatsächlich schwankt er auch zu sehr, um sich noch halten zu können. Doch natürlich ist er schnell und stärker als sie beide und bevor er ins Wasser fällt, schnappt er sich ihre Hände und zieht sie beide mit hinein.

Es ist heiß, die ganzen letzten Tage waren heiß in Vancouver, und Mira kann nicht einmal behaupten, es würde nicht guttun, als sie jetzt ins kalte Nass fällt. Sie muss lachen, als sie auftauchen. »Parker, du Idiot.« Auch Violet schimpft und gleichzeitig schwimmen sie hinter Parker her und tauchen ihn mehrmals unter. Mira hört Reigns Lachen und auch Parker pustet los, doch er muss auch nach Luft schnappen, bevor sie ihn wieder ins Wasser tauchen.

»Wenn ihr euren Jackson nicht verpassen wollt, solltet ihr jetzt lieber rauskommen.« Reign steht am Poolrand und hilft Mira aus dem Wasser. Er reicht ihr die Hand und zieht sie ohne Mühe heraus. Sie ist klitschnass. Alles. Das enge Top und die Shorts kleben an ihrem Körper. Selbst ihre Flipflops treiben im Pool. Parker taucht nach ihnen und wirft sie an den Rand.

Reign holt zwei Handtücher von der Liege und reicht ihr eines. Mira spürt seinen Blick über ihr Top gleiten und sieht, wie sein Blick eine Sekunde zu lang auf ihren Lippen liegt, bevor er ihr das Handtuch zärtlich umlegt. »Geh schon ins Bad. Ich bringe dir etwas von mir.«

Auch Violet, die inzwischen wieder außerhalb des Pools steht, klebt ihr nasses Kleid am Körper. Reign reicht auch ihr ein Handtuch. Parker zieht sein Shirt aus, sobald er aus dem Pool steigt. Mira geht wieder hinein und zu einer der anderen Flügeltüren, dabei hört sie noch, wie Violet mit Parker schimpft, allerdings ihr Lachen nicht zurückhalten kann.

»Du bist ein Idiot, Parker, ich habe zum Glück noch ein Kleid in meiner Tasche, das ich mir vor der Arbeit gekauft habe, aber falls du denkst, dass ich dich jetzt morgen noch verschonen werde, hast du dich getäuscht.«

Mira hört Reign und Parker lachen. »Violet, wie oft noch: Wir sind in einem Team!«

Violet scheint das egal zu sein. »Morgen mache ich dich fertig, Parker, mir egal, in welchem Team du bist.«

Mira schließt die Tür hinter sich. Wow, sie möchte gar nicht so beeindruckt von alldem sein, doch das fällt ihr schwer. Sie steht mitten in einem großen Bad mit einer Dusche mitten im Raum, einer großen freien Badewanne, einer Sauna und vielen vergoldeten Spiegeln. Fast das gesamte Bad ist verspiegelt, man muss sich gerne ansehen, wenn man hier drinnen ist. Es wirkt fast schon ein wenig anstößig, so protzig und sinnlich zugleich ist es hier.

Mira zieht sich das Top aus und bindet sich das weiße Handtuch um, dann erst streift sie sich die Shorts und die Unterhosen von den Beinen und zieht auch den BH aus. Es ist alles nass. Genau in dem Moment klopft es. Mira öffnet die Tür und hält das Handtuch vor ihren Körper.

»Hier, zieh das an. Sind das alle Sachen?« Reign reicht ihr einen Stapel Klamotten und greift nach den nassen Kleidungsstücken in ihrer Hand.

»Ja, ich wollte sie hier irgendwo aufhängen, aber wenn dann Parker reinkommt und meine Unterwäsche hängt hier ...« Reign hat die Sachen schon in der Hand. Dabei streifen seine Finger ihr Armband und er hält einen Moment ein. Reigns Blick gleitet über ihr Armgelenk, über die Worte, die sie sich zusammen versprochen und verewigt haben. Sein Daumen streicht darüber und er hält das Armband in seiner Hand.

Obwohl sie Violet und Parker und auch den Fernseher laut hören, ist das ein sehr intimer Moment, bis Reign sich räuspert.

»Ich kümmere mich darum. Brauchst du noch etwas?« Er sieht sie an und Mira spürt noch immer seine Hand um ihren Arm. Diese kleine Berührung ist trotz all seiner Stärke und all dem, was zwischen ihnen war, so behutsam, dass Mira ein weiterer Schauer über ihre Haut huscht. »Nein, ich ziehe mich schnell um. Danke.«

Reign nickt und lässt ihr Handgelenk los. Mira geht zurück in den Raum und schließt die Tür, es kribbelt an der Stelle, an der Reign sie berührt hat.

Das hier fühlt sich besser an als jedes erste Date, vielleicht ist es wirklich dieses Explosive, von dem sie so oft gehört hat, der Flirt mit dem Ex. Oder es ist einfach, weil noch so viele Gefühle zwischen ihnen liegen, dass man das Knistern in der Luft quasi hören kann.

Mira trocknet sich ab, sie zieht das schwarze Shirt über und die viel zu große Shorts, doch sie kann sie mit den Bändchen so fest zuziehen, dass es geht. Nun sieht sie aus wie an einem bequemen oversized Abend zu Hause. Sie trocknet sich die Haare noch etwas ab, hängt das Handtuch über eine Heizung und verlässt das Bad wieder.

Auch Violet geht gerade zur Couch. Sie trägt ein Kleid und schnappt sich eine Tüte Popcorn, die Parker ihr hinhält. Der Vorspann der Serie läuft bereits.

Da Violet sich zu Parker auf ein Sofa setzt, zögert Mira nicht und setzt sich neben Reign, der ihr ebenfalls Popcorn hinhält, doch Mira nimmt sich lieber ein Stück Pizza. Durch die Klimaanlage ist es im Raum schön kühl und Violet und auch Mira ziehen sich die weichen Decken über die Beine.

Parker beißt in einen der Cupcakes und schließt die Augen. »Du solltest den Laden von deiner Mutter übernehmen, das schmeckt zu gut. Bleib doch hier und leite den Laden, mein Team und ich werden deine Stammkunden.«

Violet nimmt ihm den restlichen Cupcake aus der Hand und beißt ab. »Endlich sind wir mal einer Meinung.«

Mira lächelt nur und sagt nichts dazu, sie spürt Reigns Blick auf sich und setzt sich näher zu ihm. So aufregend es auch ist, wieder bei ihm zu sein, die Nähe zwischen ihnen ist nicht fremd. Er hat den Arm um Mira gelegt und sie alle verfolgen das spannende Finale der Staffel, das wahrscheinlich die halbe Welt verfolgt. Statt der sonst üblichen 45 Minuten geht das Finale heute zwei Stunden und ist von der ersten Minute an spannend.

Nach knapp einer halben Stunde müssen Mira und Violet dann schwer schlucken, als ihr Liebling Jackson umgebracht wird. Es ist nicht nur traurig, es ist tragisch und Mira wischt sich einige Tränen weg, auch Violet schluchzt auf.

Auch wenn Reign und Parker leise lachen, wird auch sie der Tod getroffen haben. Reign legt seine Hand an Miras Wange und streicht ihr liebevoll ein paar Tränen weg. Es prickelt unter seinen Fingerspitzen auf ihrer Haut. Mira legt ihren Kopf an seine Schulter. Statt weiter die Serie zu sehen, die, gedämpft vom Serientod ihrer Lieblingsfigur, nur noch halb so spannend ist, konzentriert sich Mira auf diese Nähe.

Das Licht ist heruntergedimmt. Hin und wieder wirft einer einen lustigen Kommentar ein, doch sonst verfolgen alle das Geschehen auf dem großen Bildschirm.

Mira schließt die Augen. Sie konzentriert sich auf Reigns gleichmäßigen Atem, hört seinen Herzschlag, atmet seinen Duft ein und lächelt, als ein raues Lachen seinen Körper durchfährt. Sie weiß, sie sollte vernünftig sein, doch hier in diesem abgedunkelten Raum nimmt sie sich die Zeit und saugt all das, was ihr so gefehlt hat, in sich auf.

Es ist verrückt und wahrscheinlich wird es ihr wieder wehtun, doch sie ist dankbar, das alles noch einmal spüren zu dürfen und rückt noch ein klein wenig näher an ihn, was Reign sofort erwidert. Er legt ganz selbstverständlich seine Hand auf ihren Oberschenkel.

Sie hält die Augen geschlossen und nimmt diesen Moment tief in ihrem Herzen auf.

Kapitel 13

Diesige Sonnenstrahlen fallen in Miras Gesicht, als ihr Wecker laut und schrill die Ruhe durchschlägt. Mira setzt sich auf und will neben sich greifen, da merkt sie erst, dass sie gar nicht in ihrem Bett liegt, sondern auf zwei zusammengeschobenen Sofas, eingehüllt von vielen Kissen, mit einer weichen Decke zugedeckt.

Direkt neben ihr liegt Reign, der seine Augen noch nicht aufhat, aber seine Stirn liegt in Falten. »Ich kann nicht glauben, dass du immer noch diesen nervtötenden Ton anhast.«

Mira atmet durch und wendet sich auf der Suche nach ihrem Handy um. Sie ist noch verschlafen, doch das Geräusch kommt aus ihrer Handtasche, die noch immer auf dem Sideboard liegt. »Bin ich hier eingeschlafen? Wieso habt ihr mich nicht geweckt?« Mira hangelt sich über die Couch und greift nach ihrer Handtasche, um den nervigen Ton auszuschalten. Es dauert ein wenig, bis sie ihr Handy aus der Handtasche geangelt hat und endlich den Wecker ausstellen kann.

Die Stille legt sich beruhigend über die große Suite und Mira reibt sich über die Stirn. Auf einem der Sideboards findet sie ihr Top und ihre Shorts, doch sie sind noch klamm. Mira seufzt leise auf.

»Wir haben gleich die Kurse, ich habe nichts zum Anziehen ...« Sie geht zurück zur Couch, auf der Reign noch liegt und nach einem weißen Telefon auf einem Beistelltisch greift. Sie kann nicht glauben, dass sie beide zusammen auf der Couch geschlafen haben. Es ist ein respektvoller Abstand zwischen ihnen gewesen, doch Mira weiß kaum noch etwas von gestern. Sie weiß, wie sie einmal kurz wach geworden ist und sich richtig hingelegt hat, mehr aber auch nicht.

Als hätte er ihre Gedanken lesen können, fährt sich Reign durch die Haare und sieht zu ihr. »Du bist eingeschlafen. Wir wollten dich schlafen lassen und ich habe die Sofas zusammengestellt, damit du mehr Platz hast. Ich habe mich nur kurz dazugesetzt und bin dabei auch eingeschlafen.« Mira nickt und es scheint jemand bei Reign am Telefon zu sein. »Hallo, wir brauchen Frühstück für zwei, und könnten Sie ein paar Kleider und Unterwäsche aus Ihrer Boutique unten hochbringen lassen? Ich denke in S und die Unterwäschegröße?«

Mira hebt ihre Augenbrauen hoch, sie hat gar keine Boutique hier gesehen, doch sagt ihm ihre Größe, die er direkt weitergibt. Reign legt auf. »Es ist alles in zehn Minuten da.«

Reign lehnt sich zurück und betrachtet Mira verschlafen. Seine dunklen Augen fahren ihr Shirt ab, was ihr über die Schulter gerutscht ist. Sein Blick ist intensiv und bei Mira breitet sich ein vertrautes Flattern in ihrem Bauch aus. Für einen Moment ist sie unter seinem Blick verlegen und weiß nicht, was sie machen soll, was völlig unsinnig ist, es ist Reign, ihr Reign ... Und doch liegt die Zeit, die sie nicht zusammen verbracht haben vielleicht schwerer zwischen ihnen, als Mira das geglaubt hat.

»Das ist verrückt, ich kann nicht glauben, was für ein Leben du jetzt führst. Ich gehe schnell duschen oder willst du zuerst?«

Reign stemmt sich auf seinen Armen hoch und Mira sieht die Falte zwischen seinen Augenbrauen, die sich immer bildet, wenn er sich Sorgen macht. »Nein, geh ruhig.«

Barfuß läuft Mira auf dem teuren Parkettboden in das riesige Bad. Sie geht unter die freistehende Dusche und sieht sich nackt im Spiegel. Es ist merkwürdig, sie mag ihren Körper, doch es fühlt sich komisch an, sich beim Duschen zuzusehen. Hier stehen mehrere Shampoos, Mira nimmt sich ein cremiges, was wundervoll nach Honig und Milch duftet. Sie achtet darauf, ihre Haare nicht zu nass zu machen, es fühlt sich herrlich an, doch sie beeilt sich trotzdem. Nachdem sie sich abgetrocknet hat, bindet sie sich ein frisches Handtuch um, cremt sich mit einer Creme ein, die in einem Korb mit Pflegeutensilien herumsteht und kämmt sich die Haare. Darin findet sie auch eine eingepackte Zahnbürste, eine Haarbürste und sogar eine Gesichtspflege. Der Korb scheint vom Hotel aus hier zu liegen. Reigns Sachen findet Mira in den Schränken.

Mira macht sich fertig. Sie ist ungeschminkt, doch sie hat Wimperntusche in ihrer Handtasche. Als sie, nur in das Handtuch gewickelt, wieder aus dem Bad tritt, hört sie Reign in dem anderen Zimmer. »Deine Sachen sind schon da.« Er kommt aus dem Raum und hat ein paar Sachen zum Anziehen im Arm und deutet gleichzeitig zurück in den Wohnbereich, während er ins Bad geht.

Mira geht wieder in den vorderen Bereich und findet einen Kleiderständer mit zehn Kleidern und auch einigen Röcken und Oberteilen darauf. Daneben hängen BHs mit den passenden Unterhosen. Die Sachen sind schön, sie sehen sehr teuer aus, aber sie sind trotzdem schlicht. Mira sucht nach einem Preisschild, doch keines der Kleider hat eines, auch die Unterwäsche nicht. Sie kann sich vorstellen, dass Reign das sogar extra so gewollt hat.

Sie hat so oder so keine Wahl und entscheidet sich für ein Set hellerer Unterwäsche und ein türkisfarbenes Kleid, das am schlichtesten aussieht. Dazu passen ihre Flipflops, die als einziges bereits wieder trocken sind. Mira zieht alles schnell über, sie hört das Wasser im Bad. Als sie auf die große Terrasse tritt, wird es ausgestellt und Reign scheint fertig zu sein.

Ein weiteres Mal stockt Mira. Es ist ein atemberaubender Ausblick von hier oben. Ganz vorn auf dem überdachten Teil der Terrasse steht ein Tisch, gedeckt mit leckerem Frühstück, doch Mira tritt weiter hinaus und sieht über die Dächer Vancouvers, bis sie Reigns raue Stimme hinter sich hört. »Du hättest schon essen können.«

Mira dreht sich um und strahlt Reign an. »Es ist wunderschön hier. Ich wette, du bist ständig hier auf der Terrasse.« Mira setzt sich ihm gegenüber an den Tisch und sieht erst jetzt, was es alles gibt: Rühreier, Waffeln, Pancakes, Croissants, heiße Schokolade, Früchte, Kaffee, Orangensaft, Kaviar, Baguette, Käse, Marmelade ... Es ist ein Wunder, dass all das auf den Tisch passt. »Wow.« Kurz und knapp. Mira nimmt sich eine Waffel und Kaffee. Als sie dann zu Reign blickt, sieht sie wieder diese Sorge in seinem Gesicht. »Was ist los, Reign? Gestern war doch noch alles in Ordnung und seit wir wach sind ... ich will dir wirklich keine Umstände machen. Wenn ich störe ... du hättest mich gern wecken können ... « Sie versteht nicht, was sein Problem ist, doch Reign unterbricht sie sofort.

»Nein, bist du verrückt, daran liegt es nicht. Ich habe mich doch sogar zu dir gelegt und bin dann eingeschlafen. Ich habe ewig nicht so gut geschlafen wie heute Nacht, obwohl wir auf der Couch geschlafen haben und ich liebe es, dass du wieder hier in meinem Leben bist, aber ...«

Nun versteht Mira noch weniger, was los ist. »Aber was ist dann?«

Reign lehnt sich zurück und deutet auf die Terrasse. »Am liebsten würde ich dir all das nicht zeigen. Nicht zeigen, wie mein Leben jetzt aussieht, weil ich das Gefühl habe, je mehr du davon siehst, desto mehr gehst du auf Distanz, weil du denkst, ich habe mich verändert. Mein Leben ist ein wenig anders geworden, doch ich bin noch der Gleiche, Mira, und bei niemand anderem auf der Welt ist es mir so wichtig wie bei dir, dass du mir das glaubst.«

Erleichtert legt Mira ihren Kopf schief. »Ich bin beeindruckt, was du erreicht hast, Reign, und auch du wirst dich in zwei Jahren ein wenig verändert haben, das ist ganz normal. Es wäre merkwürdig, wenn du das nicht getan hättest und all das hier ist toll. Du weißt, dass ich bei dir geschlafen hätte, egal ob es im Eagles-Haus auf dem Campus, in einem Zelt in der Wildnis oder eben hier gewesen wäre. Es ist schön, ich freue mich, dass dein Leben so gut läuft, doch ich sehe darüber hinweg, es bedeutet mir nicht mehr als es sollte … so gut solltest du mich doch kennen.«

In seinem Gesicht sieht man einen Hauch von Erleichterung. »Ich weiß, doch jedes Mal, wenn du dich hier umsiehst und dann zu mir, denke ich, du hast das Gefühl, einen Fremden anzusehen und das will ich auf keinen Fall.«

Mira lächelt. »Spätestens wenn ich dir in die Augen sehe, ist da nichts Fremdes mehr. Aber das gehört nun auch zu deinem Leben, Reign, du bist jetzt nicht mehr der Star der B.C Eagles, du bist der Star der … Mannschaft aus L.A.«

Reign schiebt ihr noch Rührei hin und lacht los. »Ich liebe es, dass du nicht mal ihren Namen kennst.« Sie nimmt sich etwas von dem Ei, er weiß, wie sehr sie das morgens mag. »Ja, du hast recht, mein Leben hat sich verändert, aber es bestimmt nicht, wer ich bin. Und ich möchte, dass du das weißt.«

Mira sieht ihm in die Augen. »Das weiß ich … und ich habe auch lange nicht mehr so gut geschlafen wie heute.« Einen Moment ist es still zwischen ihnen und sie sehen sich in die Augen. Obwohl sie beieinandersitzen, vermisst Mira ihn, vermisst seine Nähe. Reign setzt an, etwas zu sagen, doch sein Handy, das noch drinnen liegt, klingelt. Mira sieht auf die große goldene Uhr, die im Eingangsbereich hängt. »Wir müssen gleich los.«

Reign gießt ihr noch Kaffee nach. »Wir haben noch etwas Zeit, wir haben heute nur das Spiel.« Oh nein, das hatte sie erfolgreich verdrängt. »Wir könnten schwänzen und stattdessen etwas anderes machen.«

Nun lacht er auf und seine Grübchen zeigen sich auf seinen Wangen. »Schwänzen? Aus deinem Mund? Ich habe die Jungs trainiert, ich muss mir ansehen, ob sie die Spielzüge anwenden können. Es wird lustig, das verspreche ich.«

Mira piekt sich noch etwas Rührei auf ihre Gabel und verkneift sich einen Kommentar, doch Reign wird ihr ansehen, was sie davon hält.

Sie essen in Ruhe auf und fahren dann mit Reigns Auto zum Campus. Wieder steigt Mira später aus und entkommt den Fotografen. Auch wenn sie noch immer einen gewissen Abstand halten, kommen Mira und Reign sich näher. Als sie seine Suite verlassen haben, hat er ihre Hand genommen und Mira hat es zugelassen. Sie laufen auch auf dem Campus sehr eng beieinander, fast so, als wären sie zusammen. Wer sie von Weitem beobachtet, wird nichts anderes denken.

»Ich konnte dich nicht wecken.«

Mira hebt die Kleidungsstücke hoch, die ihnen in der Damenumkleidekabine hingelegt wurden.

»Das ist doch nicht deren Ernst?« Sie wendet sich zu Violet, die die enge weiße Trainingshose schon angezogen hat. »Ist nicht schlimm, ich habe mich einen Moment erschreckt, aber dann war alles okay. Was war denn gestern noch?« Mira zieht sich ihr Kleid aus und die Leggins über.

»Es war so niedlich. Ich muss dir sagen, ich weiß selbst nicht, was ich wegen Reign und dir denken soll, doch du hast so süß an seiner Schulter geschlafen und Reign hat dich ganz vorsichtig auf die Wange geküsst. Er hat mich gebeten, dich nicht zu wecken und Parker und mir gestanden, wie sehr Reign dich noch liebt und dass er noch niemals so unsicher war wie gerade. Er ist froh, dass ihr aufeinander zugeht, doch er hat Angst, einen Fehler zu machen und dich wieder zu verlieren.«

Franzi und Mariola verdrehen verzückt die Augen. »Ich finde es immer noch unglaublich, dass du es wirklich geschafft hast, Reign zu zähmen. Gib ihm doch noch eine Chance, ihr steht mittlerweile ganz anders im Leben da als damals.« Das würde natürlich auch sein Verhalten heute Morgen erklären.

Mira lächelt und zieht sich ihr Top an und darüber das enge Trikot der B.C. Eagles. »Ganz so leicht ist es nicht.« Noch während sie das ausspricht, ärgert sie sich über sich selbst. Vielleicht ist es das, vielleicht steht sie sich einfach nur jedes Mal selbst im Weg.

»Uhhh, das fühlt sich merkwürdig an.« Violet hat das Outfit schon an. Es sieht sexy aus, die engen Leggins, das Trikot. Franzi kommt und malt ihnen die schwarzen Balken auf die Wangen, aber eigentlich braucht man die nicht unbedingt. Reign hat ihr einmal erklärt, dass es das Reflektieren des Sonnenlichtes auf den Wangen durch den Schweiß verhindern soll, doch im Grunde machen das fast alle nur noch, um etwas gefährlicher auszusehen und weil es einfach dazugehört.

Franzi und Mariola gehen schon vor. Violet wartet noch auf Mira, die sich einen Zopf bindet. Sie flechtet ihn noch, während sie zusammen in den Gang treten, in dem Reign und Parker und Mr. Petry bereits warten. »Uh lala, unsere sexy Spielerinnen.« Parker reibt sich die Hände und Violet sieht einmal an Mr. Petry hoch und runter. »Mr Petry, das steht Ihnen.« Parker wirft Violet einen tödlichen Blick zu.

Mira geht zu Reign, der zwei der Schulterpolster in der Hand hält. »Brauchen wir die wirklich? Es ist doch nur zum Spaß.« Mr. Petry klopft in die Hände. »Natürlich, wir werden sie besiegen und dann werden sie zurückschlagen, Mira. Ich habe in meiner Highschool Football gespielt, wir schaffen das schon.« Er hebt die Hand, damit Mira und Violet bei ihm einschlagen können und rennt dann aufs Feld.

Violet lacht los und Mira schüttelt nur den Kopf, während Reign ihr grinsend die Schulterposter anpasst. »Es ist zu eurem Schutz.« Seine Finger nesteln lange an ihr herum, als wolle er auch ganz genau prüfen, dass alles passt und sie absolut sicher ist. Parker ist bei Violet schneller, sie hat auch schneller den Helm auf und geht mit Parker schon einmal hinaus.

Reign und Mira bleiben allein zurück.

»Weißt du noch, als du mir Glück gewünscht hast bei einem der ersten Spiele, die du gesehen hast?« Reign nimmt ihre beiden Helme in die Hand. »Ich schätze, dieses Mal bin ich dran, dir viel Glück zu wünschen bei deinem ersten Spiel.« Er tritt näher und sie spürt seine Arme an ihrer Taille.

Mira schlingt ihre Arme um seinen Hals und legt ihren Kopf an seine Brust. Das ist nicht mit ihrer ersten Umarmung vergleichbar. Dazwischen liegt viel Liebe, viel Zeit, viele Tränen und Schmerz und Mira atmet tief seinen Duft ein. Auch Reign scheint die Umarmung nicht lösen zu wollen, sie spürt seine Lippen an ihrem Scheitel, dann zieht er sie noch einmal enger sich, bis es draußen lauter wird.

Erst dann lösen sie sich langsam. Reign blickt ihr noch einmal in die Augen und lächelt, dann gibt er ihr einen Kuss auf die Stirn und stülpt ihr ihren Helm über. »Los geht's.«

Doch wirklich los geht erst einmal gar nichts. Sie beginnen zu spielen, doch es geht schleppend voran. Mira muss den Ball immer wieder durch ihre Beine nach hinten zu Parker werfen, von dort an starten Parker, Reign und Mr. Petry mit den anderen ehemaligen B.C. Eagles die Angriffe. Am Anfang kommt Mira noch mit, irgendwann macht sie nur noch, was ihr gesagt wird.

Violet und Franzi üben belustigt Cheerleader-Posen, während die Männer ihr Spiel spielen. Einmal bekommt Violet einen Ball an den Kopf, ein anderes Mal fängt Franzi ihn, aber weil alle Spieler auf sie zustürzen, wirft sie ihn mit aller Kraft vom Spielfeld, wodurch die Spieler alle stehenbleiben und die Hände ungläubig in die Luft schlagen.

Mira hat irgendwann Bauchschmerzen vor Lachen, aber es ist besser, als im Kurs zu sitzen. Violet und sie ziehen Lincon auf, der alles gibt, doch auch Reign und Parker nehmen das alles ernst und unterbrechen das Spiel immer wieder, um die Jungs aus der richtigen Footballmannschaft zurechtzuweisen.

Sie stehen schon gefühlt ewig auf dem Platz, als plötzlich der Ball auf Mira zufliegt. Sie fängt ihn und sieht begeistert zu Violet. »Ich habe ihn!« Violet beginnt zu lachen und Reign und Parker hinter Mira rufen ihr zu, sie soll loslaufen. Doch da bemerkt sie erst, dass sechs sicherlich um die Neunzig Kilo-Männer auf sie zu gerannt kommen und bleibt wie angewurzelt stehen. »Mira!« Sie will sich blitzschnell umdrehen, doch durch diese schnelle Bewegung durchfährt sie ein starker Schmerz in ihrem Knöchel. »Verdammt!« Die Männer kommen näher, Mira krallt den Ball fest und überlegt, in welche Richtung sie rennen soll, da spürt sie Arme an ihren Beinen und ehe sie reagieren kann, hat Reign sie über seine Schulter geworfen und rennt los.

»Bist du verrückt, lass mich runter!« Mira muss anfangen zu lachen. Reign hält sie an ihren Oberschenkeln fest und rennt im Zickzack an den Gegnern vorbei. Dafür ist er bekannt, er ist schnell und flink, Mira wird schwindlig bei der Geschwindigkeit. »Halt den Ball fest!« Mira tut, was er sagt, bis er stehenbleibt und Mira vor sich abstellt. »Und jetzt wirf ihn schnell auf den Boden.« Mira tut, was er gesagt hat und springt dabei auf. »Touchdown!«

Reign lacht. »Na ja, gute Punkte, aber leider kein Touchdown.«

Parker sitzt knapp hinten ihnen am Boden und lacht ebenfalls. Violet kommt zu ihr gerannt und feiert mit ihr, bis Mira den reißenden Schmerz wieder verspürt und ihren Knöchel umfasst, was Reign natürlich nicht entgeht.

»Es ist schön, Sie wieder hier zu haben. Ich komme mir morgen mit meinen Söhnen das Spiel der Eagles ansehen, wir sind auch immer zu den Spielen von Ihnen gekommen.«

Mira blickt von ihrem Fuß auf, den Reign in seiner Hand hält, während der Arzt eine Salbe aufträgt. Reign müsste ihren Fuß nicht festhalten, doch seit er bemerkt hat, dass sie wirklich Schmerzen hat, ist er nicht von ihrer Seite gewichen. Er hat sie in den Ärztetrakt gebracht, doch der Arzt vor Ort und der Coach haben gleich gesagt, dass das lieber geröntgt werden sollte und sie sind ins Krankenhaus gefahren.

Mira hasst Krankenhäuser, besonders das ewige Warten macht sie wahnsinnig, doch nachdem sie mit Reign hereingekommen ist, ging alles sehr schnell. Sie hat eine gepolsterte Schiene vom Mannschaftsarzt bekommen, mit der sie relativ gut auftreten kann. Sie wurden in einen Untersuchungsraum gebracht, ihr Fuß wurde geröntgt und nun ist ein Arzt bei ihnen, der sich den Knöchel angesehen hat und nun schon einmal eine Schmerzsalbe aufträgt, da er ziemlich anschwillt.

»Ja, das ist gerade beim Training passiert. Ich hoffe, wir haben die Jungs gut vorbereiten können.«

Mira sieht den Stolz in Reigns Gesicht. Er gibt sich viel Mühe mit den Jungs, Mira hat heute beobachtet, wie geduldig er mit ihnen ist. Er würde einen guten Trainer abgeben. »Da bin ich mal gespannt. Wir würden uns aber noch mehr freuen, wenn Sie zurück nach Kanada kommen würden. Als die letzte Saison die Gerüchte aufkamen, haben sich meine Söhne sehr gefreut. Aber natürlich verfolgen die auch so jedes Ihrer Spiele. Ich werde mir mal die Röntgenbilder holen, aber vorher gebe ich Ihnen noch eine Spritze gegen die Schmerzen. Sie hilft schnell und hemmt auch die Entzündung, aber Sie werden davon sehr müde werden. Müssen Sie noch fahren?«

Reign antwortet anstelle von Mira. »Nein, ich kümmere mich um sie.«

Der Arzt nickt und holt eine Spritze. Mira sieht weg, während er ihr diese verabreicht und sich dann kurz entschuldigt. Sie ist so oder so geschafft und müde. Es ist später Nachmittag und sie hat es noch nicht geschafft zu essen, was die Wirkung der Spritze sicherlich noch verstärken wird.

»Sie vermissen dich hier.« Mira sieht zu Reign, der zärtlich über ihren Knöchel streicht, darauf bedacht, ihr nicht wehzutun.

»Ich weiß, das höre ich sehr oft. Mir fehlt Kanada auch. Es ist einfach komplett anders in L.A., nicht schlechter, aber anders.« Mira lehnt sich gegen die Wand. »Wenn ich etwas gelernt habe die letzten zwei Jahre, dann, dass man vielleicht doch öfter auf sein Herz hören sollte.« Reign sieht hoch direkt in ihre Augen und lächelt. »Haben wir eigentlich gewonnen?«

Bevor er antworten kann, kommt der Arzt zurück mit Röntgenbildern, die er an eine beleuchtete Scheibe hängt.

»Es ist nichts gebrochen oder gerissen. Sie haben eine Zerrung. Mit einem festen Verband und einer Creme, die ich Ihnen verschreibe, wird es nach einer Woche schon besser werden. Am besten lassen sie den Verband täglich beim Arzt wechseln und die Salbe auftragen. Sie können das auch hier machen, oder ...«

Reign nimmt die Salbe entgegen und hilft Mira von der Untersuchungsliege. »Das übernimmt das Ärzteteam der Eagles. Vielen Dank für Ihre Mühe.« Sie verabschieden sich und gehen zurück zu Reigns Auto. »Was hältst du davon, wenn wir etwas vom Inder holen? Und dann kannst du dich bei mir ausruhen. Ich denke, ich sollte dich lieber im Blick behalten.«

Mira lacht leise. »Denkst du das? Indisch klingt himmlisch, ich habe wirklich Hunger.«

Ihr Handy piept, sie hat mehrere Nachrichten von Violet und schreibt ihr, dass alles in Ordnung ist. Reign hält bei ihrem Lieblingsinder und steigt schnell aus. Eine bleierne Müdigkeit übermannt Mira und sie öffnet Instagram, um sich wachzuhalten.

Sie sieht, dass Parker ein Bild hochgeladen hat. Es zeigt Reign und ihn in den Eagles-Trikots mit dem Coach.

Mira lächelt und will es gerade kommentieren, da sieht sie, dass die Frau, mit der Reign vor Kurzem noch etwas gehabt haben soll, mit mehreren Flammen kommentiert hat.

Mira geht auf ihr Profil und sieht, dass dort zwei Bilder von Reign und ihr hochgeladen sind.

Es ist schon ein paar Wochen her, doch sie hat sie noch in ihrem Profil. Gott, wie kann Reign sie überhaupt so liebevoll ansehen? Die Frau erinnert sie an Ava, nur noch einmal heißer, was einiges zu sagen hat. Sie modelt für Victoria Secret. Mira sieht sich ihre Bikinibilder an und seufzt auf. Das ist nicht zu toppen.

»Ich hoffe, ich habe noch alles zusammenbekommen, was dir schmeckt.«

Mira schließt erschrocken die App und nimmt die Tüten entgegen. Reign fährt sofort los und Mira spürt trotz der Müdigkeit Unruhe in sich aufkommen. Sie kramt in den Tüten und nimmt sich ein Stück ihres Lieblingsbrotes. »Das ist köstlich. Aber ich kann meine Augen kaum noch aufhalten.«

Reign lächelt. »Das macht die Spritze, versuch durchzuhalten, du solltest zumindest etwas essen.«

Doch Mira spürt immer mehr, wie die Müdigkeit sie mitreißt, schon im Fahrstuhl kann sie kaum die Augen aufhalten.

Sobald sie in Reigns Suite angekommen sind, streift sie sich die Flipflops von den Füßen und geht zu den Flügeltüren, hinter denen dieses traumhaft riesige Bett steht. »Ich muss mich nur eine Minute hinlegen ...«

Reign bringt die Tüten auf die Veranda und Mira legt sich auf das Bett.

Nur eine Minute, sie wird gleich aufstehen und essen, doch sie spürt, wie sie immer tiefer in den Schlaf gleitet.

Kapitel 14

Auch in dieser Nacht schläft Mira so gut wie lange nicht mehr und besonders tief, was sicherlich mit der Spritze und den Schmerzmitteln zusammenhängt. Mitten in der Nacht wird sie wach, ihr Fuß tut weh, wahrscheinlich hat sie sich ungünstig bewegt. Als sie bemerkt, dass Reign neben ihr schläft, muss sie lächeln und sieht ihn an. Da die Jalousien nicht heruntergezogen sind, kann sie sein schlafendes Gesicht betrachten.

Als sie Reign damals kennengelernt hat, war er der Frauenschwarm und der Superstar des Colleges. Er hatte ständig Affären und war eigentlich sogar verlobt. Aber er hat sich verändert. Er hat Mira von Anfang an immer auf Händen getragen und auch wenn er Fehler gemacht hat, hat er ihr sehr schnell die Unsicherheit genommen, sie könnte ihm egal sein. Sie wusste immer, wie viel sie ihm bedeutet. Und auch in dieser Nacht, als er sich neben sie ins Bett gelegt hat, noch immer mit einem respektvollen Anstand, aber ihr zugewandt, zeigt er das wieder. Er sucht ihre Nähe, doch er will sie zu nichts drängen und das, obwohl er wahrscheinlich gerade irgendwelche Top-Models hier im Bett haben könnte, wenn er wollte. Mehrere.

Mira lächelt und rückt näher zu ihm, sie schlüpft unter seinen Arm und wendet ihren Rücken an seinen Bauch. Sie hat es früher schon geliebt, so zu schlafen. Auch wenn Reign weiterschläft, zieht er sie enger an seine Brust, legt sein Bein um ihres und sie spürt seinen gleichmäßigen Atem an ihrem Hals. So kann sie auch sofort wieder zufrieden einschlafen.

Am nächsten Morgen ist Reign schon auf, als Mira aufwacht, er hat bereits Frühstück bestellt und auch die Stange mit den Kleidern ist da. Miras Fuß tut noch ganz schön weh und statt zum

Kurs bringt Reign sie erst einmal zum Arzt der Eagles, der ihr eine neue Schmerzcreme aufträgt und ihren Verband neu wickelt.

In den Kursen geht es dann von den Schmerzen her etwas besser und nun sitzen sie im Auto und fahren Richtung Beacon Hill zu Reigns Familie. Er hat ihr ein komisches Konstrukt aus Jacken und einer Trainingstasche gebaut, sodass sie ihren Fuß hochlegen kann.

Während Reign die Schnellstraße entlangfährt, schreibt Mira Laura und verspricht ihr, sie am Abend per Videoanruf anzurufen. Sie möchte natürlich wissen, was nun ist. Momentan passiert bei Mira so viel wie in Berlin fast ein halbes Jahr lang nicht. Sie spürt, wie sie zwar Bedenken hat wegen dem, was kommen wird, aber auch wieder das Leben durch ihre Adern fließt, ein Gefühl, was ihr in Berlin oft gefehlt hat.

»Ist es bequem so?« Reign deutet zu ihrem Fuß und Mira lehnt sich entspannt nach hinten. »Ja, es tut auch gerade kaum weh.« Sein Handy piept, er hat es an einer Halterung im Porsche befestigt und sieht nur kurz darauf. Wenn sie beide zusammen sind, geht er kaum an sein Handy.

Reign trägt heute eine Jeansshorts und ein weißes kurzärmeliges Polohemd, sie hat sich für ein hellrosa Sommerkleid mit einem schwarzen Gürtel um die Taille herum entschieden. Als Mira gesagt hat, dass sie die Kleider bezahlen möchte, hat sie nur einen bösen Blick von Reign geerntet. Er ist noch nicht einmal darauf eingegangen. Deswegen hat sie nicht auch noch Schuhe dazu genommen und trägt immer noch die Flipflops, was wegen der Schiene an ihrem Knöchel auch am bequemsten ist. Da sie nun schon seit zwei Tagen bei Reign ist, hat sie immer noch nur Wimperntusche dabei, doch heute hat Violet ihr Rouge und Lipgloss mitgebracht und Mira hat sich etwas davon aufgetragen, bevor sie losgefahren sind.

Als Reign auch auf eine weitere Nachricht nicht reagiert, kommen ihr gleich wieder die Bilder von dem Model und ihm in die

Gedanken und sie muss an die Zeit damals mit Ava denken. »Was ist eigentlich mit Ava? Wird sie auch da sein?« Mira blickt zu Reign, der auf die Straße sieht. Er fährt schnell. Es ist schon ein Unterschied, in solch einem Wagen zu sitzen.

Mira betrachtet ihn von der Seite und achtet ganz genau auf seine Reaktion. Sie waren sich in der Nacht das erste Mal wieder näher, und auch wenn keiner von ihnen heute darüber gesprochen hat, ist das doch schon ein weiterer Schritt aufeinander zu gewesen.

Allerdings reagiert Reign kaum, man sieht es ihm zumindest nicht an. »Nein, sie ist zusammen mit meinem Vater in Holland, um dort einige Dinge für die Firma zu klären. Momentan übernimmt sie alles, was sich im Ausland abspielt. Es gab viel Ärger, weil sie mit jemandem zusammen ist, der ihrer Familie nicht passt.«

Mira hebt die Augenbrauen. »Wieso passt er der Familie nicht?«

Reign blickt einen Moment zu ihr. »Er ist in Mexiko ziemlich bekannt, führt dort die Drogengeschäfte an und … na ja, ist nicht gerade der Traum eines Schwiegersohnes. Ich habe ihn kurz kennengelernt, er scheint nett zu sein, aber das ist die Sache der Familie. Sie denken, er will nur versuchen, mit der Firma sein Geld zu waschen.«

Mira muss schmunzeln. »Da wäre ein Footballstar natürlich ein besserer Schwiegersohn.«

Reign lächelt und zuckt die Schultern. »Ja, aber unsere Familien haben relativ schnell verstanden, dass das nicht geht. Ich hätte das damals schon viel früher beenden müssen.«

Mira räuspert sich, sie weiß nicht, ob es noch zu früh ist, doch es muss angesprochen werden. »Und die anderen? Diese Models und die anderen Frauen? Hast du, bevor du hergekommen bist, noch etwas mit jemandem …?«

Dieses Mal reagiert er. Schlagartig wird Reign ganz ernst. »Also, um ganz ehrlich zu sein … ich werde bestimmt nicht noch einmal den Fehler machen und dich anlügen, so wie damals mit Ava. Ich hatte immer wieder ein wenig Spaß und habe eine Frau öfter gesehen. Als sie anfing, halb bei mir einzuziehen und sich mehr erhofft hat, habe ich das beendet, weil ich nichts Festes eingehen wollte. Dann hatte ich wieder meinen Spaß und nun habe ich vor ein paar Wochen angefangen, Carmen zu treffen. Es ist nicht wirklich eine Beziehung, doch wir haben uns hin und wieder getroffen, bis ich von den Sommerkursen erfahren habe, da hat sich das erste Mal in mir etwas geändert.«

Mira fällt es nicht leicht, all das zu hören, doch sie weiß, dass sie das muss.

»Verstehst du, ich wusste nicht, ob ich dich jemals wiedersehe. Ich war sauer und enttäuscht und gleichzeitig hat mein Herz sich geweigert, dich loszulassen. Es war immer so, Mira … egal mit wem ich war, mit wem ich die Nacht verbracht hatte, am Ende lag ich wach und meine Gedanken waren bei dir, bei uns und wie es war, dich im Arm zu haben.«

Er wirft Mira einen Seitenblick zu, doch sieht dann wieder auf die Straße. »Und ich wusste, dass nichts, was kommen wird, da rankommen kann und das hat mich jedes Mal wütender werden lassen, weil … ich weiß auch nicht. Ich wollte bereits zu dir kommen, doch am Ende habe ich es nicht gemacht. Dann kam das Bild von dir vor dem College … Ich wusste, dass ich dich sehen muss, dass wir reden müssen und ich herausfinden muss, ob ich all das zwischen uns einfach für immer in meinem Herzen tragen werde, oder ob wir es doch noch schaffen. Ein Blick auf dich hat mir gezeigt, dass du genauso wenig wie ich mit alldem abgeschlossen hast. Ich habe mich nicht direkt von Carmen getrennt, wir waren auch nie so komplett zusammen, aber ich habe das letzte Mal vor meinem Abflug mit ihr telefoniert, seitdem gehe ich dem aus dem Weg.«

Bei den letzten Worten verdüstert sich sein Gesicht. Mira merkt noch immer, wenn er davon erzählt, wie sauer er damals war, und wie seine Stimme sich auch jetzt noch absenkt. Wieder einmal bemerkt sie, wie hübsch Reign ist. Auch wenn es die unpassendste Situation dafür ist, betrachtet sie die langen Wimpern, die seinen dunklen Augen einen noch kräftigeren Ausdruck geben und wie sich seine vollen Lippen immer wieder zu einem angespannten Strich ziehen, während er mit ihr über all das spricht.

Sie will Reign nicht belehren, sie ist gerade nicht einmal in der Position dazu, trotzdem kann sie sich einen Kommentar dazu nicht verkneifen. »Also bist du nicht wirklich Single, sondern hast eine Freundin. Dann ist das, was wir beide hier tun, aber nicht fair.«

Nun blickt er doch zu ihr. »Nein, ich habe keine Freundin. Ich habe eine Frau, mit der ich hin und wieder essen gehe und schlafe, das ist nicht das Gleiche wie das, was zwischen uns ist. Ich habe keiner Frau nach dir gesagt, dass ich sie liebe, weil ich nur dich liebe, Mira, und sich das auch nicht ändern wird.«

Er ist sauer, doch Mira meint das nicht böse. »Aber dann musst du das auch klarmachen. Ich meine, es ist nicht fair, dir diese Carmen quasi warmzuhalten, falls das mit uns nicht funktioniert und wenn doch, kommt sie weg.«

Eigentlich erwartet sie Gegenwind, doch Reign nickt nur und sieht einen Moment zu seinem Handy und dann wieder auf die Straße. »Ich weiß, ich werde das klären.« Das ging schnell und war eindeutig.

»Nicht wegen mir, sondern um ehrlich zu ihr zu sein.«

Mira lächelt, als sie das Ortseingangsschild erkennt. Reign fährt ab und blickt zu ihr. »Was ist mit dir? Ich meine, bitte erzähle mir keine Details. Allein der Gedanke, dass ein anderer Mann … nur, ob es jemanden gab.« Sie halten an einer Ampel, sobald sie von der Schnellstraße fahren und Reign blickt zu ihr.

»Ich hatte ein- oder zweimal etwas, was … ich weiß auch nicht, ich habe mir nicht einmal die Illusion gemacht, dass es etwas sein könnte, wie wir es hatten. Es war nur, um für ein paar Stunden die Leere in mir zu füllen, die unsere Trennung hinterlassen hat, doch es hat nie wirklich funktioniert.«

Reign sieht ihr in die Augen, seine Hand geht an ihre Wange und er lächelt matt. »Wir haben das alles ganz schön verkorkst.« Mira nickt, er hat recht, wahrscheinlich haben sie das, doch sie wussten es damals nicht besser und auch jetzt weiß Mira keine einfache Lösung dafür. »Das wird schon«, murmelt Reign, als hätte er ihre stumme Frage in ihren Gedanken gelesen.

Es hupt hinter ihnen und Reign nimmt seine Hand zurück.

Als sie an einer abgesperrten Wachanlage halten, wird die Schranke geöffnet, sobald der Wachmann Reign erkennt. Die Familie lebte schon immer in dieser abgesicherten Wohngegend und Mira bemerkt, dass sie noch nie in seinem Zuhause war. Also in diesem Haus hier in Beacon Hill. Sie war in seinem Haus in Mexiko und hat die Mutter auch danach hin und wieder gesehen, beim Essen im Restaurant oder in ihrem Laden, doch sie war nie hier.

Mira setzt sich auf und sieht sich alles genau an. Es ist eine wunderschöne Gegend. Sie fahren an pompösen Anwesen vorbei, von denen sie kaum mehr als einen hohen Zaun sieht, dazwischen liegen Wege und dann dauert es ewig, bis der nächste Zaun kommt. Alles ist akkurat und ordentlich, jeder Baum passt perfekt zum nächsten und zu den Hecken. Die Leute, die hier leben, müssen viel Geld haben. Reign fährt zu einem Zaun, an dem ein weiterer Wachmann sitzt und ihnen das Tor öffnet.

Sie fahren einen langen Weg mit vielen Bäumen an den Seiten entlang, die auch alle perfekt aufeinander abgestimmt sind, bis sie vor einem weißen Haus mit schwarzem Dach halten. Es ist ein schönes Haus und gar nicht so riesig und mächtig, wie Mira es sich vorgestellt hat. Ganz im Gegenteil, es wirkt schon jetzt von außen sehr gemütlich.

Reign lächelt, als sie seine Oma auf einer Hollywoodschaukel auf der Terrasse sitzen und häkeln sehen. Als er hält, legt sie die Sachen weg und blickt zu ihnen. »Wenn sie weiß, dass ich komme, wartet sie immer hier auf mich.« In Reigns Gesicht breitet sich ein Lächeln aus, das voller Liebe steckt. Es ist schön zu sehen, wie sehr er seine Familie liebt. Mira hat das jedes Mal gemerkt, wenn sie seine Familie getroffen hat.

Er steigt aus und hilft Mira aus dem Auto, obwohl es geht, sie kann wieder einigermaßen auftreten. »Reign, was hast du mit Mira gemacht? Was hast du, Kind? Oh, sieh an, du bist ja noch hübscher geworden, wie lang deine Haare sind, ich wünschte, meine würden noch so wachsen.«

Mira muss lachen, sie hat Reigns Oma immer gemocht und umarmt sie, bevor Reign dazukommt.

Seine Oma drückt sie fest an sich. »Es ist schön, dass du wieder da bist.«

Nun kommt auch Reigns Mutter, von ihren Stimmen angelockt, aus dem Haus. Sie hat eine Schürze um und hebt die Hände hoch, als sie zu Miras Fuß blickt. »Was ist passiert?« Sie umarmt Mira und nimmt sie gleich mit ins Haus, nicht ohne Reign einen strengen Blick zuzuwerfen.

Mira zwinkert Reign zu, der ein wenig übersehen wird. »Reign hatte die Idee, mit mir Football zu spielen.«

Nun lacht Reign auf. »Das stimmt so nicht, sie musste ja unbedingt den Ball fangen und statt zu rennen, hat sie Panik bekommen.« Mira muss auch lachen, Reign legt den Arm um seine Oma und sie gehen zusammen ins Haus.

»Aha, sieh an, wer da ist, ich dachte, du wärst auch in Holland.«

Reigns jüngerer Bruder Rima ist auch da und gibt erst Mira einen Kuss auf die Wange und begrüßt dann seinen Bruder. »Ich fliege

Samstag, aber ich wollte vorher noch bei eurem Spiel zugucken. Was hast du getan?« Auch er sieht zu Miras Fuß und Reign strahlt sie glücklich an. »Offensichtlich hast du meine Familie komplett auf deiner Seite.«

Und das Strahlen weicht auch nicht mehr aus Reigns Gesicht. Es ist ein entspannter Nachmittag und mit jeder Minute mehr spürt Mira, wie viel es Reign bedeutet, dass alle zusammen sind.

Als Erstes zeigt Reigns Mutter ihr das Haus: Es ist natürlich teuer und edel eingerichtet, doch trotzdem sieht man überall diesen gemütlichen Flair, wie auch in dem Haus in Mexiko. Mira kann sich vorstellen, dass Reign hier eine schöne Kindheit hatte, es ist ein Haus im amerikanischen Stil mit weißer Treppe, offener Küche und eleganten Badezimmern. In Reigns Zimmer bleiben sie am längsten, es ist ein typisches Jungen-Footballzimmer. Alles ist voll mit B.C. Eagles-Sachen, überall stehen und hängen Bilder von ihm und seiner Mannschaft. Auf seinem Nachttisch steht ein Bild von Mira und ihm in Mexiko, noch immer. Wahrscheinlich hat er die zwei Jahre nicht oft hier verbracht, doch trotzdem streicht Mira darüber und sieht es sich einen Moment an.

»Er hat dich sehr vermisst. Ich bin seine Mutter, ich kenne ihn sehr gut, und anders als mein Mann habe ich sehr schnell bemerkt, dass das zwischen euch beiden ihm von Anfang an alles bedeutet hat. Als ihr euch getrennt habt, war er so wütend. Er hat versucht, es mir nicht zu zeigen, doch ich habe es gespürt und es hat sich nicht geändert. Er hat ein tolles Leben, doch er ist nicht glücklich, nicht so, wie er es sein sollte. Und jetzt sehe ich ihn nur zwei Minuten und er wirkt so glücklich, wie ich ihn seit zwei Jahren nicht mehr gesehen habe.« Reigns Mutter steht neben ihr und sieht auch auf das Foto.

Mira setzt an, etwas zu sagen, doch Reigns Mutter nimmt ihre Hand. »Ich weiß, dass es nicht leicht ist und dass da einiges zu entscheiden ist, aber ich denke, es ist wichtig, dass du das weißt.«

Mira nickt und sieht noch einmal zum Bild, bevor sie zu den anderen hinuntergehen.

Sie essen und sitzen bis zum frühen Abend zusammen im Garten. Reigns Familie erzählt, wie sein Ruhm für sie ist, was ihnen schon alles mit der Presse passiert ist, und Mira erzählt ein wenig von ihrem Leben in Berlin.

Reign sucht die ganze Zeit ihre Nähe, sie liebt es, wie sie zusammen lachen, wie er sie anblickt. Irgendwann greift sie unter dem Tisch nach seiner Hand und sie verschränken ihre Finger miteinander.

Wenn sie hier bei ihm ist, weiß sie, dass das alles ist, was sie möchte. In solchen Momenten schafft sie es, ihren Verstand auszuschalten und ihr Herz sie leiten zu lassen und genießt jede Minute.

Auch als sie mit Rima zurückfahren, der bis Samstag bei Reign bleiben will, haben sie noch viel Spaß und Reign schenkt ihr immer wieder einen zufriedenen Blick.

Sie setzen Mira bei ihrem Laden ab. Reign und sie waren jetzt zwei Tage fast durchgehend zusammen und es ist wahrscheinlich ganz gut, dass Reigns Bruder dabei ist und sie nach diesen zwei Tagen einmal durchatmen können, um alles, was passiert ist, noch einmal Revue passieren zu lassen.

Mira macht alles fertig und legt sich müde in ihr Bett, sie muss doch noch einmal eine Schmerztablette nehmen. Schon da beginnt sie, Reign zu vermissen und als hätte er ihre Gedanken erahnt, bekommt sie eine Nachricht von ihm.

›Du fehlst mir‹

Mira liest die Nachricht dreimal mit einem tosenden Flattern im Bauch und im Herzen, bevor sie antwortet.

›Du mir auch‹

Dann wählt sie Lauras Nummer und als das Gesicht ihrer Freundin verschlafen auf dem Bildschirm erscheint, atmet Mira tief ein.

»Meinst du, man kann sich noch einmal neu in einen Menschen verlieben, der einem bereits schon alles bedeutet?«

Kapitel 15

»Das ist wirklich süß.«

Mira bindet sich ihre Haare zu einem strengen Zopf nach hinten. »Ich habe noch gar nicht darauf reagiert. Ich bin selbst überrascht.«

Sie sieht noch einmal in den Spiegel.

Heute hat Mira sich etwas mehr Zeit gelassen beim Zurechtmachen. Sie hat ihre Augen mit einem sexy Lidstrich betont und dunkler geschminkt, ihr Gesicht konturiert und sich ein figurbetontes schwarzes Kleid angezogen. Doch die vielleicht wichtigste Veränderung, die Mira an sich selbst auffällt, ist das Strahlen in ihren Augen. Sie sieht glücklich aus. Ihre Wangen sind leicht gerötet und sie kann nicht aufhören zu lächeln. Als sie sich in diesem Moment im Spiegel ansieht, weiß sie, dass sie dieses Glück in den letzten zwei Jahren nicht in sich gespürt hat, nicht so wie jetzt, und dass sie das nicht aufgeben darf – nicht noch einmal.

Deswegen lächelt sie sich selbst noch einmal zu und geht zurück zu Violet in ihr Schlafzimmer. Sie liegt auf ihrem Bett und sieht sich das Bild an, das Reign vor ein paar Stunden hochgeladen hat. »Du weißt, dass er von keiner anderen Frau ein Bild in seinem Feed hochgeladen hat, vielleicht in den Storys, aber nur du bist auf seinem Feed zu sehen. Früher und heute, es gibt nur Bilder von dir und ihm.«

Mira nickt, doch Violet ist noch nicht fertig. »Und dir ist klar, dass das mehr zu bedeuten hat als damals auf dem College. Jetzt blickt die ganze Welt auf euch.«

Nun muss Mira lachen und nimmt Violet das Handy aus der Hand, um selbst noch einmal auf das Bild zu sehen.

Nach ihrem schönen Abend bei Reigns Familie war er den gesamten Freitag damit beschäftigt, sich um das Spiel und die Mannschaft zu kümmern. Sie haben nur kurz miteinander gesprochen, aber immer wieder geschrieben, und heute früh haben die B.C. Eagles gewonnen. Mira und Violet haben zugesehen und es war ein anderes Gefühl, Reign als Coach an der Seite zu sehen. Mira sieht, wie viel Spaß ihm das macht, wie er sich ärgert und feiert, wenn seinen Spielern etwas gelingt.

Gestern sind auch Nolan und Noel zurück nach Vancouver gekommen. Sie wohnen bei Nolan in der Suite. Nach dem Spiel haben sich Violet, Noel und Mira mit Isaiah zurückgezogen und den Tag hier im Laden verbracht, während Reign, Parker und Nolan mit der Mannschaft den Sieg gefeiert haben.

Noel hat ihnen erzählt, dass es wirklich gekracht hat. Nolan war verständlicherweise wütend auf sie, doch sie hat ihm an den Kopf geworfen, ihr damals versprochen zu haben, dass er sich für sie entscheidet und alles gut wird, bis er Mercedes' Antrag angenommen hat. Es war ein Hin und Her, doch dann hat er Isaiah kennengelernt, und auch wenn er noch sauer ist, so viel Zeit verloren zu haben, haben sie trotzdem die Tage genossen. Noel war arbeiten und Nolan hat sich um Isaiah gekümmert. Er möchte, dass sie zu ihm nach L.A. ziehen, doch natürlich wird Noel nicht von heute auf morgen darauf eingehen. Auch hat Nolan versucht, Noel wieder näherzukommen, aber auch da hält sie ihn noch auf Abstand. Sie möchte all das erst einmal eine Weile beobachten, bevor sie Entscheidungen trifft.

Mira hat Isaiah vermisst und sie haben den ganzen Mittag mit ihm gespielt, bis Nolan die beiden abgeholt hat. Violet und Mira gehen gleich mit Lincon und seinem Freund essen, Parker und Reign holen sie ab.

Lincon war auch den Mittag über im Laden und ist wie ein aufgescheuchtes Hühnchen hin- und hergelaufen, so aufgeregt ist er.

Violet ist seit gestern bei Mira und sie hat sich auch hier zurechtgemacht. Sie trägt einen sexy Jumpsuit. Als sie jetzt zu Mira blickt, hebt sie die Augenbrauen. »Also in dem Kleid und mit den sexy Kurven brauchst du dich vor keinem Model zu verstecken. Ich will auch so einen Lidstrich, das nächste Mal ziehst du meinen!«

Auch wenn sie eigentlich keinen Grund hat, nervös zu sein, spürt Mira, dass ihre Finger zittern. Sie schaut selbst noch einmal auf das gepostete Bild. Reigns Bruder hat es an dem Abend bei seiner Familie gemacht. Reign sitzt neben Mira und hat den Arm um sie und um seine Oma gelegt, neben Mira sitzt Reigns Mutter, die auch ihren Arm um Mira gelegt hat. Sie strahlen alle vier in die Kamera. Es ist ein schönes Bild, ein wirklich schönes Bild, Mira wird sich das auf jeden Falll ausdrucken lassen, doch sie war überrascht, als Reign das vor drei Stunden hochgeladen und dazu geschrieben hat:

›Die wichtigsten Frauen in meinem Leben und in meinem Herzen.‹

Mira hat sich den Satz dreimal durchgelesen und seitdem kann sie nicht aufhören zu strahlen, sogar ihre Mutter und ihre Brüder haben das Bild schon entdeckt und sie angerufen. Es ist nur ein Foto, und doch ist es gleichzeitig so viel, es hat solch eine mächtige Bedeutung, dass Mira nicht einmal Worte dafür findet.

Sie hat mehrere tausend Anfragen auf Instagram bekommen, Reigns Fans haben anscheinend herausgefunden, wer sie ist und sind über die Personen, denen Reign folgt, auf ihr Profil gekommen. Mira hat ihr Profil auf privat gestellt und nimmt nur Anfragen von Leuten an, die sie kennt. Das stört sie nicht und sie hat sich auch nicht weiter die Kommentare unter dem Foto durchgelesen.

Noch einmal sieht sie sich das Bild an, doch da hören sie die Ladenklingel und die Tür aufgehen. »Seid ihr Hübschen bereit?« Parkers Stimme dringt zu ihnen nach oben.

Mira gibt Violet ihr Handy wieder und steckt ihres in ihre schwarze Clutch. Sie trägt nur noch einen leichten Verband und keine Schiene mehr, deswegen schafft sie es, in ihre hochhackigen Schuhe zu kommen, auch wenn sie sich für einen kleinen Absatz entschieden hat. »Sind schon da.« Sie gehen die Treppen hinunter.

Parker steht unten und pfeift einmal. »Stellt euch vor, ich würde jetzt hier unten auf mein heißes Date für die Nacht warten und ihr beide kommt und ...«

Mira lacht auf und Violet schlägt ihm ihre Clutch vor den Bauch. »Und du wunderst dich tatsächlich, wieso man dich nicht ernst nehmen kann?«

Sie treten vor den Laden. Reign steht an seinem Porsche und beendet gerade ein Gespräch am Handy. Mira schließt noch schnell den Laden ab, während Violet ihm einen Kuss auf die Wange gibt. Er hält ihr die Tür auf und Violet setzt sich schon nach hinten, während Mira zu Reign ans Auto tritt. Sein Blick streift an ihr hinab und auch sie betrachtet ihn einen Moment.

Er sieht so schön aus, wie er am Auto gelehnt steht, sein Gesicht nur von den Straßenlaternen beleuchtet, seine Augen liegen dunkel auf ihr, dunkler als sonst, mit einer Mischung aus Lust und Sehnsucht. In Miras Magen beginnt es zu flattern. Er trägt heute eine schwarze Jeans und ein schwarzes Shirt und sieht zum Anbeißen aus.

Statt ihm einen Kuss auf die Wange zu geben, umarmt sie ihn und Reign drückt sie an sich. Selbst durch sein T-Shirt spürt sie seinen schnellen Herzschlag. Sein Atem streift ihr Haar. »Geht es deinem Fuß schon gut genug?« Er spielt auf die Schuhe an und Mira nickt.

»Wir müssen doch bei Lincons Freund einen guten Eindruck hinterlassen.«

Reign lässt sie noch nicht los, er beugt sich zu ihr hinunter und drückt einen zärtlichen Kuss zwischen ihren Hals und ihre Schulter. »Ich bezweifle, dass du bei irgendjemandem keinen guten Eindruck hinterlassen könntest.«

Mira bekommt eine Gänsehaut, es ist nur ein kleiner Kuss, doch so intim und besitzergreifend, dass ihr ein wohliger Schauer über den Rücken fährt.

»Okay, lasst es uns hinter uns bringen.« Parker steigt auf der Beifahrerseite ein und Mira räuspert sich leise. Reign trägt ein Schmunzeln auf den Lippen, er hat die Reaktion ihres Körpers bemerkt, das Schmunzeln weicht auch fast während der gesamten Fahrt nicht mehr aus seinem Gesicht. Immer wieder treffen sich ihre Blicke im Rückspiegel, während Mira und Violet auf Parker einreden, sich zu benehmen. Lincon ist das Treffen wichtig. Sie alle sind an Parkers Humor gewöhnt, doch andere könnte das erst einmal einschüchtern.

Sie fahren zu dem japanischen Restaurant, in dem Mira mit Reign schön öfter war. Es ist eines der schönsten Restaurants, das sie jemals betreten hat, man hat das Gefühl, in Japan zu sitzen.

Vor dem Restaurant steht Lincon bereits mit seinem Freund Triston und wartet auf sie. Natürlich kennt Mira ihn schon von Bildern, doch sie alle lernen ihn heute das erste Mal persönlich kennen.

Nachdem Mira ausgestiegen ist, kommt Reign zu ihr und nimmt ihre Hand in seine. Die nächste Aussage, ohne dafür Worte zu nutzen. Man sieht Lincon die Aufregung an, als er zu ihnen kommt. Auch Tristons Augen weiten sich und Mira muss sich wieder selbst daran erinnern, dass auf ihn gerade zwei Footballprofis zukommen, die er bisher nur aus dem Fernsehen oder den Erzählungen von Lincon kennt. Für sie sind es einfach nur Reign und Parker, alle anderen sehen sie mit ganz anderen Augen.

Lincon stellt sie alle vor. Triston ist ein sehr hübscher Mann, mit schwarzen Haaren und grünen Augen. Mira hebt die Augenbrauen und Violet hebt den Daumen, als Triston nicht in ihre Richttung blickt, doch Lincon ist viel zu aufgeregt, das merkt man schon bei der Begrüßung.

»Oh, stimmt. Ich habe ja heute gesehen, dass sich einiges getan hat.« Lincon sieht zu Reigns und Miras Händen und auch Triston sieht zu ihnen.

»Herzlichen Glückwunsch, Lincon hat mir erzählt, dass das nicht so einfach zwischen euch war.«

Sie werden zu ihrem Platz geführt, der abseits der anderen an einem der vielen kleinen Holzhäuser ist. Bevor Reign aber dazu kommt, etwas zu antworten, kommt Parker ihnen zuvor. »Mira und Reign gehören zusammen, das ist allen klar, nur die beiden brauchen immer mal wieder etwas länger dafür. Das Gleiche gilt auch für uns beide, doch Violet ignoriert das einfach.« Violet versucht, Parker erneut mit der Clutch zu treffen, verfehlt ihn aber und trifft Lincon. Somit ist das Eis gebrochen, sie lachen und natürlich hält sich Parker nicht an das, worüber sie im Auto gesprochen haben. Aber am Ende ist es genau das, was den Abend dann doch sehr schnell sehr entspannt werden lässt.

Triston ist wirklich ein Sportfreak. Sie reden viel über Football, aber auch über das Klettern und andere Sportarten. Mira und Violet wissen, dass das für sie ein eher langweiligerer Abend werden wird, doch für Lincon nehmen sie das natürlich gern in Kauf. Nach nicht einmal einer Stunde haben sich die vier Männer verabredet, klettern zu gehen. Als sie Mira und Violet fragen, erinnern sie sie kurz daran, dass sich Mira bereits beim Footballspielen verletzt hat und sie ihr Glück nicht überstrapazieren wollen. Stattdessen beschließen sie, am nächsten Wochenende bei Jonathan zu grillen und die Männer können dort in den Bergen klettern gehen.

Trotz aller Aufregung am Anfang wird es ein schöner Abend. Mira spürt, wie die Leute um sie herum immer wieder zu ihnen sehen, ein paar Mal bleiben auch einige stehen und fragen Reign und Parker nach Autogrammen, doch wahrscheinlich ist das etwas, woran sie sich nun gewöhnen muss. Es stört auch nicht wirklich.

Die Leute versuchen, die Privatsphäre der beiden zu respektieren und fragen sehr höflich nach.

Bevor das Dessert kommt, steht Reign plötzlich auf und deutet Mira mitzukommen.

Sie laufen zusammen durch dieses unfassbar schöne Restaurant, über die Brücken, an dem See vorbei und wie immer liegen überall auf dem Boden die Kirschblütenblätter in rosa und weiß. Mira ahnt, wohin Reign sie bringt, und als sie dann wirklich vor dem großen Brunnen mit den vielen Seerosen stehen, muss sie lächeln. Reign zieht wieder ein paar Münzen aus seiner Tasche.

»Kannst du dich noch daran erinnern, als wir das erste Mal hier waren?« Er gibt Mira eine Münze in die Hand.

»Ja, du hast mir gesagt, dass wenn man sich an diesem Brunnen wirklich etwas von Herzen wünscht, der Wunsch in Erfüllung geht.«

Reign nickt und seine Stimme wird leiser. »Als wir beide das erste Mal hier waren, habe ich mir gewünscht, dass du dich genauso in mich verliebst, wie ich es damals getan habe. Und nachdem wir uns getrennt haben, habe ich mir jedes Mal, wenn ich wieder einmal hier war, gewünscht, dass du zu mir zurückkommst. Jedes Mal.«

Überrascht von dieser süßen Beichte blickt Mira zu ihm. »Beide Wünsche wurden dir erfüllt. Ich bin hier und ich habe dich immer geliebt.«

Nun lächelt Reign und deutet auf ihre Münzen. »Ja, das stimmt, doch meine Hoffnung ist, dass wenn wir beide uns etwas zusammen wünschen, dieser Wunsch besonders stark erhört wird und vielleicht sogar für immer erfüllt wird.« In seinen Augen liegt ein Lächeln, doch dann deutet er zum Brunnen.

Reign schließt einen Moment die Augen, küsst die Münze und wirft sie ins Wasser. Mira tut es ihm gleich. Sie schließt die Augen und überlegt sich, wie sie den Wunsch formulieren kann. Sie will

Reign, will ihn zurück in ihrem Leben haben. Sie möchte ihn nicht mehr verlieren, sie weiß nicht, wie sie das tun sollen, was sie beide dafür tun können, doch sie weiß, dass sie das hier möchte. Deswegen küsst sie die Münze und wirft sie ins Wasser, bevor sie sich zu Reign umwendet. »Wir haben unseren Wunsch gar nicht abgesprochen.«

Reigns Arme umfassen sie und er zieht sie an sich, so nah und fest, dass nichts und niemand sie in diesem Moment trennen könnte. »Ich weiß, dass wir denselben Wunsch haben.«

Mira lächelt, als seine Lippen ihre Stirn und ihren Nasenrücken küssen.

Einen Moment hält er ein, doch dann streifen seine Lippen ihre. Miras Herz klopft gegen ihre Brust und sie schließt sehnsuchtsvoll die Augen. Ein warmer Schauer durchfährt Miras Körper, als sie Reigns Lippen endlich nach so langer Zeit wieder auf ihren spürt.

Sie weiß, dass es nun kein Zurück mehr gibt, sie lässt ihr Herz endgültig frei und seufzt auf, als Reign seine Hand an ihre Wange legt und den Kuss vertieft, sie sich enger an ihn schmiegt und nicht genug von dieser Nähe bekommen kann. Sie spürt, dass auch Reign von seinen Gefühlen übermannt wird, seine Hand an ihrer Wange zittert ein klein wenig, so mächtig ist dieses Gefühl, das sich zwischen ihnen aufbaut.

Reign löst den Kuss, sie sehen sich in die Augen und Reign legt seine Stirn an ihre. »Du hast keine Vorstellungen, wie sehr du in meinem Leben fehlst, Engel«, flüstert er, doch er lässt ihr keine Zeit zum Antworten, sondern vereint ihre Lippen wieder.

Mira würde niemals Worte finden für das, was sie empfindet, als sie sich wieder so nah sind. Ihre Arme umfassen seine Schultern, sie streckt sich zu ihm hoch, um ihm noch näher zu sein und muss mit ihren Tränen kämpfen, weil viel zu viele Emotionen in ihr hochkommen, sie hatte es nicht gewagt, daran zu glauben, noch einmal diese Gefühle zu spüren. »Du fehlst mir auch, Reign … immer.«

Sie trennen ihre Lippen erst voneinander, als sie Stimmen hören, weil sich ein anderes Pärchen an den Brunnen stellen möchte. Reign gibt ihr noch viele kleine Küsse auf die Lippen. »Lass uns verschwinden«, murmelt er, während er ihre Hand fest in seiner hält und sie zusammen zu den anderen zurückkehren.

Die ganze Zeit lag heute schon diese Spannung zwischen ihnen, nun ist es kaum noch auszuhalten. Er sieht sie an, sanft und doch voller Begehren, und auch Mira will jetzt nur noch mit ihm alleine sein, doch genau als sie zum Tisch zurückkommen, wird ihnen ein Kuchen mit Wunderkerzen und allem drum und dran gebracht.

Reign wirft ihr einen etwas genervten Blick zu, er will gehen. Auch Mira ist völlig durcheinander, ihre Lippen prickeln und es breitet sich in ihrem gesamten Körper aus. Doch sie möchte auch ihre Freunde nicht vor den Kopf stoßen, deswegen setzen sie sich, essen den Kuchen und bleiben auch danach noch einen Augenblick.

Als sie dann endlich im Auto sitzen, baut sich wieder diese Spannung zwischen ihnen auf. Reigns Blick liegt immer wieder auf ihr, voller Lust und Sehnsucht, und auch Mira fasst sich immer wieder unbewusst an die Lippen und muss sich ermahnen, einen klaren Kopf zu behalten. Sie haben so lange aufeinander verzichtet, da werden sie jetzt auch noch durchhalten. Doch als Reign Mira an ihrem Laden absetzt und murmelt, dass er die anderen beiden schnell nach Hause bringt, kribbelt es überall in ihrem Körper. Violet fragt sie mit den Augen, was los ist, doch sie würde nicht einmal Worte für dieses Gefühlschaos finden.

Es ist das, worauf sie beide so lange verzichtet haben und es brennt in ihr, das Verlangen nach Reign lässt sie kaum richtig atmen, sie will nur seine Lippen wieder spüren. Reign scheint es genauso zu gehen. Sie geht in die Küche etwas trinken, legt ihre Tasche ab, sieht sich noch einmal ihren Fuß an und dann hört sie schon, wie die Ladentür aufgeht und mit dem Schlüssel gleich wieder zugeschlossen wird, den sie innen hat stecken lassen.

Mira geht in den Flur hinaus, da ist Reign schon bei ihr und seine Lippen liegen auf ihren, bevor sie es schafft, ihre Arme um seinen Hals zu schlingen. Es fühlt sich wunderbar an und sie kann sich ein zufriedenes Aufseufzen nicht verkneifen.

Reign schmeckt so gut, die Mischung aus Sehnsucht und Verlangen prickelt zwischen ihnen. Mira hat das Gefühl, ihren Halt unter seinen sehnsüchtigen Küssen zu verlieren und schlingt die Beine um ihn. Er hebt sie hoch und presst sie gleichzeitig an sich, was Mira aufkeuchen lässt.

Sie weiß nicht wie, doch sie landen an ihrem Bett und Reign zieht Mira das Kleid mit einer schnellen Bewegung aus. Er legt sie auf das Bett und zieht sich dabei sein Shirt aus.

Mira zieht ihn an sich und küsst zärtlich über sein Tattoo, während sein Blick lustvoll über ihren Körper gleitet. Sie öffnet ihren BH und bevor Reign erneut ihre Lippen verschließt, legt sie ihren Finger auf seinen Mund. »Ich weiß nicht wie, doch ich werde dich nicht mehr verlassen.« Mira bringt sie beide das erste Mal dazu, wieder richtig Luft zu bekommen.

»Wir bleiben zusammen, Reign, egal wie wir das machen werden. Wir werden nie wieder den Fehler machen und das alles aufgeben.«

Das erste Mal seit ewigen Zeiten sieht sie eine Erleichterung über sein Gesicht huschen, die auch sie überwältigt. »Wir bleiben zusammen. Ich liebe dich.« Er küsst ihren Finger.

»Ich dich auch, das habe ich immer.« Miras Hand legt sich an Reigns Wange und dieses Mal küssen sie sich langsam und genießend. Dieser eine Kuss heilt ihr gebrochenes Herz, was sie zwei Jahre in sich getragen hat. Schnell wird der Kuss allerdings wieder fordernder, weil die Sehnsucht viel zu groß ist.

Sobald sie sich Haut an Haut spüren, sind sie wie in einem Rausch und die Welt scheint stillzustehen. Es gibt nur noch sie beide, alles andere blenden sie aus. Sie kennen sich in- und auswendig und entdecken sich doch noch einmal neu.

Als Mira ihre Beine für ihn öffnet und ihn tief in sich aufnimmt, sehen sie beide sich in die Augen, in denen das Versprechen liegt, dass egal wie, sie sich nicht mehr trennen werden. Dieses Gefühl ist so süß und befreiend, dass sich Mira allem was kommt hingibt und sich völlig in Reigns Arme fallen lässt.

Kapitel 16

Mit einem befriedigten Summen im Körper wacht Mira am nächsten Morgen auf.

Sie liegt, eingebettet in Reigns Armen und Beinen, an seiner Brust und gibt ihm einen zärtlichen Kuss auf scin Tattoo, gleichzeitig betrachtet sie zum ersten Mal seine neuen Tattoos richtig. Sie hat sehr gut geschlafen, auch wenn sie immer wieder wach wurde und sich überzeugen musste, dass sie all das nicht geträumt hat.

Während sie zärtlich mit ihren Fingern über seine Haut streicht, regt er sich zufrieden. Eine friedliche Stille liegt zwischen ihnen. Worte könnten den Zauber der letzten Nacht niemals beschreiben und so genießen sie diesen Augenblick, bis Mira sich zu seinem Gesicht hochstemmt und ihm einen Kuss auf den Mund gibt.

»Guten Morgen.«

Reign schmunzelt, öffnet seine Augen aber noch nicht ganz. »Der beste Morgen seit zwei Jahren.« Bevor Mira etwas sagen kann, knurrt Reigns Magen laut und sie sieht ihn überrascht an. »Du hast gestern fast zwei volle Teller gegessen.«

Reign reibt sich über seinen durchtrainierten Bauch. »Ich bin jetzt Hochleistungssportler, Engel, ich brauche ständig Essen und gestern Nacht, das war auch Sport ... der angenehmen Art, aber ...«

Mira spürt, dass Reign ganz und gar wach wird und lächelt, als er sie mit einer schnellen Bewegung auf sich zieht. Sie sind beide komplett nackt und seine Hände fahren ihren Rücken entlang bis hinunter zu ihrem Po, während sie auf ihm sitzt. »Na, dann solltest du dich vielleicht etwas entspannen, während ich nach unten gehe ...«

Reigns Finger stoppen sie und er lehnt sich tiefer ins Kissen. »Ich bin ganz entspannt und genau da, wo ich gerade sein sollte.«

Sie lieben sich ein weiteres Mal, viel zärtlicher als in der Nacht, wo sie wie in einem Rausch nicht genug voneinander bekommen konnten. Dieses Mal genießen sie sich, dehnen alles hinaus und lassen sich Zeit. Ihre Lippen trennen sich kaum, Mira weiß nicht, wann sie sich das letzte Mal so komplett und glücklich gefühlt hat. Sie genießt Reigns Nähe, seine zärtlichen Berührungen und stöhnt unter seinen Liebkosungen auf. Sie beide lassen den anderen in jeder Sekunde spüren, wie glücklich sie sind, sich wieder gefunden zu haben.

Auch dann bleiben sie eine ganze Weile liegen und genießen sich. Erst am frühen Mittag entflieht Mira aus Reigns Armen und geht unter die Dusche, wohin er ihr aber gleich folgt. Sie frühstücken zusammen und als ihre Mutter sie anruft, ist sie nicht überrascht, Mira und Reign wieder zusammen vorzufinden. Sie sprechen lange mit Jonathan und ihr und erzählen ihnen auch von den Plänen, nächstes Wochenende an seinem Haus zu grillen.

Danach packt sich Mira ein paar Sachen zusammen. Sie fahren ins Hotel und holen Isaiah ab. Noel fliegt heute Abend zurück und Nolan und sie sollten noch einmal ein paar Minuten allein für sich haben. Auch wenn sie sich darauf geeinigt haben, wie es zwischen ihnen weitergehen wird, hatten sie doch die Tage durch Isaiah wenig Zeit, miteinander zu sprechen. Reign und Mira haben deshalb spontan überlegt, ihnen den Kleinen abzunehmen.

Sie holen ihn aus der Suite von Nolan und gehen mit ihm in den Park. Erst wollen sie auf den Spielplatz, doch für die Geräte scheint er noch zu klein zu sein, er rennt lieber über die Wiese und zupft Grashalme aus.

Mira liebt es, Reign mit Isaiah zu beobachten. Er ist wirklich liebevoll zu ihm und bringt den kleinen Mann immer zum Lachen. Irgendwann sitzt Reign an einen Baumstamm gelehnt, Mira hat ihren Kopf an seiner Schulter und Isaiah ist in ihren Armen eingeschlafen. Sie genießen diese Ruhe, das Rascheln der Blätter über ihnen und dass sie zusammen sind, bis Reign einen Anruf bekommt. Es ist sein Agent, der fragt, was bei Reign los ist und dass er viele Interview-Anfragen hat wegen Mira, aber auch wegen der kommenden Saison. Sie hört, wie er verspricht, dass er all das für sich in den nächsten Wochen klären wird und dass sein Agent niemandem Auskunft über irgendetwas geben soll, außer dass es Reign gut geht und er zurzeit sehr glücklich ist.

Bei all diesem Glück, das Mira empfindet, weiß sie, dass sie dieses Mal das Thema nicht von sich schieben dürfen. Sie können jetzt auch nichts überstürzen, doch sie wird das nicht wieder aufschieben, bis es nicht mehr geht und es dann knallt.

Das bleibt die ganze Zeit in ihrem Hinterkopf.

Sie essen noch zusammen mit Nolan und Noel. Noel wird erst einmal mit Isaiah in Alaska bleiben, doch sie wird sich L.A. ansehen und dann entscheiden, ob sie mit Isaiah zu Nolan zieht.

Als sie dann in Reigns Suite hinübergehen, beginnt es langsam zu dämmern. Reign holt ihnen Getränke, während Mira die Lichter auf der Terrasse anschaltet. Sie machen es sich auf den Loungemöbeln gemütlich. Reign zieht Mira fest in seine Arme und sie sehen der Sonne dabei zu, wie sie untergeht und den Himmel in die schönsten Farben taucht.

Mira spürt immer wieder Reigns Lippen an ihren Haaren und ihrer Schulter und räuspert sich nach einer Weile leise. »Ich meinte das ernst, was ich gesagt habe, Reign. Ich weiß auch noch nicht, wie genau wir das machen, aber dieses Mal geben wir uns nicht auf. Wir trennen uns auch nicht.«

Seine Arme umfassen sie stärker. Seine Stimme ist rau, als hätte auch er gerade darüber nachgedacht. »Wir werden eine Lösung finden und selbst wenn diese beinhaltet, dass wir uns nicht ständig sehen. Die letzten zwei Jahre haben gezeigt, dass all das an unseren Gefühlen eh nichts ändern wird. Ich werde dich zu keiner Entscheidung drängen und egal wie, wir werden das Beste daraus machen. Solange wir beide genau wissen, dass wir zusammenbleiben, ist alles andere erst einmal egal.«

Mira lächelt, als er über ihr Armband und ihr Tattoo streicht.

»Es ist aber nicht nur das, was mir Sorgen macht. Ich habe auch Bedenken, wie du mit diesem Leben an meiner Seite zurechtkommen wirst. Mit der Presse und allem, was dazugehört. Für mich war das schon eine Umstellung und ich möchte, dass du dich an meiner Seite immer wohlfühlst. Was hältst du davon, wenn wir auch am nächsten Wochenende nach L.A. fliegen, damit ich dir mein Leben dort zeigen kann?«

Natürlich, das hier ist ja nicht der normale Alltag, sie sind gerade nur für ein paar Wochen wieder in ihre Collegezeit versetzt worden. Reign lebt in L.A. und sie sollte sich sein Leben da auch ansehen. »Okay, das können wir machen und das mit der Presse versuche ich einfach zu ignorieren ... wenn das möglich ist.« Sie wendet sich zu Reign um und er sieht ihr etwas besorgt in die Augen.

»Ich hoffe, dass du das kannst, aber ich weiß es nicht. Diese Aufmerksamkeit ist nicht für jeden etwas und momentan habe ich Angst, einen Fehler zu machen und das hier noch einmal zu verlieren.«

Mira lächelt über sein süßes Geständnis. »Liebe mich, wie du es immer tust, dann kannst du gar keinen Fehler machen.«

Nun legt sich auch ein Lächeln auf seine Lippen. »Nichts leichter als das.«

Reign und Mira genießen diesen freien Tag, den Abend und die Nacht für sich. Am nächsten Morgen fahren sie zusammen zu den Kursen und dieses Mal wirkt es fast so, als wären noch mehr Presseleute vor dem Eingang.

Einen Moment denkt Reign darüber nach, Mira wieder hinter sich zu lassen, doch sie merken schnell, dass das nichts mehr bringt, weil die Presseleute auch ihren Namen rufen.

Reign nimmt Miras Hand fest in seine und sieht ihr in die Augen. »Alles klar?« Sie nickt und sie laufen zusammen an den Fotografen vorbei, die so viele Fotos schießen, dass es um Mira herum nur noch klickt.

»Wie lange sind Sie zusammen?«

»Wie fühlt es sich an, einen der sexyesten Männer der NFL zu daten?«

»War Ihr Statement unter dem Bild ein Eheversprechen?«

»Mira, Reign, guckt hierher!«

Als sie durch sind und in Ruhe auf dem Gelände weiterlaufen, weil die Security die Fotografen draußen hält, legt Mira ihren Kopf an seine Schulter und er küsst ihre Stirn. Jetzt begreift Mira erst, warum diese Security hier sein muss. Sie sieht Reigns besorgten Gesichtsausdruck und auch wenn sie das gerade tatsächlich erschrocken hat, lächelt sie ihn an.

»Wir werden all das zusammen schaffen! Es gibt keine andere Option mehr für uns, nicht, wenn wir nach unseren Herzen gehen. Und nichts anderes will ich!«

Kapitel 17

»Gefällt Ihnen, was Sie sehen?«

Mira dreht sich nur halb von dem Kunstwerk weg und blickt zu einem Mann in rotem Anzug. »Es ist sehr interessant.«

Der Mann lächelt. »Interessant ist ein anderes Wort für schlecht.«

Mira lächelt ebenfalls und wendet sich nun ganz von dem Bild mit den nackten Frauenkörpern, die in einer Blutlache kämpfen, ab. »Nicht in meiner Welt. Sind Sie der Künstler?«

Der Mann macht einen angedeuteten Knicks. »Ich würde mich gerne Künstler nennen, doch solange ich noch in irgendwelchen Nachtbars kellnern muss, um mir meinen Lebensunterhalt zu verdienen, wage ich es noch nicht. Das Bild heißt ›Die Kriege der Frauen‹.« Er reicht Mira die Hand. Ein ungewöhnlicher Mann, hübsch und doch sehr schräg, er hat Husky-blaue Augen und einen blonden Pferdeschwanz, eine große Narbe ziert sein Gesicht.

»Und wieso sehen Sie die Kriege der Frauen so? Sind es nicht meistens eher die Männer, die die Kriege dieser Welt anzetteln?«

Der Mann stellt sich neben Mira und sieht mit ihr zusammen zu dem Bild. »Die großen Kriege ja, aber ich spreche von den niemals endenden Kriegen. Wenn ein Mann fremdgeht, dann bekriegen sich zuerst einmal die beiden Frauen. Ich habe das selbst schon zweimal erlebt. Ich bin fremdgegangen und die Frauen haben sich auf allen möglichen Plattformen bloßgestellt und zerfetzt. Sie haben nicht den Finger gegen mich gehoben und gesagt, du bist fremdgegangen. Der Neid und die Missgunst ist etwas sehr Ausgeprägtes zwischen Frauen. Wenn Männer etwas erreichen, klopfen sie sich gegenseitig auf die Schulter und meinen das auch, bei Frauen ist das selten der Fall. Sie gratulieren sich und lästern dann hinter dem Rücken, was die Frau dafür alles hat vernachlässigen müssen.«

Mira lächelt. »Ich würde Ihnen gerne widersprechen, doch leider kenne ich solche Kämpfe auch zur Genüge, aber es sind natürlich auch nicht alle Frauen so. Wo stellen Sie denn ihre Bilder noch aus?«

Sie ist in der Ausstellung junger, unbekannter Künstler am Hafen. Es ist das erste Mal, dass sie am Abend allein in Vancouver unterwegs ist. Sie hatte nur eine Karte für die Ausstellung, aber auch sonst hätte keiner Zeit gehabt. Violet und Lincon arbeiten und Reign feiert mit der Mannschaft. Sie hatten heute ein Auswärtsprobespiel und haben wieder gewonnen. Er wird heute Nacht zurückkommen. Aber sie sehen sich alle morgen bei Jonathan. Die Woche ist nur so an ihnen vorbeigerast und die Hälfte ihrer gemeinsamen Zeit am B.C. ist schon um.

Mira und Reign waren die gesamte Woche zusammen. Entweder haben sie in seiner Suite oder im Laden geschlafen, sie haben die Nachmittage nach dem Training gemeinsam verbracht. Sie waren am Meer, essen, haben etwas mit Parker und Violet unternommen und es einfach nur genossen, wieder Zeit miteinander zu haben. Heute ist der erste Tag, an dem sie sich nicht gesehen haben und auch wenn sie sich schreiben, vermisst Mira Reign schon. Sie hat sich in den gesamten zwei Jahren nie daran gewöhnt, ohne ihn zu sein und innerhalb einer Woche schon wieder völlig darauf eingestellt, ihn immer um sich herum zu haben.

Doch sie freut sich trotzdem, hier zu sein. Sie läuft seit über zwei Stunden durch die Hallen und hat nun schon fast alles zweimal gesehen. Es sind großartige Kunstwerke und Skulpturen dabei. Sie ist immer wieder in interessante Gespräche verwickelt worden, wie jetzt gerade.

»Leider gibt es nur diese Möglichkeit, zweimal im Jahr. Alle unbekannten Künstler versuchen ihr Glück hier, und nur die wenigsten werden dann auch entdeckt und bekommen einen Platz in einer echten Galerie.«

Mira hebt die Augenbrauen. »Ich hatte mich eh gewundert, wieso ich hier noch keine Kunstmärkte oder Künstlercafés entdeckt habe, in Berlin werden die immer angesagter.«

Der Mann hebt interessiert die Augenbrauen. »Diese Cafés, wo Künstler einen Monat die Chance haben, ihre Projekte in das Café zu hängen oder aufzustellen und die Gäste neben einem Kaffee auch eine kleine Galerie mit Werken junger Künstler erwartet? So etwas gab es mal, aber es hat nie beides geklappt, meistens waren die Cafés schlecht und die Kunst gut oder andersherum und sie wurden schnell wieder geschlossen. Aber wenn du eines findest, wo man ausstellen kann … hier ist meine Karte, es gibt hier in Vancouver unzählige Künstler, die sich freuen würden.«

Der Mann reicht ihr seine Karte und in dem Moment stellt sich ihre alte Professorin für Kunst zu ihr. Sie hat sie vorhin schon einmal kurz getroffen, doch sie ist sehr eingebunden gewesen. »Mira, und wie gefällt es Ihnen?«

Mira und sie laufen zum nächsten Bild. »Es ist beeindruckend, es sind so viele unentdeckte Talente hier. Das Bild mit der Burg in Schottland hat es mir besonders angetan, ich konnte da gar nicht von weggehen.«

Ihre alte Professorin nickt. »Ja, das hat mir auch sehr gefallen. Und auch die Tonarbeiten im Raum zwei.«

Mira nickt und deutet auf zwei Frauen, die an ihnen vorbeilaufen und ihnen zulächeln. »Und die Leute, die hier mit Zetteln und den Stiften in der Hand herumhuschen, gehören zu Ihrem Kurs?«

Nun lacht die ältere blonde Frau und nickt. »Eindeutig. Ich treffe noch einen aufstrebenden Künstler zum Essen und muss schon los, aber ich freue mich darauf, morgen mit Ihnen den Kurs zu geben.«

Mira verabschiedet sich und beschließt, noch einmal zu dem wunderschönen Bild zurückzugehen und sich dann ein Taxi zu nehmen. Sie hat bisher nur ein Glas Champagner getrunken, doch sicherheitshalber ist sie mit dem Taxi gekommen.

Sie läuft zwei Räume zurück und bleibt vor dem Bild stehen, das den Betrachter in die grüne Landschaft Schottlands entführt. Es ist wild und rau und Mira entdeckt immer wieder neue minimale Details. Sie könnte sich das Bild stundenlang ansehen, doch schreckt sie plötzlich zusammen, als sich eine Hand auf ihren nackten Rücken legt. Sie hat sich heute spontan für ein sehr feines schwarzes, knielanges Kleid mit einem Rückenausschnitt entschieden, der verboten gehört. Mit einem strengen Dutt, rot geschminkten Lippen und den hochhackigen Schuhen kam sich Mira gleich wie eine erfolgreiche Galeristin vor. Sie spürt immer wieder die Blicke der Männer auf sich, doch die Hand an ihrem Rücken fühlt sich zu vertraut an, um wegzuweichen.

»Hallo, hübsche Frau. Wie kommt es, dass Sie ganz allein hier stehen und sich diese mittelalterliche Burg ansehen?«

Mira lächelt, als vertraute Lippen ihren Hals küssen. »Ich weiß es auch nicht, unglaublich, oder? Ich habe einen Freund, der es vorzieht, irgendwelchen Jungs Footballspielen beizubringen, statt hier bei mir zu sein.«

Reigns dunkles Lachen vibriert an ihrem Hals, als er seine Arme um sie schlingt und sie von hinten umarmt. »Der Dummkopf weiß nicht, was ihm entgeht, ich habe auf dem Weg zu Ihnen viel zu viele Blicke der Männer auf Ihrem bezaubernden Rücken gesehen. Er sollte einen Schatz wie Sie niemals aus den Augen lassen.«

Nun dreht sich Mira um und gibt Reign einen Kuss auf den Mund. »Das werde ich ihm sagen. Was tust du hier? Ich dachte, du kommst erst heute Nacht wieder?«

Reign sieht ihr in die Augen, und alles, was Mira darin erkennt, ist Liebe. »Ich habe mich beeilt, um mit dir hier zu sein, also, was müssen wir uns noch ansehen?« Mira gibt ihm noch einen Kuss und nimmt dann seine Hand in ihre. Reign trägt sogar eine schwarze feine Hose und ein Hemd. »Um ehrlich zu sein bin ich schon durch und wollte gerade gehen. Wie hast du es geschafft, hier reinzukommen?«

Reign atmet erleichtert aus. »Gut, dann lass uns gehen. Ich brauche keine Einladungskarte, mein Gesicht auf den Titelblättern ist die Einladungskarte.«

Mira nickt dem Künstler mit dem roten Anzug noch einmal zu und schmunzelt, während sie in Richtung Ausgang gehen. »Du eingebildeter Promi, also diese Künstler hier ...«

Reign hebt die Hand. » ... stehen viel zu sehr auf dich, ich bin froh, dass ich jetzt hier bin. Weißt du, woran ich gerade denken musste? Erinnerst du dich an die erste Ausstellung, wo du mich hingeschleppt hast und den Spaß, den wir bei den Toiletten hatten? Wir könnten doch ...«

Mira schüttelt lachend den Kopf und zieht Reign mit nach draußen, wo sein Wagen auf sie wartet.

Es ist gut, dass er gekommen ist. Sie hat ihn vermisst und lässt während der Fahrt seine Hand nicht los. Ihm macht es nichts aus, nur mit einer Hand zu fahren. Er erzählt ihr vom Spiel und den Jungs, sie holen sich Pizza und essen sie schon auf dem Weg zum Hotel halb auf, doch Miras Gedanken wandern immer wieder zu dem Künstlercafé.

Als sie im Hotel sind, geht Mira sich im Bad die Hände waschen und will am liebsten gleich in die Dusche.

Reign folgt ihr. »Ist alles in Ordnung? Du wirkst so in Gedanken versunken.«

Mira nickt, sie möchte ihn mit ihren Überlegungen, die sie die ganze Zeit über hat, noch nicht belasten, erst muss sie sich in allem absolut sicher sein, deswegen lächelt sie nur.

»Es ist nichts und weißt du, woran ich denken muss, seit ich das erste Mal in diesem Bad war?« Mira schlüpft aus ihren hohen Schuhen und öffnet ihren Dutt.

Reign lehnt gegen einen der Spiegel und sieht ihr entgegen. »Nein, was?«

Sie lächelt und öffnet langsam sein Hemd, sobald sie bei ihm ist. Jedes Stück Haut, was unter den geöffneten Knöpfen herauskommt, begrüßt sie mit einem Kuss und hinterlässt mit jedem Kuss einen Lippenstiftabdruck.

»Ich frage mich die ganze Zeit, wozu diese ganzen Spiegel sind, und wobei man sich genau hier betrachten soll …?« Sie hat das Hemd geöffnet und spürt, wie erregt Reign bereits ist, als sie an seiner Hose ankommt und auch diese öffnet. »Aber ich bin mir sicher, du kannst mir zeigen, wozu das alles sein soll …«

»Okay, würdest du jetzt bitte endlich mal sagen, was die ganze Zeit in deinem hübschen Kopf vor sich geht?«

Mira zerschneidet Gemüse und verteilt es auf die Folien für den Grill, während Violet einen Salat zubereitet. Sie sind schon einige Stunden am Haus von Jonathan. Die Männer sind klettern gegangen und da es so warm war, haben Mira und Violet sich an den See gelegt und waren dort auch schwimmen. Jetzt bereiten sie das Essen zu, die Männer müssen gleich zurückkommen.

Statt eines sexy schwarzen Kleides wie gestern, trägt Mira eine Jeansshorts und ein Top, doch da es abends kühler ist, hat sie sich einen weißen, weiten B.C. Eagles-Hoodie übergezogen, einen unordentlichen Knoten auf dem Kopf gebunden und nur Wimperntusche aufgetragen. Auch Violet ist sportlich angezogen. Sie haben bereits ein Feuer an der Feuerstelle neben dem Grill entzündet und auch schon die Kohle angezündet. Violet meint, der Geruch wird die Männer anziehen.

Mira bereitet die nächste Folie vor. »Ich denke die ganze Zeit darüber nach, ob ich es hinbekommen würde, aus dem Café Caramell ein Künstlercafé zu machen. Es gibt nichts Derartiges in Vancouver und ich kann die wichtigsten Rezepte meiner Mutter. Ständig klopfen Leute an die Scheiben und fragen, ob wir wieder aufmachen, mir geht die Idee nicht mehr aus dem Kopf.«

Violets Augen werden größer. »Das ist fantastisch. Bedeutet das, du denkst darüber nach, nach Kanada zu ziehen? Für immer?«

Mira schüttelt den Kopf. »Nein, ich meine, ich müsste oft hier sein und mich um alles kümmern, aber ich würde auch bei Reign sein wollen und ich weiß nicht, ob ich die Stelle in Berlin einfach so aufgeben kann. Ich meine, es ist eine tolle Chance, doch das mit dem Künstlercafé reizt mich auch. Ich kann mir Künstler aussuchen, sie unterstützen und quasi meine eigene kleine Galerie eröffnen. Man könnte die Wohnungen oben als Galerie ausbauen, außerdem habe ich in den letzten Tagen gemerkt, wie sehr ich Kanada liebe und dass ich hier einfach ein viel intensiveres Leben führe. Ich fühle mich sehr wohl hier … ich weiß es nicht. Es sind alles nur Ideen und Überlegungen. Sag bitte niemandem etwas davon. Reign ist eh sehr nervös, was das Thema betrifft, natürlich, das ist ja auch verständlich. Wir fliegen am Freitag nach L.A. und haben gesagt, dass wir danach nach einer Lösung suchen. Ich will ihn mit meinen Gedanken nicht irritieren.«

Violet holt das Fleisch und die Getränke aus dem Kühlschrank, die sie heute Mittag hier verstaut haben. »Aber du denkst darüber nach, nach L.A. zu ziehen?«

Mira sieht zu ihr. »Ich schließe nichts mehr aus. Ich möchte Reign und mir endlich die Chance geben, die wir immer verdient hatten.«

Violet nickt, doch bevor sie antworten kann, hören sie die Männer, sie lachen und treten keine Minute später ins Haus.

»So ist das richtig. Die Männer kommen vom Klettern und die Frauen haben das Feuer entfacht, wir hätten Mr. Petry einladen sollen, der fände das klasse. Solch ein mitteralterliches Verhalten. Habt ihr hier einen Waschlappen? Reign hat einen bösen Kratzer abbekommen.« Lincon kommt mit Triston herein. »Und ich habe Parkers hübschen Arsch gerettet. Die Kohle sieht gut aus, wir können die ersten Steaks raufschmeißen.«

Reign kommt herein und tatsächlich sind auf seiner rechten Wange einige Abschürfungen.

»Was hast du getan? Den Felsen geknutscht?« Violet geht lachend an ihm vorbei, während Mira ins Bad geht und einen Waschlappen mit warmem Wasser tränkt. Natürlich hat Jonathan auch einen Verbandskasten hier und Mira holt Desinfektionsgel.

»Nein, da waren plötzlich Äste, die keiner gesehen hat.«

Mira geht zu Reign, der sich auf einen Stuhl setzt, alle anderen tragen die Sachen hinaus. »Oh, wenn ich so eine heiße persönliche Krankenschwester bekomme, sollte ich öfter unachtsam sein.«

Mira lächelt und tupft seine Wunden vorsichtig sauber. »Ich trage einen XL-Hoodie, ich denke, sexy war gestern.«

Reigns Grübchen treten auf seine Wangen und Mira gibt einen Kuss darauf. »Du bist immer sexy, ob in Hoodie, Kleid, mit langen oder kurzen Haaren, du bist … mein Engel, so einfach ist das.«

Mira träufelt langsam das Desinfektionsmittel auf den Waschlappen und verteilt es behutsam auf seiner Wunde, Reign kneift einen Moment die Augen zusammen.

»Bin ich das?«

»Ja, das bist du.«

Mira sieht ihm in die Augen und gibt ihm einen Kuss auf die Lippen. »Ich liebe dich, Reign, und ich bin gerade alles, aber vor allem sehr glücklich.«

Reign schlingt seine Arme um sie und zieht sie auf seinen Schoß.

»Ich weiß, du strahlst, wie ich dich noch nie strahlen gesehen habe. Obwohl, in Cancun damals hast du auch so gestrahlt. Wir werden da bald wieder hinfliegen.«

Seine Lippen geben immer wieder kleine Küsse auf ihre und bevor er den Kuss ausdehnen kann, kommt Parker herein. »Gomez, hol Bier und lass die Finger von Mira.«

Reign lacht und Mira steht auf. »Du hast ihn gehört, lass uns essen, ich habe wirklich Hunger. Ihr wart ja ewig unterwegs, seid ihr beim Klettern falsch abgebogen?«

Parker zieht liebevoll an ihrem Knoten. »Haha, sagt die, die sich beim Footballfangen den Fuß verrenkt.«

Mira lacht und das nicht das letzte Mal an diesem Abend.

Das ist noch eine Seite, die sie nicht mehr unterdrücken kann. Sie liebt Berlin, doch dieses Leben hier ist ein ganz anderes.

Sie sitzen die ganze Nacht zusammen am Feuer und grillen, es wird leise Musik gespielt und sie reden, essen und lachen. Als sie alle satt sind, rösten sie Marshmallows und Parker beginnt Geschichten zu erzählen, die sie erschrecken sollen, doch sie können nicht aufhören zu lachen.

Es ist dieses ganz bestimme Lebensgefühl, am Feuer sitzen, den Fluss und die Berge um sich herum, keine Arbeit im Kopf, einfach nur das Hier und Jetzt genießen. Mira liegt die ganze Zeit in Reigns Armen. Es ist eine der schönsten Nächte, die sie je erlebt hat.

Kapitel 18

»Wie fanden Sie den Kurs am Montag?«

Mira wendet sich zu Ihrer ehemaligen Professorin für Kunst um. Violet und sie warten gerade am Footballfeld auf Reign, da sie gleich nach L.A. fliegen werden. Die Professorin muss gerade auf dem Weg zur Universität gewesen sein, als sie sie entdeckt hat. Aber was macht sie so spät noch hier? »Haben Sie jetzt noch einen Kurs?« fragt Mira deshalb, noch bevor sie auf die gestellte Frage richtig eingeht.

»Nein, ich treffe mich zur Besprechung für die Planung des nächsten Semesters mit einigen Kollegen. Die Studenten hatten übrigens sehr viel Spaß mit Ihnen, Sie haben eine tolle Art, mit Ihnen umzugehen, Sie haben ein Talent dafür, es haben sich sogar manche gemeldet, die bisher nicht einen Ton in meinem Unterricht herausbekommen haben.«

Es tut gut, das zu hören, Mira hat es unglaublichen Spaß gemacht, diesen Kurs mit der Professorin zusammen zu halten, doch sie war sich nicht sicher, ob es auch so gut angekommen ist, wie sie das Gefühl hatte. »Das freut mich, ich habe mir immer gedacht, dass ich mal unterrichten werde, aber ich hatte nicht erwartet, dass es mir solch einen Spaß machen wird.«

Die Professorin nickt. »Wissen Sie, bei uns im Kollegium muss man sich alle paar Jahre einen Dozenten nehmen, die Professoren wechseln sich damit meistens ab, doch ich habe mir bisher nie jemanden genommen, weil ich dafür einfach nicht die Geduld habe. Doch als ich Sie am Montag beobachtet habe, hatte ich das erste Mal das Gefühl, das könnte klappen. Leider werden Sie bald zurück nach Deutschland gehen, doch ansonsten würde ich Ihnen gerne einen Platz als meine Gastdozentin anbieten.«

Überrascht hebt Mira die Augenbrauen. »Das wäre, also ich meine … damit habe ich gar nicht gerechnet.« Mira ist überrumpelt, doch ihr Herz bebt sofort vor Aufregung. »Ich weiß gar nicht genau, wie das hier in Kanada ist, wie funktioniert diese Ausbildung, um Kurse zu leiten?«

Sie läuft die letzten paar Schritte mit der Professorin zur Universität. »Das ist eher abhängig von der Universität. Bei uns hier auf dem Campus wird das so gehandhabt, dass man ja nur gewisse Kurse unterrichtet. Deswegen kommen die Dozenten für ein Jahr bei einem Professor mit in die Kurse, helfen und beobachten. Im zweiten Jahr beginnen sie, die Kurse vorzubereiten und auch mit zu übernehmen, und im dritten und vierten Jahr führen sie die Kurse alleine und werden nur noch hin und wieder überprüft. Da müssen dann auch noch ein paar extra Schulungen gemacht werden und dann nach vier Jahren können Sie an der Universität Ihre eigenen Kurse geben.«

Miras Herz rast, das hört sich zu verlockend an.

Die Professorin muss spüren, wie ihre Gedanken rasen. »Haben Sie die Stelle als Leitung des Museums bereits angenommen? Das ist natürlich auch eine großartige Chance.«

Mira atmet etwas benommen aus. »Das ist es, natürlich, aber es ist auch sehr trockene Arbeit. Ich habe wenig mit Menschen zu tun und mehr mit den Gemälden und ich habe die ganze Zeit, seit ich wieder hier bin, gespürt, dass ich hier in Kanada einfach lebendiger bin … Ich weiß nicht, ob Sie das verstehen. Mein Privatleben steht zurzeit ohnehin auf dem Kopf und ich weiß gerade noch nicht, wo ich leben werde. Ich fliege heute mit meinem Freund nach L.A. und ich denke, danach wird sich einiges entscheiden. Wie viel Zeit würde das umfassen in der Woche?«

Es kommen einige Studenten aus der Universität und sie gehen zur Seite. »Das kommt darauf an, ich selbst habe im normalen Betrieb viermal die Woche vier Kurse am Tag. Den Rest bereitet man zu Hause vor, sodass man auf fünf Tage kommt. Wenn Sie aber nur in Teilzeit anfangen würden, würde das drei Tage die Woche umfassen. Wie gesagt, bisher habe ich mir das nie vorstellen können mit einer Dozentin, doch wenn Sie Interesse haben, sagen Sie mir in den nächsten zwei Wochen Bescheid, solange kann ich meine Dozentenvorlage noch einreichen. Ich würde mich freuen. So, jetzt muss ich aber rein, meine Kollegen warten. Sie sind doch mit Reign Gomez zusammen, oder?« Mira nickt und die Professorin sieht sie verständnisvoll an. Ihr wird klar sein, dass es für Mira nun viele wichtige Entscheidungen zu treffen gibt.

Als die Professorin sich abwendet, um hineinzugehen, räuspert sich Mira noch einmal. »Vielen Dank für dieses Angebot, es bedeutet mir viel und ich weiß, was für eine Chance das ist.«

Das weiß sie wirklich, und als sie nun zu Violet zurückgeht, weiß sie nicht, ob sie Luftsprünge machen oder einen Heulkrampf bekommen soll. Sie sammelt Ideen, Möglichkeiten, wie sie in Zukunft weitermachen kann, doch die Zeit rennt und sie muss sich bald entscheiden, welchen der Wege sie gehen will. Sie will dieses Mal keinen Fehler machen.

»Was wollte die denn von dir?« Es ist niemand mehr auf dem Platz, offenbar ist das Training vorbei.

»Sie hat mir angeboten, für die nächsten zwei Jahre ihre Dozentin zu werden, danach kann ich anfangen, selber Kurse zu geben.«

Violet bekommt große Augen. »Wow, das ist doch … und dann das mit dem Künstlercafé. Mira, es bildet sich gerade deine Zukunft in Kanada, ich bin so aufgeregt.«

Mira sieht nach, ob Reign kommt, er soll von alldem noch nichts mitbekommen. Er zeigt es zwar nicht, doch Mira spürt, dass es ihn beschäftigt, was sie jetzt tun werden. Er setzt viel Hoffnung auf ihre kleine Reise nach L.A., die sie gleich zusammen antreten werden.

Sie haben auch die letzte Woche täglich zusammen verbracht. Da sie die ersten Tests geschrieben haben, hatten sie alle mit Lernen zu tun, doch ansonsten haben sie die Zeit genossen. Sie waren noch einmal mit Reigns Großmutter essen, bevor sie zurück nach Mexiko geflogen ist. Sonst haben sie sich sehr zurückgezogen. Sie beide brauchen das jetzt, sie reden viel miteinander, kuscheln und genießen es einfach, den anderen um sich zu haben. Gestern Abend sind sie nach den Kursen in den Laden gefahren, haben zusammen gekocht, gegessen, sich ein paar Folgen einer Serie angesehen und geliebt, und die gesamte Zeit haben sie nicht die Hände voneinander nehmen können, einfach, weil ihnen beiden all das in diesen zwei Jahren so sehr gefehlt hat.

Reign möchte nach den Kursen für eine Woche mit Mira nach Cancun. Seine Saison fängt erst Ende August an und er hat noch etwas Zeit. Mira müsste eigentlich zurück nach Berlin. Aber dass alles so klappen wird, wie es geplant war, bevor Reign den Sommerkurs betreten hat, daran glaubt sie nicht mehr. Sie will das gar nicht mehr. Sie ist glücklich im Hier und Jetzt. Sie muss den Gedanken loslassen, dass sie etwas verliert oder aufgibt – sondern dass sie ihr Leben nur mit dem bereichert, was sie wirklich möchte. Doch bevor sie Entscheidungen trifft, muss sie sich alles ansehen und dazu gehört auch das Leben, das Reign in L.A. führt.

»Ich warte ab, was mich in L.A. erwartet, vielleicht leben Noel und ich auch bald da und du musst zu uns ziehen.«

Violet verdreht die Augen. Auch Nolan und Noel verbringen das Wochenende in L.A. Auch er will ihr zeigen, wie er dort lebt, und da Reign und Nolan nur ein paar Häuser voneinander entfernt wohnen, werden sie sich am Wochenende auch viel sehen und L.A. quasi zusammen kennenlernen.

»Was hat denn Tifi gesagt, als sie gestern bei dir im Laden war?«

Mira bindet sich einen Zopf. Sie hat sich heute einen Jumpsuit angezogen, da sie danach direkt zum Flughafen fahren, ihre Taschen liegen bereits in Reigns Wagen.

»Sie ist begeistert von der Idee, auch meine Mutter denkt, das wäre genau das Richtige und legt das komplett in meine Hände. Sie sagt, der Laden gehört mir und ich kann daraus machen, was ich möchte. Wenn sie irgendwann zurückkommt und doch weitermachen möchte, kann sie das natürlich jederzeit, doch sie ist überzeugt, bei den Koalas und Kängurus zu bleiben. Tifi arbeitet zurzeit in zwei Cafés und studiert nach dem Sommer noch zwei Semester. Sie würde nachmittags aushelfen können und ihre Schwester sucht Arbeit für den Vormittag. Wir könnten sie anlernen und sie bekommen die Rezepte meiner Mutter. Tifi kennt ja auch schon einige. Um die Kunstsachen müsste ich mich aber kümmern, doch ich will noch gar nicht so viel planen, wenn ich nicht weiß ...«

Mira atmet tief ein, sie ist so begeistert dabei, Violet ihre Gedanken zu erklären, dass sie gar nicht zum Luftholen kommt. »Ich will nicht hier in Kanada sein und Reign ist in L.A. Die Entfernung ist zwar geringer als von Berlin nach L.A., aber das wird auch nicht die richtige Lösung sein. Ich weiß es nicht, Violet, ich weiß nur, dass ich Reign nicht noch einmal verlieren möchte. Ich dachte, ich habe nie aufgehört, ihn zu lieben, doch gerade habe ich das Gefühl, ich verliebe mich jeden Tag neu und das ist ... gerade alles für mich. Er ist alles und ich bin glücklich und das ist erst einmal das Wichtigste.«

»Was ist das Wichtigste?« Reign taucht hinter Violet auf und die zwinkert Mira zu.

Sie weiß, dass Mira all das vor Reign noch nicht anspricht, nicht, solange es noch nicht mehr als nur Pläne sind. »Na ich natürlich, was dachtest du denn? Okay, ich schleppe jetzt Lincon zur Arbeit, viel Spaß in L.A. und denk daran, wenn du Colin Farrell triffst, betäube ihn und schleppe ihn hierher.«

Reign kommt zu Mira und gibt ihr einen Kuss auf den Mund. »Colin Farrell? Wie kommst du denn auf den?«

Violet fasst sich ans Herz und tut so, als würde es ihr wehtun, während sie zu den Umkleidekabinen läuft. »Das verstehen nur Frauen. Gebt Isaiah einen Kuss von mir.«

Mira nimmt Reigns Hand und sie laufen zusammen zum Parkplatz.

»Violet hätte auch mitkommen können, sie wird vielleicht auch in Zukunft öfter in L.A. sein.« Der Campus ist schon leer, doch vor dem Tor stehen wieder einige Leute und Fotografen, wie jeden Tag.

»Sie muss arbeiten, sonst hätte sie sich das nicht entgehen lassen.« Mira hat sich an die Fotografen am Campus und vor dem Hotel gewöhnt. Bisher machen sie nur Fotos von Mira, wenn sie an ihnen vorbeigeht und lassen sie ansonsten in Ruhe. Violet und ihre Mutter haben ihr ein paar Bilder und Artikel über Reign geschickt, in denen nun auch sie vorkommt, doch bisher war all das immer positiv und hat sie nicht gestört. Reign achtet aber auch sehr darauf, dass Mira absolut sicher ist und keiner an sie herantritt. Er bespricht regelmäßig mit seinem Agenten, dass er dafür sorgen soll, dass Mira aus der Presse herausgehalten wird.

Als sie jetzt aus dem Campus treten, klicken die Fotoapparate wieder wie verrückt. Mira senkt den Kopf und Reigns Hand umfasst ihre fester, als dann aber zwei kleine Jungen kommen und fragen, ob Reign ihnen ihren Football unterschreiben und ob sie ein Bild mit Reign und Mira machen können, stimmt sie zu. Die beiden sind zu niedlich.

Reign unterschreibt geduldig die Bälle, wuschelt über ihre Köpfe und fragt, wo sie spielen. Dann stellen sich die beiden vor Mira und Reign und deren Mütter machen ein paar Fotos mit ihrem Handy. Natürlich fotografieren das auch die Reporter, doch das Strahlen der Jungen ist es wert.

Sie steigen ins Auto. Auf der kurzen Fahrt zum Flughafen kontrolliert Mira noch einmal, ob sie auch alle Papiere dabei hat, es ist das erste Mal, dass sie nach Amerika fliegt und sie musste einiges ausfüllen. Reign klärt noch etwas am Handy wegen seines Hauses und als sie am Flughafen parken und in den Business-Bereich kommen, ist das schon etwas ganz anderes als im normalen

Teil des Flughafens, den Mira kennt. Hier ist alles sehr großflächig und elegant, doch Reign führt sie gleich weiter. Eine Flughafenangestellte erkennt sie und bittet sie, ihr zu folgen.

Mira hat sich gar nicht weiter mit dem Flug beschäftigt, Reign hat sich darum gekümmert. Doch als die Flughafenangestellte sie jetzt mit einem kleinen Flughafenwagen zu einer Landebahn fährt, auf der ein weißer Privatjet steht, stockt sie und Reign sieht ihr unsicher ins Gesicht.

»Ich bin wirklich gespannt, wie du auf mein neues Leben reagieren wirst.«

Kapitel 19

»Das ist merkwürdig.« Mira sieht sich unsicher im Jet um, nachdem sie abgehoben sind.

Reign bringt ihr aus dem Kühlschrank eine Dose Limonade. »Es ist bequemer als in einem Linienflug und wir haben unsere Ruhe. Es kann ziemlich anstrengend sein, wenn man in einem Flugzeug sitzt und ständig nach Bildern gefragt wird.«

»Gehört der Jet dir?« Es fällt ihr sehr schwer zu verbergen, wie überrascht und wahrscheinlich auch ein wenig schockiert sie ist.

Reign merkt das natürlich und setzt sich genau neben sie auf das bequeme Sofa, das vor einem gigantischen Bildschirm steht. Sie spürt kaum, dass sie in der Luft sind. »Nein, die Jets werden gemietet und bringen uns dahin, wohin wir möchten.«

Um ihren trockenen Hals etwas zu beruhigen, öffnet Mira die Dose und trinkt erst einmal einen Schluck, dabei lehnt sie sich zurück und in Reigns Arm, der hinter ihr bereit liegt und sie an sich zieht. »Tut mir leid, dass ich so reagiere, aber ich denke, ich war doch ein wenig naiv. Mir ist klar, dass du jetzt mehr Geld hast, doch das ... Es ist schön, dass wir in Kanada und auch in den Collegekursen wieder zusammengefunden haben, doch irgendwie habe ich viel zu sehr ignoriert, dass du nicht mehr im B.C.-Haus lebst – und schon da hast du mehr Geld besessen, als ich es jemals tun werde.«

Reign setzt sich mehr auf und Mira wendet sich zu ihm um. »Ja, das weiß ich, deswegen ist es auch wichtig, dass du jetzt siehst, wie mein Leben zurzeit aussieht. Ich möchte aber trotzdem, dass du versteht, dass ich, auch wenn ich jetzt im Privatjet fliege und eine teure Villa habe, ich noch immer der gleiche Mensch bin wie der, der die letzten Tage mit dir im Laden geschlafen hat.«

Sie lächelt. »Das weiß ich, aber damit ich mir da keine falschen Vorstellungen mache – von wie viel Geld reden wir? Ich weiß, dass du einen Millionenvertrag bekommen hast, aber das gehört doch nicht alles dir.«

Reign hebt die Augenbrauen, man merkt ihm an, dass er Mira all das am liebsten gar nicht zeigen und erzählen würde, doch es bringt ja niemandem etwas, wenn sie dem aus dem Weg gehen. Sie wird schon damit umgehen können. »Nicht alles, natürlich hat man auch mehr Kosten, und ich muss meinen Manager bezahlen, meine Hausangestellten und alles weitere, aber ich habe einiges auf dem Konto.«

Mira sieht ihm in die Augen. »Einiges was?«

Nun lacht Reign auf. »Einige Millionen, Engel, aber das bedeutet nicht, dass ...« Mira spürt selbst, wie sie blasser wird und Reign grinst breiter und nimmt ihr Gesicht liebevoll in seine großen Hände. »Weißt du, im Normalfall finden die Frauen das toll, wenn sie ahnen, was für Beträge sich auf meinem Konto befinden, bei dir habe ich das Gefühl, ich muss aufpassen, dass du nicht wegrennst, aber ich liebe dich dafür.«

Er lacht und Mira haut ihm leicht auf die Brust. »Das ist nicht witzig, das ist beängstigend.«

Reign küsst ihre Stirn. »Nein Engel, hör zu. Ich weiß, dass du mich liebst, ob hier im Jet oder wenn ich als Klempner von Haus zu Haus gehen würde und das ist tatsächlich viel wert, glaube mir. Wenn ich mir manchmal ansehe, was meine Teammitglieder für Frauen haben, weiß ich nicht so genau, weswegen die zusammen sind, aber bei dir weiß ich es und ich liebe es. Aber sieh es doch so, wir brauchen das Geld nicht, um glücklich zu sein, aber es erleichtert uns auch einiges, wie jetzt: Wir haben unsere Ruhe. Wir brauchen nicht darüber nachzudenken, ob man ein zweites Auto kauft, ich kann uns ein Zuhause kaufen, wie und wo wir es möchten, wir müssen uns nicht zu viele Gedanken machen, es ist nichts, vor dem du Angst haben musst.«

Mira kann immer noch nicht fassen, dass sie das Glück hatte, Reign zu treffen. Es sind diese Kleinigkeiten, die er nicht einmal bemerkt, die ihr Herz jedes Mal zum Schmelzen bringen. »Weißt du, dass wenn du von der Zukunft sprichst, du automatisch immer von wir sprichst, von uns? Man kann ein Haus kaufen, ein Zuhause bildet sich nur mit Liebe und den richtigen Personen, aber ich denke, das sollten wir beide hinbekommen. Ich liebe dich, auch mit diesem schrecklichen Geld auf deinem Konto.«

Reign zicht sie wieder an sich und Mira setzt sich gleich direkt auf seinen Schoß. »Gut, ich schätze, der nächste Schock kommt, wenn du das Haus siehst. Man sagt übrigens, dass Sex in der Luft besonders gut ist, hast du das schon mal probiert?« Seine Lippen streifen über ihren Hals und Mira bekommt eine Gänsehaut und ihre Hände fahren in seine Haare. »Sagt man das?«

Der Flug von Vancouver nach L.A. dauert nur knapp zwei Stunden, was sehr praktisch ist, sollte Mira sich wirklich dazu entschließen, das Café aufzumachen. Die Passkontrolle geht überraschenderweise relativ schnell dafür, dass sie so viele Dokumente braucht. Sie werden von Reigns Manager abgeholt. Bereits am Flughafen merkt Mira, dass es hier mit der Presse sicherlich noch einmal anders sein wird. Am Flughafen von L.A. ist immer Presse, weil einfach so viele Stars hier landen und losfliegen. Sie werden auch sofort erkannt und es werden Fotos gemacht. Reign lässt Miras Hand nicht los, doch es ist unangenehm, anders als in Kanada. Die Fotografen hier nehmen keine Rücksicht und Mira ist froh, als sie in einen schwarzen Jeep mit getönten Scheiben einsteigen, in dem der Manager wartet.

Er heißt Damon und wirkt sehr nett. Er begrüßt sie, fragt nach, wie der Flug war und dann spricht er mit Reign ab, was in nächster Zeit passieren soll. Reign hat noch ein paar Tage frei. Er sagt auch, dass er plant, mit Mira nach Cancun zu reisen und dann direkt nach L.A. kommen wird, sich um die Verträge kümmert und für die neue Saison vorbereitet. Der Manager erwähnt auch, dass ab Montag ein Personal Trainer nach Vancouver kommt und nach den Kursen täglich zwei Stunden mit Reign und Nolan trainiert, damit sie fit und im Training bleiben.

Mira nutzt die Zeit und sieht sich aus dem Auto heraus die Gegend an. L.A. ist ganz anders als Kanada, hier stehen Palmen an den Straßenrändern, sie hat sofort das Gefühl, im Urlaub zu sein. Auf den Straßen reihen sich Luxusautos und es sieht generell alles komplett anders aus als in Vancouver oder Berlin. Mira ist gespannt auf diese Stadt und würde am liebsten die Scheibe herunterfahren und ihre Nase aus dem Fenster halten, um die Luft zu schnuppern, doch sie lässt es bleiben.

In diesem Moment wendet sich Damon an sie. »Und für Mira habe ich auch schon tolle Neuigkeiten. Ich habe von zwei verschiedenen Zeitungen Anfragen bekommen, die gerne eine Fotostrecke mit dir machen würden und ein Interview, in dem man mehr über die neue Frau an der Seite von Reign Gomez erfährt.«

Reign, der vorne neben seinem Manager sitzt, sieht einen Moment zu Mira nach hinten. Sie schüttelt aber sofort den Kopf. »Das ist lieb, aber ich gebe keine Interviews und mache keine Fotos. Ich möchte offen gesagt mit so etwas gar nichts zu tun haben.« Schon als sie diese Worte ausspricht, weiß sie, dass dieses Denken wahrscheinlich mehr als naiv ist, doch sie möchte das genauso. Sie hat nicht vor, irgendwelche Interviews zu geben.

Der Manager sieht einen Moment überrascht zu ihr nach hinten. »Okay, natürlich. Das muss jeder für sich entscheiden, aber aus meiner Erfahrung sollte man bedenken, dass das hier nicht Kanada ist. Hier will die Presse wissen, wer die hübsche neue Freundin von dem begehrtesten Quarterback des Landes ist, und wenn man selbst dem nicht zuvorkommt, beantwortet sich die Presse selbst gerne ihre Fragen und das ist dann meistens unschön. Ihr könnt ja einfach noch einmal darüber nachdenken, man muss ja auch nicht alles von sich preisgeben, die Leute hier wollen auch eigentlich immer dasselbe hören, man lebt vegan, macht Yoga und engagiert sich für eine wichtige Sache, mehr braucht es nicht.«

Mira zieht die Augenbrauen hoch, sie ist weder vegan, noch hat sie je Yoga gemacht, doch Reign kommt ihr zuvor. »Sie muss das nicht machen und sie soll sich auch nicht verstellen. Wie ich es schon gesagt habe, möchte sie mit der Presse nichts zu tun haben.«

Damon lächelt und fährt in eine bewachte Wohngegend ein. »Okay, aber denkt daran, die Presse macht das nur noch neugieriger.«

Mira ignoriert seinen Kommentar, sie ist nicht hier, um selbst ins Rampenlicht zu treten und das wird sich auch nicht ändern.

Sie passieren zwei Sicherheitsmänner und fahren wie auch in Vancouver an mächtigen Villen vorbei, doch hier kann man meistens auch einen Blick von Weitem auf die Häuser werfen, auch wenn sie trotzdem mit Zäunen abgesichert sind.

Noel hat ihr geschrieben, dass Nolan und Reign Nachbarn wie die Kardashians, Oprah Winfrey und andere Show-Größen haben, doch Mira versucht, all das nicht an sich heranzulassen. Sie fahren noch ungefähr fünfzehn Minuten, bevor sie vor einer Einfahrt halten.

Sie verabschieden sich von Damon, der am Sonntag noch einmal vorbeikommen will.

»Nimm ihm das nicht übel, er versucht nur, aus allem das Lukrativste herauszuholen, das ist sein Job.« Auch hier sitzt ein Security-Mann und öffnet ihnen das Tor. Reign begrüßt ihn, lässt ihre Koffer bei ihm – sie werden offenbar gleich abgeholt – und sie gehen hinein.

»Ich weiß, aber ich habe nicht vor, irgendetwas in der Presse zu machen.«

Reign nimmt ihre Hand in seine und sie gehen den gepflegten Weg nach oben.

Hier stehen nicht so viele Bäume, es ist einfach nur eine grüne Wiese mit einer Einfahrt, die nach oben führt und auch etwas um die Ecke, und dann erst erblickt Mira ein sandfarbenes Haus. Sie kennt das Haus, sie hat es schon einmal in dem Clip gesehen, wo Reign es vorstellt. Es wirkt sehr teuer und hat diesen typisch mediterranen Stil.

»Willkommen in meinem Zuhause.« Reign öffnet die Tür und sie treten in einen sehr schlicht eingerichteten Wohnbereich. Hier steht kaum etwas, außer ein großer vergoldeter Spiegel. Es ist ein runder Eingangsbereich, eine Tür geht davon ab, von der Mira weiß, dass dort die Garderobe mit den Jacken und Reigns unglaublicher Schuhsammlung ist. Zwei Treppen führen nach oben und man kommt durch einen kleinen Durchgang in den Wohnbereich und die Küche. Oben gibt es vier Schlafzimmer, ein Heimkino und ein Büro, und im Keller befindet sich ein Fitnessbereich und eine Tennisanlage. Mira kennt das alles schon und doch sieht sie sich jetzt noch einmal alles an. Reign bleibt an ihrer Seite, bringt sie in jeden Raum und wirkt ein wenig aufgeregt. All das wirkt noch einmal größer als im Fernsehen, eine bekannte Innenarchitektin hat ihm das Haus eingerichtet.

Er hat eine traumhafte Küche, in der schon alles für ein leckeres Mittagessen vorbereitet ist. Es duftet frisch in seinem Haus und von hier sieht man auf den unglaublichen Außenbereich. Er hat eine richtig kleine Poollandschaft, einen Basketballplatz und ein Mini-Footballfeld, dazu stehen Tischtennisplatten herum, es gibt einen Grillplatz und einiges mehr.

Als sie beim Pool sind, spürt Mira eine sengende Hitze, die auf den Boden geworfen wird. L.A. ist für seine Hitze bekannt.

Reign legt seine Arme um sie. »Ich dachte, wir bleiben heute erst einmal hier und du gewöhnst dich an alles. Ich weiß, dass das ein schönes Haus ist, aber wie du es gesagt hast, es ist noch kein Zuhause, das können wir nur zusammen hier entstehen lassen. Also, was denkst du?«

Mira schließt die Augen und atmet durch. Für jemanden wie sie, die in Berlin in einer kleinen Wohnung lebt und sich mit ihrer Mutter in einem Laden eine kleine Wohnung in Vancouver hält und einen winzigen Stadtflitzer fährt, ist das alles hier unreal.

Sie steht hier und blickt auf dieses riesige Anwesen, doch sie möchte sich davon auch nicht verschrecken lassen und atmet tief ein, bevor sie sich ihren Jumpsuit vom Körper streift und in Unterwäsche zum Pool geht. »Ich denke, ich sollte beginnen, mich hier einzuleben.«

Im Grunde kann Mira auch nichts gegen dieses Haus sagen, wie auch, es ist ein Traum. Sie muss halt einfach mit diesen Größenverhältnissen klarkommen. Die Küche ist riesig, alles ist überdimensional, doch wenn man sich daran gewöhnt hat, ist es ein wunderschönes Haus.

Sie genießen den Freitagnachmittag und den Abend, schwimmen, essen etwas Leckeres und sehen sich einen Film an. Mira schläft traumhaft in seinem weichen Bett und am nächsten Morgen erkunden sie die Stadt Calabasas, in der Reigns Haus steht.

Reign hat vier Luxusautos in der Garage und Mira ist froh, dass sie nur einen schwarzen unauffälligen Jeep nehmen. Calabasas ist eine gemütliche Stadt, sie gehen in die kleinen Bäckereien und die Shopping Mall. Mira sieht sich verwundert die riesigen Supermärkte an. In Kanada haben die schon eine andere Dimension als in Berlin, doch das hier toppt das Ganze. Immer wieder wird Reign angehalten und mit ihm Fotos gemacht, doch sie sehen auch den ein oder anderen Star hier herumlaufen.

Reign zeigt ihr die besten Läden. Es gibt einen Laden, in dem es die leckersten Obstsmoothies gibt, die sie je getrunken hat, dann gehen sie mit Nolan, Isaiah und Noel essen, die am Mittag zu ihnen stoßen.

Noel hat mehrere Zeitungen dabei, die sie in einem Zeitungsladen entdeckt hat und zeigt diese Mira schockiert. Sie sind in den Zeitungen hier abgebildet. Mira sieht sich einen Artikel nach dem anderen an.

›Wer ist die neue Frau an Reign Gomez' Seite?‹

›Wer ist die Frau, mit der Nolan Cotec ein Kind hat?‹

Die Bilder, die es von Mira gibt, stammen hauptsächlich von ihrem Instagram-Account. Sie weiß nicht, woher die Presse die hat, da sie ihr Profil auf privat gestellt hat, aber vielleicht hat sie das auch zu spät getan. Es gibt aber auch ein paar Fotos vom Flughafen gestern oder aus Kanada, und überall sieht man auch immer das Bild von Reign und ihr, wie er ihr auf dem Footballfeld einen Kuss gibt.

Es sind keine großen Artikel, doch es ist befremdlich, sich in den Zeitungen zu sehen.

In einem Artikel wird Mira mit dieser Carmen verglichen. Vom Aussehen und von dem, was sie tun, und es werden Punkte vergeben, wer mehr zu Reign passt. Das ist das Erste, was Mira wirklich widerlich findet, auch wenn nichts Böses über sie darin steht. Sie wird eher als die natürliche Landschönheit dargestellt, die die Welt erkundet und Geschichte und Kunst liebt und wird sogar schon als Leiterin des Museums vorgestellt, was nicht einmal stimmt. Carmen wird natürlich als Viktoria Secret-Model dargestellt, dass sie ebenso wie Reign aus Mexiko stammt, aber die Schule abgebrochen hat und seitdem nur modelt. Sie beide haben die gleiche Punktzahl, doch Mira gewinnt am Ende, da Reign öffentlich zu ihr steht. Mira schließt die Zeitung, so etwas will sie gar nicht erst sehen.

Reign nimmt ihr die Zeitung schließlich weg und sagt, sie soll so etwas gar nicht erst durchlesen, doch es wird wahrscheinlich nicht so leicht werden, all das zu ignorieren.

Trotzdem lassen sie sich davon nicht die Stimmung verderben und fahren nach dem Essen auf den Santa Monica Pier, um dort den Abend ausklingen zu lassen.

Es ist wunderschön, L.A. ist traumhaft, der Tag und der Abend sind atemberaubend, und Nolan und Reign geben sich alle Mühe, ihnen die Stadt schmackhaft zu machen. Sie fahren sogar mit dem Riesenrad und Reign gewinnt einen riesigen Teddy für Mira und einen für Isaiah. Als sie am späten Abend nach Hause fahren, sind alle müde und glücklich. Es ist sicherlich eine großartige Stadt, um hier zu leben.

Natürlich möchte auch Nolan, dass Noel nach L.A. zieht. Während Mira und Reign am Sonntag ausschlafen und den Vormittag bei ihm im Haus genießen, sehen die beiden sich einen Kindergarten an, der extra für sie öffnet. Danach kommen sie zu ihnen und sie grillen zusammen.

Erst als Isaiah müde wird und der Agent vorbeikommt, um noch etwas mit Reign zu besprechen, bindet sich Noel den Kleinen um und sie gehen zusammen spazieren. Nolan hat ihnen den Weg zu einem kleinen Wanderweg mit Stufen erklärt und bald schon laufen sie auf leerem, trockenem Gelände einige Stufen hoch.

»Das ist kein Kindergarten, es ist ein … Paradies für Kinder. Sie haben sogar einen kleinen Streichelzoo mit Hühnern und anderen Tieren, um die sich die Kinder kümmern müssen und so lernen, Verantwortung zu tragen. Es ist gar nicht mit seinem Kindergarten bei uns zu vergleichen.«

Mira lächelt. »Also, kannst du dir vorstellen, hier zu leben? Ich meine, wenn Nolan dich gestern die ganze Nacht im Arm gehalten hat, ist das doch ein wichtiger Schritt in die richtige Richtung.« Noel hebt erschöpft die Hand. Das ist gar nicht so leicht, hier raufzukommen. »Ganz langsam, wir sind uns noch nicht näher gekommen, ich brauche Zeit und das respektiert er, aber ja …« Sie lächelt. »Es fühlt sich gut an, gut und richtig.«

Sie sehen sich beide immer wieder um. Es ist schön hier in L.A., doch es wird sicherlich auch anstrengender sein, hier zu leben. Die Presse, die Umgebung, die Natur, das Leben ist ganz anders. Wenn sie zurück in Vancouver sind, muss Mira ihre Pläne abwägen und sich entscheiden.

Sie schaffen es nicht, die gesamten Treppen hinaufzukommen, halten bei der Hälfte und drehen sich erschöpft um. Von hier blickt man auf eine etwas karge, aber friedliche Landschaft hinab und etwas weiter auf die Stadt.

»Schön. L.A. ist schön …« Noel atmet tief ein und sieht sich um, dann sehen beide sich in die Augen und Mira muss an die wunderschöne Landschaft von Vancouver denken.

»Es ist schön, aber es ist nicht Kanada.«

Kapitel 20

»Ich würde mich freuen. Als ich dich in der Galerie getroffen habe, hatte ich nicht damit gerechnet, doch so schnell von dir zu hören. Du scheinst ja ziemlich spontan zu sein.«

Mira bringt die Tassen weg und lächelt zu dcm Künstler mit dem ausgefallenen Modegeschmack, dem Zopf und den strahlend blauen Augen. »Um ehrlich zu sein, überhaupt nicht. Ganz im Gegenteil, ich brauche eigentlich ewig, um Entscheidungen zu treffen. Momentan bin ich aber in einer Situation, in der ich in wenigen Wochen überlegen muss, wie ich mein komplettes Leben einmal umkremple. Mir ist in der Galerie das erste Mal die Idee des Künstlercafés gekommen, doch ich musste erst einmal einige Dinge abwägen, aber nun kommt es ins Laufen. Wie gesagt, es wird noch dauern, bis das Café eröffnen kann, doch ich möchte die ersten Künstler, die hier ausstellen, schon fest haben.«

Der Mann verbeugt sich leicht. »Die Künstler Vancouvers werden dir dankbar sein und es ist mir eine Ehre, einer der ersten zu sein, die ihre Werke in diesem schönen Laden ausstellen dürfen. Ich werde auch die schönsten Bilder auswählen, harmlose, um die Leute nicht zu verschrecken. Du meldest dich, wenn es so weit ist?« Mira nickt und begleitet den Mann noch zur Tür.

Als er in die dunkle Straße eintaucht, sieht Mira die Fahrbahn hinab. Es ist schon spät. Heute hat sich alles nach hinten verschoben, so wie auch schon die Tage vorher hatte sie nach den Kursen viel zu tun. Das hatte sie eigentlich die ganze Zeit, seit sie aus L.A. zurück sind.

Weil auch Reign wieder mit dem Training angefangen hat, war das in Ordnung, meistens hat er erst mit der Footballmannschaft und dann noch mit seinem Privattrainer trainiert, sodass er am Abend vorbeigekommen ist, doch heute ist es schon viel später.

Sie haben nichts verabredet, doch sie ist davon ausgegangen, dass sie sich noch sehen werden.

Mira räumt die Farbkarten zusammen, die für einen neuen Anstrich für den Laden zur Auswahl stehen, und schließt den Laptop, in dem sie digital mit ihrer Mutter gemeinsam Rezeptkarten verfasst, die einfach und verständlich sind, sodass sie jeder hier nachbacken kann. Da es aber ganz besondere Rezepte sind, werden sie darauf achten, dass nur vertraute Mitarbeiter Zugang dazu haben. Erst einmal werden nur Tifi und ihre Schwester hier anfangen, die Schwester hat Mira gestern bereits kennengelernt.

Sie holt ihr Handy hinter der Theke hervor. Sie hat einen Anruf von Violet verpasst, auch für sie hatte sie die letzten Tage keine Zeit, doch im Gegensatz zu Reign weiß sie, was Mira gerade tut und ist glücklich darüber. Er hat sie jeden Tag gefragt, ob alles in Ordnung ist und ob es sein kann, dass sie ihm aus dem Weg geht, doch Mira will erst alles noch besser geplant haben, bevor sie ihm dann endlich ihre Entscheidung mitteilt. Er hat gemerkt, wie viel sie zu tun hat, doch sie konnte ihn noch nicht in alles einweihen. Sie hat ihn jedes Mal beruhigt und gesagt, es sei alles in Ordnung, doch er kennt sie gut genug und sie weiß, dass er spürt, dass sie etwas vorhat.

Sie schreibt ihm eine Nachricht und fragt, ob er noch kommt oder ob sie vorbeikommen soll. Dann räumt Mira den Rest weg und sieht sich noch einmal im Laden um.

Nächsten Freitag sind die sechs Wochen des Sommerkurses vorbei. Die Zeit ist ihnen davongerast. Als sie von diesem Kurs gehört hat, wollte sie es nicht wahrhaben und hatte richtige Panik davor, zurückzukommen, doch jetzt weiß sie, dass das wahrscheinlich das Beste ist, was ihr passieren konnte.

Vermutlich hätte sie einfach so weitergemacht: Sich mit Arbeit zugeschüttet und nachts mit Herzschmerzen und Sehnsucht nach

Reign weitergelebt. Doch hier hat sie wieder angefangen zu atmen, hat Reign in die Augen gesehen und gemerkt, dass er genau solch eine Sehnsucht in sich trägt und die Gefühle zwischen ihnen niemals aufgehört haben. Für Mira ist es so, als haben sie sich noch einmal neu in einander verliebt, und auch wenn sie lange überlegt hat, wie sie nun weiterleben, hatte sie keinerlei Zweifel mehr, dass dieses Mal alles anders laufen wird.

Sie hat sich aus vollem Herzen für ein Leben mit Reign entschieden und plant eigentlich nur noch die Details dafür.

Als sie nach zehn Minuten auf ihr Handy blickt und Reign ihre Nachricht noch nicht einmal gelesen hat, ruft sie ihn verwundert an. Er antwortet ihr immer, es sei denn er trainiert, doch das müsste schon lange vorbei sein.

Es klingelt und klingelt und erst nach einigen Minuten nimmt Parker an.

»Mira … hey, Reign ist gerade nicht in der Verfassung, mit dir zu sprechen … er hat etwas zu tief ins Glas geguckt. Nolan und ich schleppen ihn gerade ins Hotel … Alter pass doch auf, da ist eine Stufe.« Sie hört Nolan fluchen und versteht gar nichts mehr.

»Wieso ist er betrunken, wo wart ihr?«

Parker ist noch am Handy, doch er hat offenbar Schwierigkeiten, Reign ins Hotel zu bekommen. Erst nach einer Weile antwortet er: »Wir waren in einer Bar nach dem Training. Reign macht sich wegen dir Sorgen und hat … etwas viel getrunken, und dann ist er mit jemandem aneinandergeraten und dann war da die Wand und na ja … wir kümmern uns erstmal darum, dass er nach oben kommt.«

Mira schnappt sich ihre Handtasche, und schiebt ihren Laptop hinein. »Ich komme!«

Keine zehn Minuten später klopft sie an Reigns Suite, aus der sie Stimmen hört. Nolan öffnet ihr und sieht sie besorgt an. »Es geht ihm schon wieder besser.« Mira tritt ein und will an Nolan vorbei, doch der hält sie am Arm fest. »Hör mal, Mira, ich weiß, dass solche Entscheidungen, die wir alle nun treffen müssen, nicht leicht sind. Reign hat mir die letzten Wochen immer wieder gesagt, dass er dich dieses Mal nicht unter Druck setzen will und dir alle Zeit der Welt gibt, weil er dich nicht noch einmal verlieren will. Ich kenne Reign schon ewig und ich habe ihn noch niemals so besorgt wie die letzten Tage gesehen. Rede mit ihm, alles ist besser, als so in der Luft zu hängen, wie er es gerade tut.«

Mira versteht gar nichts mehr. »Aber ich rede doch mit ihm. Hat er sich mit jemandem geprügelt?«

Nun kommt auch Parker zur Tür. »Er hat Eis auf der Hand und eine Schmerzcreme, er sollte einfach nur schlafen und die Hand kühlen.«

Nolan nimmt sich seinen Pullover, der über der Couch liegt. »Nein, er hat viel getrunken und irgendwann haben uns ein paar Typen angequatscht, einfach nur, was wir machen und ob sie Fotos machen können. Einer war auch schon etwas angetrunken und hat ein paar Kommentare gemacht, wie glücklich Reign sein muss, von so hübschen Frauen umlagert zu werden und hat dich erwähnt und dass er dich am geilsten findet und da ist Reign ausgetickt. Ich meine, du kennst ihn, er hat sich eigentlich unter Kontrolle, aber der Alkohol und der Druck, unter dem er gerade wegen euch steht, haben ihn ausflippen lassen. Die Männer sind gegangen und er hat wütend gegen die Wand geschlagen, wir haben ihn vorher von dem Mann weggezogen. Seine Hand ist verletzt. Es ist aber nichts gebrochen. Wir gehen jetzt. Rede mit ihm!«

Beide küssen sie zum Abschied auf die Wange und Parker sieht ihr in die Augen. »Mach dir keine Sorgen, ihm geht es gut, es sind nur ein paar Kratzer und es war zum Glück nur die Wand.«

Beide verlassen die Suite und Mira atmet erst einmal durch, bevor sie sich umdreht und zu Reign geht, der nur noch in Shorts auf dem Bett sitzt, oder eher halb liegt. Er ist angelehnt an die vielen Kissen und hält sich Eis auf seine Hand.

Mira legt ihre Tasche ab und geht zu ihm. »Was ist denn passiert? Ich verstehe gar nicht, was los ist, ich war im Laden und dachte, du kommst jeden Moment und …« Sie setzt sich zu ihm und nimmt das Eis von seiner Hand, während er nur ganz ruhig und mit schon halb geschlossenen Augen dasitzt und sie ansieht. Seine Knöchel sind aufgeschrammt und Mira streicht darüber. »Wieso tust du denn sowas, Reign? Wieso kommst du nicht zu mir und sprichst mit mir darüber.«

Sie legt das Eis wieder auf die Hand und sieht ihm in die Augen. »Das tue ich doch, du bist ganz woanders mit deinen Gedanken, dein Kopf arbeitet wieder auf Hochtouren und du schließt mich davon aus. Es ist genau wie das letzte Mal, Mira, wieder kurz bevor alles zu Ende ist. Und zum Schluss stehst du da und sagst mir, dass es doch nichts wird, dass wir an unsere Zukunft denken sollen und …«

Auch wenn Reign nicht mehr ganz deutlich sprechen kann, weil er viel zu viel getrunken hat, versteht Mira ihn und das erste Mal erkennt sie, wie viele Sorgen er sich wirklich wegen alldem macht. Natürlich war ihr das klar und auch sie hat sich Gedanken gemacht, doch sie weiß ja, dass sie ihn nicht verlassen wird, niemals.

Doch er ist sich da offenbar nicht so sicher und dann sieht Mira Tränen in seinen Augen und erkennt, wie sehr ihn das zerreißt. »Ich will keine Zukunft ohne dich, Mira. Ich weiß, dass ich alles habe und mir alle Türen offenstehen, doch das alles bedeutet mir nichts. Es hat mich zwei Jahre lang nicht glücklich machen können, nicht so, wie ich es mit dir bin. Ich weiß nicht, ob du wirklich begreifst, wie sehr ich dich liebe. Selbst wenn ich dich jede Woche in Berlin besuchen muss, mache ich das, aber beende das nicht wieder, was wir haben. Stell nichts mehr über uns, Engel …«

Miras Herz bricht, sie war so beschäftigt, dass sie nicht einmal gemerkt hat, wie viele Sorgen er sich macht. »Das habe ich doch gar nicht vor, Reign, ich liebe dich doch auch, es ...« Er reibt sich über die Schläfe und zieht die Augenbrauen schmerzvoll zusammen. »Du hast das falsch verstanden, ich hole dir jetzt Wasser und eine Schmerztablette und dann erkläre ich dir alles, warte ...«

Mira gibt einen Kuss auf seine verletzte Hand und legt sie wieder aufs Bett. Sie wusste doch, dass ihn die Frage, wie es weitergeht, genauso beschäftigt und er sich nur zurückgehalten hat, um sie nicht unter Druck zu setzen. Sie hätte das alles nicht vor ihm verheimlich dürfen, doch sie wollte ihm auch erst alles sagen, wenn es ganz fest ist. Sie holt eine Schmerztablette und Wasser, doch als sie dann wieder an sein Bett tritt, ist Reign tief und fest eingeschlafen.

Verdammt. Sie stellt das Wasser auf den Nachttisch und legt die Tablette dazu. Dann streicht sie ihm das schwarze Haar zur Seite und blickt auf sein hübsches Gesicht. Wie sehr sie diesen Mann liebt. Wenn sie jetzt daran denkt, als er das erste Mal in den Kurs gekommen ist und sie das erste Mal neben ihm gesessen hat, kann sie immer noch nicht glauben, wo sie jetzt gelandet sind.

Er hat recht, er kann alles haben. Ihm steht die Welt offen, doch die Sorge und die Tränen in Reigns Augen haben ihr gerade erneut die tiefe Liebe bewiesen, die er für Mira empfindet und seine Worte, dass sie zu seiner Welt geworden ist, unterstrichen. Es ist an der Zeit, auch die letzten Schritte zu gehen und ihn nicht mehr im Dunklen sitzen zu lassen.

Mira blickt auf die Uhr, geht hinaus auf die Terrasse, atmet die milde Sommerluft ein, blickt auf Vancouver hinab und wählt eine vertraute Nummer aus Berlin.

»Hallo Professor Scholz, hier ist Mira ...«

»Guten Morgen.«

Einige Stunden später tritt Reign zu ihr auf die Terrasse. Mira schließt ihren Laptop und sieht zu ihm. Sie hat bereits Frühstück bestellt, der Tisch ist noch eingedeckt, doch es ist bald Mittag. Sie hat nur ein paar Stunden geschlafen und wartet bereits eine ganze Weile darauf, dass er seinen Rausch ausgeschlafen hat.

»Guten Morgen.« Mira trägt nur eines seiner Shirts und einen Slip, sie hat einen unordentlichen Knoten auf dem Kopf und ist ungeschminkt, und auch Reign sieht man die Nacht an.

Er kratzt sich am Kopf und setzt sich Mira gegenüber, wobei er blinzelt, die Sonne ist ihm noch zu hell. »Okay, wie schlimm steht es? Was habe ich gestern alles verbrochen?«

Mira überkreuzt ihre Arme und hebt die Augenbrauen. »Sehr schlimm, du warst gestern wirklich betrunken.«

Auf Reigns Lippen legt sich ein müdes sexy Lächeln. »Aber egal was ich gesagt habe, Engel, du weißt, dass ich dich liebe. Ich musste nur etwas Dampf ablassen. Wir haben die Kurse verpasst.«

Mira nickt und steht auf. »Ja, das haben wir. Reign, du hättest zu mir kommen und mit mir reden müssen.«

Sie geht zu seinem Stuhl und Reign öffnet automatisch seine Arme für sie.

»Ich will dir keinen Druck machen, Engel, ich ...«

Mira küsst ihn lächelnd auf die Lippen. »Ich weiß, doch du hast das falsch verstanden. Ich war die letzte Woche nur so beschäftigt, weil ich schon eine Entscheidung getroffen und alles noch einmal durchgeplant habe. Ich wollte dir das erst sagen, wenn alles fest ist und das war mein Fehler, aber ich habe doch niemals daran gedacht, dich zu verlassen, Reign. Ich will dieses Leben mit dir.«

Nun setzt sich Reign richtig auf und umfasst sie ganz mit seinen Armen. »Was für eine Entscheidung hast du getroffen?«

Mira lächelt. »Ich gehe nicht zurück nach Berlin. Ich habe die Stelle abgelehnt, mein Professor fand das sehr bedauerlich, doch ich habe ihm erzählt, was ich vorhabe und er wünscht mir viel Glück. Ich werde mit dir nach L.A. ziehen, doch ich möchte auch zum Teil in Kanada bleiben. Ich werde aus dem Laden ein Künstlercafé machen. Tifi und ihre Schwester helfen mir dabei, meine Mutter ist begeistert und mir liegt das Projekt jetzt schon am Herzen. Ich werde am Anfang auch viel Zeit dafür brauchen, doch irgendwann läuft es von alleine und ich brauche nicht mehr so oft da zu sein.«

Man sieht Reign die Überraschung an, dass Mira wirklich all das schon geplant hat.

»Die Professorin von der Universität hat mir angeboten, dass ich ihre Dozentin werde und das würde ich zumindest in Teilzeit gerne annehmen. Das bedeutet, dass ich drei Tage die Woche in Kanada sein werde, als Dozentin und mich um das Café kümmern werde, zumindest für die erste Zeit, doch sonst bin ich bei dir in L.A. Ich weiß, das ist nicht optimal, doch so kann ich auch das tun, was ich liebe und bleibe trotzdem bei dir und ...«

Reign stoppt sie und zieht sie fest in seine Arme. Mira spürt, wie ihm Felsbrocken vom Herzen fallen und schließt die Augen an seiner Brust. Auch sie ist erleichtert mit dem Wissen, was sie beide nun für eine schöne gemeinsame Zukunft erwartet.

Kapitel 21

»Als ich gehört habe, dass ich das Glück habe, einen Sommerkurs leiten zu dürfen, bin ich – sagen wir es mal so – nicht gerade vor Freude in die Luft gesprungen. Doch jetzt, heute, am Ende, muss ich zugeben, ich bin froh, hier mit euch zusammen gewesen sein zu können.« Die Tür geht auf und Reign tritt ein und Mr. Petry hält einen Moment ein. »Auch Sie Mister Gomez und ihr Zuspätkommen werde ich vermissen.«

Reign macht eine angedeutete Verbeugung, begrüßt den Lehrer und geht nach oben zu Nolan, wobei er Mira im Vorbeigehen einen Kuss gibt.

Nun ist der Sommerkurs wirklich vorbei. Ein wenig wehmütig ist Mira doch, wenn sie daran denkt, dass sie in dieser Konstellation nicht mehr zusammensitzen werden.

Reign ist glücklich, dass Mira sich für das Leben in L.A. und Kanada entschieden hat, das hat sie ihm direkt angemerkt. Er hat auch nicht einmal in Frage gestellt, ob das gut gehen kann mit dem vielen Hin- und Herreisen. Für ihn zählt nur, dass Mira sich für ihre Beziehung entschieden hat und damit ist auch die letzte Barriere zwischen ihnen beseitigt.

Auch Mira ist einfach nur zufrieden. Sie hat das Gefühl, schon ewig nicht mehr solch eine innere Ruhe und Zufriedenheit gespürt zu haben. Die letzten Tage hatte sie viel mit dem Laden und der Organisation zu tun und hat der Professorin ihre Zusage gegeben. Zudem muss sie ihre Wohnung in Berlin kündigen. Reign sagt, dass sie sich dort eine Wohnung kaufen werden, damit sie so oft es geht ihre Familie besuchen können. Ihre Möbel nimmt Liam zu sich, er zieht in eine größere Wohnung und kann die gut gebrauchen. Mira hat ihm eine Liste geschickt von dem, was sie gerne in einem Container nach L.A. verschifft haben will und ihr Bruder kümmert sich darum.

Sie hatte also alle Hände voll zu tun, doch auch Reign hatte die letzten Tage einiges zu erledigen. Er war für zwei Tage in L.A. und ist erst heute Nacht zurückgekommen und heute Morgen musste er sogar schon früh etwas erledigen.

Morgen fliegen Reign und sie aber erst einmal nach Cancun, nachdem sie sich heute von ihren Freunden und dem Sommerkurs verabschiedet haben.

Auch Mr. Petry scheint der Abschied schwerzufallen. »Ich habe die Zeit wirklich genossen, wir haben Football zusammen gespielt und waren zusammen in der Galerie, und ich bin froh, dass sie alle diesen Kurs bestanden haben. Das bedeutet, dass sich in ihrem Leben nun nichts ändern wird und sie im Grunde genau da weitermachen, wo sie aufgehört haben.«

Mira dreht sich zu Reign um und lächelt ihn an. Für sie hat sich alles geändert und nichts wird wie vor dem Kurs sein, doch das ist genau richtig so.

»Also, hiermit entlasse ich euch aus dem Sommerkurs. Gebt ihr mir noch die Adresse des Restaurants, wo wir uns alle später noch einmal treffen?«

Sie stehen auf und Violet wendet sich zu ihr um. »Fahren wir in den Laden, bevor wir ins Restaurant gehen, oder was …?« Reigns Arme umfassen Mira von hinten. »Ich muss dich enttäuschen, Violet. Mira gehört in den nächsten Stunden mir, wir kommen dann zum Restaurant, ich muss ihr etwas zeigen und das muss unbedingt jetzt sein.«

Auch wenn Mira mit dem Rücken an seiner Brust steht, kann sie sein freches Grinsen aus seiner Stimme heraushören und legt ihre Hände auf seine Arme. »Was hast du vor?«

Reigns Lippen streichen über ihre Wange. »Das wirst du gleich sehen und du Violet dann garantiert morgen oder wahrscheinlich eher schon nachher.«

Ihre Freundin mag Reign und sie ist sehr glücklich, dass Mira sich für diesen Weg entschieden hat und hier und in L.A. leben wird, deswegen hebt sie nur den Finger, »wehe, wenn nicht«, und geht zu Lincon, um in der Zwischenzeit etwas mit ihm zu unternehmen.

Reign lässt Mira los, aber nimmt ihre Hand sofort in seine. »Na dann mal los, Miss Heis.«

Nun wird Mira doch skeptisch, sie hört seine Aufregung zwischen den Worten und sieht zu ihm. »Was hast du vor?«, fragt sie nochmal.

Sie laufen zusammen aus dem Kursraum, doch Reign schüttelt nur den Kopf. »In ein paar Minuten weißt du es.«

Sie belässt es dabei. Wenn er sie überraschen will, gibt er vorher nichts preis, sie hat das schon sehr oft versucht. Bevor sie allerdings den Flur verlassen und das College hinter sich lassen, hält Mira Reign zurück. »Das ist das letzte Mal, dass wir hier sind.«

Auch er hält und blickt auf den Flur zurück. »Das ist der Sinn der Sache und es ist schon längst Zeit dafür.«

Er will weiter, doch Mira lacht und hält ihn noch weiter zurück. »Aber hier haben wir uns kennengelernt. Ich weiß noch genau, wie ich im Kurs saß und ihr drei kamt rein, mit eurem B.C. Eagles-Outfit, alle Frauen haben euch angehimmelt und das Erste, was du zu mir gesagt hast, war: ›Berlin … kann man hier durch.‹« Sie muss leise lachen. »Wer hätte gedacht, dass aus diesem kleinen Satz solch eine lange Geschichte entsteht.«

Reign ist stehengeblieben und zieht Mira an sich. Seine Lippen streichen über ihre, bevor er ihr wieder in die Augen blickt. »Also, als ich in den Kurs gekommen bin, habe ich die schöne Frau wiedergesehen, die ich schon zuvor in der Pause bemerkt habe und ich musste immer wieder zu dir sehen, und ja … ich habe mir da schon gedacht, dass das zwischen uns etwas werden könnte. Also vielen Dank, liebes College, dass du meinen Engel zu mir geführt hast.«

Mira gibt Reign auch noch einmal einen Kuss auf den Mund und dieses Mal legt er seinen Arm um sie und sie kuschelt ihren Kopf an seine Schulter, während sie zusammen das College verlassen. Sie kann sich nicht vorstellen, dass sie hiervon jemals genug bekommen wird.

»Außerdem denke ich, dass unsere fünf Kinder bestimmt auch das College besuchen werden, und wenn die Jungs eher nach mir als nach dir kommen, dann werden wir sicher das ein oder andere Mal hier sein.«

Mira sieht zum Haus der B.C. Eagles und dann wieder zu Reign. »Wow, fünf Kinder, du hast ja Pläne.«

Sein Griff wird automatisch etwas angespannter und fester, als sie an der Presse vorbeigehen. Er versucht, sie so gut es geht da herauszuhalten, doch seit Mira die Presse in L.A. kennengelernt hat, weiß sie, dass das hier sehr entspannt ist.

Reign unterschreibt ein paar Shirts und Bälle, dann gehen sie zu seinem Auto.

»Wie lange dauert deine Überraschung? Ich denke, ich ziehe mich noch einmal um, bevor wir ins Restaurant gehen.«

Reign fährt dieses Mal in die andere Richtung. Normalerweise fahren sie immer in Richtung Vancouver und die Innenstadt, doch dieses Mal biegt er vorher ab und fährt hinaus aufs Land. »Wo willst du hin?«

Reign lächelt. »Du kennst diese Gegend noch nicht, oder? Sie ist so ähnlich wie dort, wo Jonathan lebt, halt nur etwas näher an der Stadt.«

Sobald sie die Schnellstraße verlassen, sind sie im Grünen. Sie fahren an Bergen und Wäldern vorbei, sehen auf unzählige Felder, auf denen Tiere weiden. »Es ist wunderschön hier, warum waren wir noch nie hier?«

Reign biegt noch einmal ab und fährt an zwei Wachmännern vorbei, auch hier scheint wieder eine abgesicherte Wohngegend zu sein. »Hier leben einige Leute, die in Vancouver und Umgebung arbeiten, aber trotzdem auf dem Land leben wollen.« Die Wachmänner haben nur in das Auto gesehen und sie durchgelassen.

Mira setzt sich mehr auf. »Und was ist hier?«

Reigns Stimme wird etwas leiser. »Hier befinden sich gesicherte Häuser, das Gelände ist riesig, aber beide Eingänge sind bewacht, sodass niemand sich hier herumtreibt, der hier nichts zu suchen hat, weil einige Prominente hier leben.«

Mira blickt zu Reign. »Was hast du vor, Reign?«

Er wirkt immer noch etwas aufgeregt, doch auch sehr zufrieden und greift nach ihrer Hand. »Ich bin dir sehr dankbar, dass du dein Leben umgekrempelt hast, um bei mir zu bleiben und ich wollte, dass das alles eine gute Basis hat.« Er fährt auch hier eine Weile und biegt dann in einen Weg ein. Hier ist ein Tor, das allerdings geöffnet ist und als sie da durchfahren, muss Mira zweimal hinsehen.

Sie fahren auf ein wunderschönes Gelände. Es ist wie in einem dieser Filme, die amerikanische Großfamilien auf Ranches zeigen, wo glückliche Kinder über die Wiese laufen und Hunde aus dem Haus gestürmt kommen, es sieht aus wie gemalt. Mira kann gar nicht glauben, was sie sieht.

Reign lenkt ihr Auto in eine gepflasterte Einfahrt inmitten grüner Wiesen, hier stehen große Laubbäume, die gerade viele Früchte tragen, bei einem besonders schönen mit langen, dicken Ästen hängt eine Schaukel an einem dieser Äste.

Der Weg führt zu einem alten Ranchhaus, so sieht das alles hier zumindest aus. Ähnlich wie bei Jonathan, nur noch einmal viel größer. Es ist ein wunderschönes Stück Land, mit Wiesen und

Bäumen, braunen Zäunen und einem weißen zweistöckigen Haus mit einer großen weißen Veranda. Auch hinter dem Haus geht das Land weiter, Mira kann weit entfernt die Zäune sehen, doch es ist riesig. Mitten auf der Wiese vor dem Haus steht ein langer Holztisch mit den passenden Holzbänken dazu, als wäre all das aus einem Baum geschnitzt.

»Ich habe noch nie solch ein schönes Grundstück gesehen, das ist wie in einem Film, diese Landfilme. Stell dir vor, es kommt der Herbst und die roten Blätter liegen auf dem Boden. Was ist das hier, Reign? Es ist wunderschön.«

Reign lächelt und deutet Mira auszusteigen, als er mitten auf der Einfahrt hält. »Das habe ich mir auch gedacht, als ich es das erste Mal gezeigt bekommen habe. Weißt du, was ich gesehen habe, als ich hier stand? Wie du auf dieser großen Terrasse den Tisch deckst, ich das Essen aus der Küche hole, unsere kleine Tochter auf der Schaukel sitzt und losrennt und zusammen mit unseren Hunden ihre Brüder holt, die hinter dem Haus auf dem Feld Football spielen.«

Mira lächelt, als Reign sie mitten auf die grüne Wiese vor dem Haus stellt, seine Arme um sie schlingt und zusammen mit ihr diesen wunderschönen Anblick genießt. »Wovon redest du, Reign, meinst du … willst du ein Haus kaufen für die Zeit, wenn wir hier in Kanada sind?«

Reign umfasst Mira fester. »Das ist nicht nur das Haus, sieht du das Grundstück? Es ist riesig, weiter hinten fließt sogar ein kleiner Fluss lang, all das gehört uns, wenn du es willst. Wir können Tiere halten, stell dir vor, wir haben Hühner, die die Eier für deine Muffins und Torten legen. Ich habe mir das schon immer vorstellen können, so zu leben, nach Hause zu kommen, ein paar Pferde für meine Töchter, ein paar Hunde. Wusstest du, dass ich immer Hunde haben wollte? Das wird das Erste sein, wir holen uns zwei Welpen, die hier zusammen aufwachsen.«

Mira stoppt ihn lachend. »Aber Reign, du bist doch gar nicht hier. Ich meine, es klingt traumhaft, aber wie soll ich mich um all das alleine kümmern in den drei Tagen und …?«

Reign unterbricht sie und auf seinen Lippen liegt das unwiderstehliche Schmunzeln, was sie so sehr liebt.

»Als ich zurück nach Vancouver geflogen bin, nur weil ich wusste, du bist auch da, wusste ich, was das für mich bedeutet. Es war egal, was ich in diesen zwei Jahren ohne dich getan habe, Mira. Wie sauer ich auch war, wer auch an meiner Seite war, ich habe dich jeden Tag, jeden einzelnen Tag vermisst, dich in meinem Leben vermisst. Du warst nur ein paar Monate ein Teil davon und ich habe es zwei Jahre nicht geschafft, darüber hinwegzukommen. Ich wusste, dass wenn ich dich wiedersehe, ich für mich entscheide, ob ich es noch einmal probiere und dann für immer, denn ich wusste, dass ich etwas anderes nicht akzeptieren kann, oder ob ich dich endgültig aufgebe.«

Mira steigen bei seinen ehrlichen Worten Tränen in die Augen und sie dreht sich zu Reign um.

»Dieser eine Moment, als ich in den Kurs gekommen bin und dir in die Augen gesehen habe … ich war wieder wütend, doch ich wusste, dass du mein Leben bist, und ich habe sofort auch die Liebe und die Sehnsucht in deinen Augen gesehen. Ich wusste, dass ich es dieses Mal langsam und mit Vorsicht angehen musste, doch ich wusste auch sofort, dass das hier für immer sein wird, Engel.«

Er streicht Mira liebevoll zwei Tränen von den Wangen. »Du hast dein Leben in Berlin aufgegeben, um es uns leichter zu machen und genau dasselbe tue ich auch. Als ich in L.A. war, habe ich mich mit meinem Coach und dem Verein getroffen und ihnen gesagt, dass ich in der kommenden Saison zurück nach Kanada gehe. Gestern bin ich schon früher zurückgekommen und war bei den Vancouver Lions und habe meinen Vertrag unterschrieben, morgen erfährt die Presse davon, doch ich wollte, dass du …«

Mira sieht überrascht in Reigns Augen. »Du hast … du bleibst hier? Aber willst du das wirklich? Ich meine …«

Reign lächelt und streicht Miras Haare nach hinten. Sie muss wirklich überrascht aussehen, damit hat sie niemals gerechnet. »Ich will dich, ich will dieses Leben mit dir und ich vermisse Kanada. Ja, ich verdiene etwas weniger bei den Lions als in Amerika, aber immer noch mehr als genug, damit wir ohne Sorgen leben können und ich spiele wieder für Kanada. Außerdem sind wir dann immer zusammen und wir beide haben das, was wir wollen. Deswegen habe ich dieses Haus gesucht, es ist perfekt. Wir haben hier unsere Ruhe und können uns zurückziehen, doch in zwanzig Minuten bist du an der Universität, kannst dort deine Kurse geben und dich um den Laden kümmern, und ich bin in fünfunddreißig Minuten am Stadion. Meine Familie lebt in der Nähe, unsere Freunde, ich weiß nicht, ob dir das Haus …«

Mira unterbricht ihn. Sie fällt ihm so stark in die Arme, dass er fast ein wenig taumelt und sie lachend umfasst. »Ich hätte niemals gedacht, dass du das tust, dass du … ich liebe das Grundstück und das Haus, wir können hier ein ganz neues Leben beginnen und … es ist perfekt.«

Reign küsst ihre Wange und Mira stellt sich wieder so hin, dass sie ihm in die Augen sehen kann. »Wir beide sind die richtigen Schritte aufeinander zu gegangen und nun steht uns das Leben bevor, was uns beide glücklich machen wird. Dieses Haus, du kannst dich um den Laden kümmern und deine Kurse geben, ich spiele Football und werde auch den Coach und die B.C. Eagles weiter unterstützen, soweit ich Zeit habe. Ich habe gemerkt, wie viel Spaß es mir macht, die Jungs zu trainieren. Unsere Zukunft liegt hier, Mira, die Frage ist nur, ob es auch auf diesem Grundstück sein wird. Ich wollte mir mehrere Häuser ansehen. Ich habe eine Maklerin kontaktiert und ihr ein wenig von uns erzählt. Sie hat mir zuerst Bilder von diesem Grundstück und dem Haus geschickt und gesagt, sie kann sich vorstellen, dass das hier das

Richtige ist und ich wusste sofort, dass es das ist, doch ich wollte es erst dir zeigen. Wir können uns auch noch andere Häuser ansehen, doch ich hatte ein gutes Gefühl.«

Mira wendet sich wieder zu dem Haus und diesem wunderschönen Grundstück um. »Ich liebe es.«

Reign nimmt sein Handy heraus und umfasst Mira von hinten. Er tippt etwas ein. »Mein Anwalt hat die Papiere bereit, ich habe schon unterschrieben und jetzt schickt er alles ab. Somit gehört all das nun uns. Das Haus muss renoviert werden, doch es ist … ich habe meinem Vater die Bilder geschickt und wollte nach Arbeitern und Firmen fragen, die das machen können, doch mein Vater hat gesagt, was wir tun können, machen wir selbst. Ich hätte das niemals von ihm erwartet. Es wird etwas ganz Besonderes, wenn wir alle daran arbeiten, statt es in andere Hände zu geben. Ich werde all meine Liebe in dieses Haus stecken, damit es unser Zuhause wird. Ich kann mir schon richtig vorstellen, wie am Wochenende mein Vater und die Jungs hier sind und wir zusammen das Haus streichen, während Violet und du die passenden Möbel aussucht. Dieses Grundstück, das Haus und unsere Liebe machen aus alldem, was du hier siehst, unser Zuhause.«

Mira schüttelt nur leicht den Kopf und ihr Herz klopft schneller. »Ich habe wirklich das Gefühl, ich träume. Als ich damals die ersten Tage am Meer stand und in Vancouver angekommen bin, habe ich niemals damit gerechnet, dass ich jetzt hier stehen werde und auf solch eine schöne Zukunft mit dem Mann an meiner Seite blicke, den ich über alles liebe.« Sie meint das aus vollem Herzen. Eine tiefe Dankbarkeit überkommt sie, dass am Ende alles so gekommen ist, wie es musste, damit sie genau jetzt hier stehen.

Reign küsst ihre Schulter und dann hebt er sie plötzlich in seine Arme. »Dann los, Engel …« Mira schlingt die Arme um seinen Nacken und lacht leise auf, als er sie die Veranda in ihr neues Zuhause hochträgt.

›Die Liebe und das wahre Glück erreichst du niemals, ohne vorher durch ein Tal der Tränen, Wut und Enttäuschung gegangen zu sein. Vielleicht braucht es das auch, um dein Herz dann die wahre Liebe und das echte Glück erkennen zu lassen.‹

Das waren die Worte von Miras Mutter, wenn Mira nicht wusste, wohin mit ihrer Sehnsucht und der Trauer, aber erst heute versteht sie es und lehnt ihren Kopf zufrieden an Reigns Brust.

Auch seine Stimme ist leiser und rauer, auch er weiß um die Bedeutung von alldem und küsst ihre Stirn. »Lass uns unser gemeinsames Leben beginnen.«

Erfahrt, wie es Mira und Reign weiter ergangen ist, in einer Dezember-Überraschung, weitere Informationen dazu folgen ...

Entdecken Sie die atemberaubende Welt von Jaliah J. …

Jede starke Frau musste meist einen sehr harten Weg gehen, und auch Catalina ist in ein Leben geboren worden, in dem sie keine Wahl hat und das tun muss, was für die Familia am besten ist.
Sie fügt sich ihrem Schicksal, doch genau in dieser schweren Zeit entdeckt sie ihre eigene Stärke und dass nicht jeder in diesem neuen Leben, in das sie hineingezwungen wird, ihr Feind ist, auch wenn er dazu geboren wurde.

JALIAH J.

DER TAG, AN DEM ICH *begann,* DICH ZU *lieben*

DIE BÜRDE SINALOAS

Tamina ist wohlbehütet bei ihrer Mutter in L.A. aufgewachsen. Ihr Vater und ihre Brüder, die in Mexiko leben, haben trotz der Entfernung immer an ihrem Leben teilgenommen und es war schon sehr früh klar, dass sie ihr Studium an der berühmten UNAM-Universität in Mexiko-Stadt absolvieren wird. Tamina freut sich auch, diesen Teil ihrer Herkunft endlich besser kennenzulernen, und stürzt sich in ihr neues Leben in Mexiko.

Allerdings holt sie sehr schnell der Teil ihres Lebens ein, den sie nur zu gern beiseiteschiebt und verdrängt: Die Familia, deren Anführer ihr Vater ist und die gefährlichen Seiten, die dieses Leben und der Reichtum, den sie genießen, mit sich bringen. Obwohl ihre Identität immer geheim gehalten wurde und sie sich in Sicherheit gewogen hat, wird ihr in Mexiko schnell klar, dass sie sich diesem Leben und der Bürde Sinaloas nicht entziehen kann.